장주주

우리 집은 어디인가 2

우리집은 어디인가 2

1판 1쇄 인쇄 2003년 1월 1일
1판 1쇄 발행 2003년 1월 5일

지은이 | 장주주
옮긴이 | 전수정
사진 | 이병률

펴낸이 | 정은숙
펴낸곳 | 마음산책

편집 | 유병수 · 고은희   디자인 | 이지윤
영업 | 공태훈   관리 | 동미옥
등록 | 2000년 7월 28일(제13 - 653호)
주소 | 서울시 서대문구 충정로 3가 270 (우 120 - 840)
전화 | 362 - 1452 ~ 4   팩스 | 362 - 1455
홈페이지 | http://www.maumsan.com
전자우편 | maum@maumsan.com

종이 공급 | 화인페이퍼
인쇄 | 한영문화사
제본 | 정민제본

ISBN 89 - 89351 - 34 - 0 04820
ISBN 89 - 89351 - 32 - 4 (세트)

* 책값은 뒤표지에 있습니다.

우리 집은 어디인가 2

장주주

마음산책

우리는 이미 몇 개의 집을 가진 셈이다.
베이징, 상하이, 타이위안……우리가 오랫동안 머물렀던 곳,
그리고 바둑이 있는 곳이라면 어디든지 바로 우리의 집이라 할 수 있다.

1999년 4월 루이나이웨이와 나는 흥분을 감추지 못한 채 한국에 왔
다. 벌써 3년이라는 세월이 흘렀다. 그 기간 동안 프로 기사 대열에서
한국의 바둑을 배우고 바둑대회에 참가할 수 있어서 말할 수 없이 행
복했다. 우리는 이런 기회를 준 한국 기사들에게 깊은 감사와 경의를
표한다. 한국 기사들은 우리에게 프로 기사로서 살아갈 수 있는 절실
한 기회를 찾아주었으며 잘 살아갈 수 있도록 격려해 주었다.

바둑의 매력은 한국인들의 마음속에 이미 오래 전부터 자리잡고 있
었다. 한국 기원의 꾸준한 노력과 사회 각계에서 보내오는 지원에 힘
입어 한국 바둑은 날이 갈수록 빠르게 보급되어 '바둑 팬'들의 수가 나
날이 늘어가고 있다.

바둑에 대한 매스컴의 적극적인 보도와 애정은 바둑기사들에 대한
바둑 팬들의 이해의 폭을 넓혀주었으며, 그 덕분에 우리는 전혀 만난
적이 없는 바둑 친구들과도 교류할 수 있게 되었다. 우리는 거리에서,

공항에서, 심지어 해외에서까지 우리에게 관심을 보여주는 바둑 팬들을 만날 수 있었다. 그때마다 우리를 응원해 주는 그들의 사랑을 느끼며 마음이 한없이 따뜻해지곤 한다.

이 책은 우리 두 사람이 한국에서 출간하는 첫 번째 책이다. 한국에서 책을 낼 수 있게 되어 더없이 기쁘다. 책 출간에 정성을 다해 준 '마음산책' 출판사, 우리의 글을 번역해 준 전수정 씨, 나와 루이나이웨이의 모습을 담아내느라 고생한 사진작가 이병률 씨, 바둑용어의 한국어 표현을 적절히 찾아준 이지현, 한해원 두 여학생 바둑기사에게 고마움을 표한다. 또 평소에 가르침을 주시고 이 책의 추천사도 써주신 조훈현 선생님께 감사한다.

장주주

빨리 와서 바둑을 두어요,
배가 침몰하더라도 다음 생에 다시 기사로 태어날 수 있게.

차례

3

1권 차례

1

2

1

처음 바둑을 시작할 무렵

　우리 집은 바둑 가족이라 할 수 있다. 한의사였던 할아버지는 중국 의학과 바둑, 그리고 차茶에 조예가 깊었다. 1950년대에 할아버지의 바둑 실력은 산시山西 지방에서도 알아주는 수준급이었다. 우리 집에는 바둑을 두러 오는 사람들이 늘 들끓었으며 훗날 산시 바둑의 발전에 초석이 되었다. 프로 바둑기사 가운데 선궈순沈果孫 7단 같은 이도 할아버지 밑에서 바둑을 두었다. 이런 바둑 환경 속에서 자라난 나는 자연스럽게 바둑을 접하게 되었다. 내가 태어난 지 3년 후인 1965년에 할아버지가 돌아가셨는데, 만약 할아버지가 장수하셨더라면 나는 더 많은 것을 배울 수 있었을 것이다.

　1969년, 산시 지방에 홍수가 나서 산성옌三聖庵에 있던 낡은 우리 집이 무너지는 일이 생겼다. 우리는 임시로 시 정부에서 마련해 준 초대소(중국의 여인숙—편주)로 이사를 가서 1년 정도 살게 되었다. 초대소는 정원도 컸고 사람도 많았다. 그때는 그 유명한 문화혁명(1966년부터 1976년까지 10년간 마오쩌둥에 의해 주도된 극좌 사회주의 운동—편주)의 시기였기 때문에 사회가 소란스러웠다. 어른들은 우리가 무슨 화라도 당할까 싶어 집에서만 바둑을 두게 했다. 아버지와 더불어 우리 네 형제는 모두 바둑을 둘 줄 알았다. 바둑 탁자가 없으면 밥상용 탁자 위에라도 바둑판을 올려놓고 바둑을 두었다. 당시 타이위안太原의 수많은 고수들이 초대소로 와서 바둑을 두었는데, 그 중에서도 형 장밍주江鳴久가 제일 잘 두었고 양진화楊晉華도 굉장했다.

타이위안의 겨울은 무시무시하게 추웠다. 가만히 앉아 바둑을 두고 있노라면 온몸이 꽁꽁 얼어붙는 것 같았다. 그러나 그때는 석탄이 굉장히 비쌌던 시절이라 하루 종일 난방을 한다는 건 엄두도 못 낼 일이었다. 우리는 매일 아침 학교에 가기 전에 주방에서 타다 남은 탄 찌꺼기를 긁어모았다가 학교가 끝나면 그걸로 불을 지피며 저녁까지 바둑을 두었다.

형 밍주는 베이징에 가서 고수 가오쉬광高旭光 선생에게 한동안 바둑을 배우기도 했다. 가오쉬광 선생은 녜웨이핑聶衛平 선생과 같은 시기의 고수다. 한번은 부모님을 따라 형을 만나러 베이징에 갔다. 베이징에 있는 가오쉬광 선생의 큼직한 집 정원에는 엄청나게 많은 사람들이 모여 바둑을 두고 있었다. 그들은 나를 볼 때마다 빡빡 깎은 내 머리를 한 번씩 쓰다듬었다. 하룻강아지 범 무서운 줄 모른다고, 나는 만나는 사람마다 붙들고 늘어져 하루에만 스물여덟 판이나 두었다. 그날 결과는 형편없었지만 나는 두 칸 벌림(이미 놓인 지점에서 두 칸을 건너 착수함으로써 근거를 갖추거나 모양을 넓히는 것—편주)을 배운 것만도 굉장한 성과라고 생각했다.

1970년, 아버지는 '역사의 반동분자'라는 죄명을 뒤집어쓰고 타이위안의 교외 칭쉬셴淸徐縣으로 쫓겨났다. 우리 가족은 아버지를 따라 타이위안을 떠나야만 했다. 우리 가족이 처음 간 곳은 칭쉬셴을 동서로 나누고 있는 펀허汾河 강의 동쪽 마을이었다. 타이위안에서 살던 바둑 선생의 가족 역시 그곳으로 쫓겨왔다. 그때부터 우리 두 가족은 같이 바둑을 두기 시작했다. 그러나 시골 간부가 텃세를 부리며, 바둑을 '서양의 구습'이니 '봉건주의, 유산계급의 작태'라느니 하며 비판하여 바둑을 그만둘 수밖에 없었다. 그후 우리는 펀허 강의 서쪽 가오바이高白라는 마을로 이사했다.

농촌에 있던 2년 동안 나와 형은 겨우 다섯 판을 둔 정도가 전부였을 정도로 바둑을 거의 두지 못했다. 그러나 아이들에게는 농촌 생활이 재미있었다. 어른이 볼 때 고생스럽기만 한 일도 아이들의 눈에는 흥미진진한 놀이가 되곤 했다. 가족이 양을 키우고 있는 틈바구니에서 나도 양과 토끼를 키웠다. 나는 농촌 아이들과 마찬가지로 풀을 뜯어다 팔았고 어떤 때는 풀을 팔아 번 돈으로 할머니에게 담배를 사다 드리기도 했다.

도시에 살았을 때는 배불리 먹었던 기억이 없었다. 형제가 많아서 찐빵 하나도 혼자서 먹을 수 없었던 것이다. 그런데 농촌으로 내려와서부터 나는 오히려 배불리 먹을 수 있었다. 의사인 엄마에게 진료를 받고 병이 나은 환자들이 감사의 표시로 먹을 것을 들고 왔기 때문이다. 이 기간의 농촌 생활 동안 위가 튼튼해져서 나중에 전국 방방곡곡을 돌아다니며 거친 음식을 먹을 때에도 잘 적응할 수 있게 되었다. 이상한 점은 농촌에서 2년을 보내고 도시로 돌아왔는데 뜻밖에도 7점 접바둑(급차가 날 때 상수가 하수에 대하여 일정한 치수를 접고 두는 바둑을 말함—편주)을 두던 실력이 3점 접바둑으로 늘어 있었다는 것이다.

1972년 말, 우리는 도시로 돌아왔다. 농촌에서 평생 살며 다시는 타이위안으로는 돌아오지 못할 것 같았는데, 다시 고향으로 돌아오니 장원급제라도 한 것처럼 기뻤다.

가난한 우리 팀

행운은 계속해서 찾아왔다. 도시로 돌아온 지 얼마 되지 않아 전국에서 바둑대회를 부활시키려 한다는 소식을 들었다. 산시성山西省은 소년과 청년, 그리고 성년 팀을 조직, 훈련을 시켜 대회에 내보낼 준비를 하고 있었다. 밍주 형은 소년팀에 들어갔다. 아무래도 내가 들어갈 자리는 없을 것 같았다. 그런데 뜻하지 않게 아동팀이 만들어지면서 내게도 기회가 왔다.

단체훈련 기간 동안 우리는 공짜로 저녁을 먹을 수 있었다. 비록 밀가루로 만든 흰 만두 하나와 옥수수로 만든 떡이 전부였지만 이것만으로도 나는 진수성찬을 얻은 듯 기뻤다. 매일 저녁 배를 가득 채우고 집으로 돌아갔다. 단체훈련이 끝나면서 성년 대표에 양진화, 청년 대표에 천훼이팡陳惠芳, 소년 대표에 밍주 형, 그리고 아동 대표에 내가 선발된 산시 팀은 정저우鄭州의 전국대회에 참가하게 되었다.

시합 전에 우리는 베이징 팀을 찾아가서 함께 훈련을 하기로 했다. 우리는 하루 종일 기차를 타고 해질 무렵에야 베이징에 도착했다. 베이징 팀에는 탄옌우譚炎午, 창정밍常征明, 장수타이張書泰와 나와 비슷한 또래인 양징楊靖이라는 어린아이가 있었던 것으로 기억한다. 모두들 우리를 가리키며 꼬마들이 먼저 한판 두라고 부추겼다. 팀의 대표 왕핀장王品章 선생은 정색을 하며 말했다. "이 시합은 굉장히 중요한 거야. 절대로 지면 안 돼!" 나와 양징 모두 대충 할 생각도 못하고 진지하게 바둑을 두었다. 지나치게 신중을 기하다 보니 속도가 늦어져 잘 시간이 되었다. 대표는 잠자라고 하면서 우리의 시합을 중단시켰다. 나는 시합이 끝났다고 생각했지만 알고 보니 잠시 쉬었다 하는 것이었다. 많은 사람들이 한꺼번에 왔기 때문에 침대가 부족해서 모두들 긴 의자를 두 개 붙여 침대를 만들었고 나와 형은 한 침대에서 잠을 잤다.

다음날 우리는 국가대표팀 단체훈련장에 가서 바둑을 두었다. 천주더陳祖德 선생이 양진화를 지도하고 우리 형제는 녜웨이핑 선생이 지도했다. 녜웨이핑 선생을 만난 것은 그때가 처음이 아니었다. 선생은 '문화혁명'의 교류 활동 차원에서 타이위안에 온 적이 있으며 시 정부의 초대소에서 살기도 했다. 초대소에서 한동안 살면서 양진화, 밍주와 바둑을 두었다. 하루는 아버지가 모두 함께 기념사진이라도 찍어두자고 제의하셨다. 그래서 녜웨이핑, 장사오디, 양진화, 밍주 형과 나는 아버지를 따라 사진관으로 갔다. 그러나 사진을 찍을 때 나는 너무 어리다며 빠져 있어야 했다. 억울하게 내가

바둑은 나의 종교다.

빠진 그 역사적인 빛바랜 사진은 지금도 우리 집에 보관되어 있다.

국가대표팀 단체훈련장에서 나는 마음속의 영웅 천주더, 네웨이핑, 우쑹성을 만났다. 천주더 선생은 당시 상당히 뚱뚱하였는데 과묵해서서 좀 거만한 듯한 인상을 풍겼다. 그들은 바둑을 둘 때 온 정신을 집중하였다. 나는 한쪽에 조용히 서서 그들을 바라보며 그들이 세상에서 가장 고상한 일을 하는 대단한 사람들이라고 생각했다. 그리고 나도 언젠가 국가대표팀에 들어갈 수 있기를, 그리고 나 역시 바둑 영웅이 될 수 있기를 꿈꾸었다.

아동조 시합에 참가하는 어린이는 십여 명이었다. 오전에 한 판 오후에 한 판 해서 두 번씩 두게 되어 있었다. 우리는 어른들이 바둑을 둘 때 옆에 시계를 두는 모습을 보며 부러워했다. 한편으로 바둑을 두고 다른 한편으로 시계를 누르니 얼마나 재미있을까!

시합 장소는 정저우 체육관이었다. 행진곡이 연주되는 가운데 우리는 성큼성큼 활기차게 체육관으로 걸어 들어갔다. 첫 번째 내 상대는 장펑張鵬이었다. 탁자 옆으로 가자마자 우리는 지체 없이 앉아서 바둑을 두려고 했다. 그때 어른들은 지금 바로 두는 것이 아니라 지도자의 담화가 끝나야 둘 수 있다고 말해 주었다.

집에서 바둑을 배우던 시절 아버지는 지금 중국에서 제일 잘 두는 사람은 천주더이며, 일본에서는 원래 우칭위안吳淸源이 제일 잘 두었는데 나중에 자동차 사고가 나서 바둑을 두지 않는 것 같다고 일러주셨다. 그래서 현재 일본 최강자는 '반덩板凳(의자 팔걸이라는 뜻—편주)'으로, 그는 자를 것은 반드시 자르는 살인적인 바둑을 둔다고 했다. 사실 아버지가 말씀하신 것은 사카다坂田였는데 나

는 항상 기억하지 못하다가 '반덩'이라고 하자 확실히 기억하게
되었다.

장펑과 바둑을 둘 때 나 역시 '반덩'의 모양을 흉내내 자를 것은
확실히 자르며 '살기 등등' 하게 두었다. 중간쯤 되자 나는 확실히
장펑의 몇 곳을 끊어 살지 못하게 했다. 내가 이제 그는 과연 어떻
게 할까 궁금해하고 있던 바로 그 순간에 장펑은 바로 돌을 던졌다.

시작에서 이기자 나는 계속해서 승세를 탔다. 첫 번째 리그는 전
승으로 끝냈는데, 여기에 오기 전까지는 아무도 생각지 못한 결과
였다. 이렇게 되자 나는 자신감이 생겨서 어린아이들은 안중에도
없었다. 자만하면 반드시 패하는 법, 2차 리그가 시작되자마자 나
는 왕지엔쿤王劍坤과 차오다위안曹大元에게 패하고 말았다. 그러자
대표는 화가 나서 점심도 제대로 먹지 못하게 했다. 많은 어른들이
원래 내게 우승의 희망이 있었는데 어이없게 끝나버렸다며 나를 꾸
짖었다.

이어서 내가 상대할 아이는 양징이었다. 시합 때 질까 봐 너무 긴
장한 탓에 잘 두지 못했지만 생각지도 않게 한 점 차로 이겼다. 우
리 산시 팀은 다시 기뻐했다. 계속해서 상대하게 될 선수 가운데 그
렇게 강한 선수는 다시 없을 것 같아 내가 우승할 가능성이 커졌기
때문이다. 나는 모두의 희망을 저버리지 않고 아동조의 우승을 차
지했다. 우승하기 전 왕펀장 선생이 나에게 "만약 네가 우승하지
못하면 바로 타이위안으로 돌려보내겠다"고 으름장을 놓았었다.
그 말을 듣고 내가 "그럼 내가 우승하면요?" 하고 물으니 "그럼 당
연히 우리와 함께 난징南京으로 훈련하러 가지" 했었다.

아동조에서의 우승으로 나는 팀과 함께 난징에 갈 수 있었다. 당시 난징은 나에게 특별한 인상을 남겼다. 남쪽 지방 사람들은 매끼 모두 밥을 먹을 수 있어서 혈색이 좋아 보였다. 우리는 체육위원회에서 제일 잘 먹을 때에도 밀가루가 30%를 넘지 않았고 나머지는 모두 잡곡을 먹어야 했는데 말이다.

왕핀장 선생은 상하이 사람으로 대학 졸업 후에 산시에 파견되었지만 집안 형편이 좋지 않아 중용되지는 못했다. 체스도 할 줄 알았고, 일찍이 선수의 신분으로 전국대회에 참가한 적도 있었다. 후에는 지도자의 길로 방향을 바꿔 바둑 훈련을 책임졌다. 그는 훈련반에서 여학생 천훼이팡을 선발, 그녀를 집중 양성하여 베이징에 보낼 계획을 세우고 있었다. 그가 천훼이팡만을 집중 양성하자 다른 선수들은 질투를 느끼게 되었다.

왕핀장 선생은 우리에게 모두 '독하게' 대한 지도자로 유명했다. 그 절정은 설 명절 기간에 우리 모두를 남쪽 지방으로 보내 바둑 훈련을 시켰던 일이었다. 집에서 설을 지내면 정신이 멍해져서 바둑이 황폐해지지만, 남쪽에 가면 사고무친이니 전심전력으로 바둑을 둘 수밖에 없다는 것이었다. 1974년부터 8년 동안을 나는 집에서 설을 지내본 적이 없다. 선생의 이런 압력을 통해 우리는 더욱 열심히 노력했고 당연히 바둑 실력 역시 크게 발전했다.

왕핀장 선생은 나중에 바둑 사업에 대한 공이 인정되어 시 체육위원회의 보통 직원에서 성省 체육위원회 대회처장까지 올랐다. 시간이 더 흐르고 나서 선생은 또 베이징 기원의 부원장을 맡았는데, 다른 코치들과 함께 체스의 특급 선수 시에쥔謝軍을 배출했다.

우리 팀은 경비 부족으로 해산되었다가 1974년의 전국바둑대회를 맞이하여 다시 훈련을 시작했다. 그때 타이위안에는 팡톈펑方天豐과 팡톈강方天剛이라는 또 다른 형제 바둑기사가 탄생했다. 나중에 전국 우승을 하는 팡톈펑은 나와 비슷한 또래였지만, 바둑은 나보다 늦게 배워 당시 수준은 나에게 조금 못 미쳤다.

왕판장 선생에게는 한 가지 신조가 있었다. 어릴수록 바둑을 배우러 멀리 보내야 한다는 것이었다. 왜냐하면 집에는 놀거리가 많아서 쉽게 마음이 분산되기 때문이다. 그래서 왕판장 선생은 우리를 당시 바둑 환경이 비교적 좋았던 허난河南 지방에 훈련하러 보냈다. 그러면서 어른을 딸려 보내면 한 사람의 비용이 더 든다며 나에게 팡톈펑을 데리고 가라고 했다. 나는 저번 바둑대회에서 허난의 성도인 정저우에 시합을 하러 가본 적이 있어서 그 지역에 경험이 있다고 생각하고는 끄떡없다고 자신 있게 대답했다.

정저우 역에 도착하자 우리는 선물용 식초를 몇 병 들고는 멍하게 서 있을 수밖에 없었다. 뜻밖에도 아무도 우리를 맞으러 나오지 않은 것이 아닌가! 이를 악물고 나는 팡톈펑을 데리고 버스를 탔다. 우리끼리 체육관을 찾아간 것이다. 어른들은 우리를 보고 "너희들 어떻게 너희들끼리 왔느냐. 선생님이 너희를 마중 나가지 않았더냐?"라고 물으면서 매우 놀라워했다.

왕판장 선생의 부탁을 받은 허난 팀의 선생들은 우리를 엄하게 관리했다. 우리는 바둑을 두고 또 두었다.

허난에서 나는 시력에 문제가 있음을 발견했다. 내 시력은 원래 좋았지만 몇 차례 바둑을 두고 피곤해지면 바둑알이 갈수록 작아지며 멀게 보이는 것이었다. 그러나 나는 어른들에게 어떻게 말해야 할지 몰랐다. 왜냐하면 순간적으로 일어나는 현상이었기 때문이다. 눈에 이어서 몽유병 증세까지 나타났다. 이렇게 나 스스로도 알 수 없는 일이 생기자 나는 우선 겁부터 났다.

허난에서 한동안 훈련을 하고 난 후 나는 곧 청두成都에서 열리는 전국바둑대회에 참가했다. 당시 소년조와 아동조는 단체전이었다. 매 팀에서 세 사람이 출전하는데 그 가운데 반드시 여자가 한 명 있어야 했다. 나는 아직 아동조에 속할 나이였지만 소년조에 배치되어 형과 나란히 시합에 참가했다. 결과적으로 우리 둘은 성적이 좋았다. 형은 한 판도 지지 않았고 나는 딱 두 판만 졌을 뿐이었다. 나보다 나이가 많은 상하이의 샤성하오夏勝浩 같은 기사를 제치고 나는 다시 금메달을 땄다.

성적이 좋았기 때문에 우리는 자신만만해서 지도자에게 시합장에 남아서 성인조의 시합을 보고 싶다고 말했다. 지도자가 허락하자 우리는 남아 있던 소년 기사들과 함께 오전에는 훈련과 시합을 하고, 오후에는 성인 시합을 관전했다. 토요일 시합이 없을 때면 우리는 청두에 가서 놀았다. 나는 두보 사당과 제갈공명의 사당인 '무후사武侯祠'에 관심이 많았는데 우리 집에『삼국지』전집이 있어서 나는 그것을 즐겨 보았고 그 가운데 고사도 적지 않게 알고 있었다. 지금 그 고사의 근원지에 왔다고 생각하니 너무 흥분되어 마치 제갈공명이며 장비가 눈앞에서 내가 익숙하게 암기하고 있는 말들을 하고 있는 것 같았다.

다른 지방의 어린이 기사들은 대부분이 도시에서 와서, 청두 교외에서 놀 때 그 많은 농작물에 대해 잘 알지 못했다. 나는 2년 동안 농촌에서 생활한 경험이 있었기 때문에 흡사 어린 농사꾼처럼 그들에게 밭에서 이것 저것을 소개했고, 그래서 그들은 모두 내가 농촌에서 온 줄 알았다.

산비탈에서 양을 보자 나는 어렸을 적 내가 키우던 양이 생각났다. 남방의 양은 수염이 길었는데 북방의 양은 수염이 짧다는 것을 발견했다. 내가 키우던 양은 매년 서너 차례 양털을 자를 수 있었으며 자른 양털은 내다 팔 수 있었다. 그 양은 풀을 좋아했으며 또 수수와 옥수수도 좋아했다. 뿔로 사람을 받으면 상당히 위험했지만 주인을 받은 적은 없었다. 몇 차례 내 양이 나를 향해 달려든 적이 있었는데 기세가 흉흉한 것이 마치 받으려는 것 같아 나는 놀라 기절할 정도였다. 그러나 양은 내 면전에 와서는 돌연 우뚝 멈춰 서서는 마치 나에게 너랑 장난치려는 거야 하는 듯한 표정을 지었다. 장난꾸러기!

시합에 참가하러 올 때는 긴장과 호기심으로 재미가 있었지만 이별할 때는 슬펐다. 더욱이 우리 산시 팀은 경비가 부족해 이제 돌아가면 해산해서, 일하는 사람은 일하고 학교 다니는 사람은 학교에 다니다가 이듬해 시합이 있어야 다시 모이기로 되어 있었다. 팀의 경비가 부족하니 우리는 침대칸은 엄두도 못 내고 딱딱한 좌석에 앉아 돌아가야 했다. 그러나 많은 사람들과 떠들썩하게 지내니 모두들 피곤한지 몰랐다. 어떤 때 우리는 기차 안에서 바둑을 두었는데 기차가 흔들리는 바람에 플라스틱 바둑이 불시에 엎어져서 화가 나기도 했다. 우리는 그때 일본에는 자석 바둑판이 있어서 떨어

지지 않고 붙어 있다는 얘기를 듣고 언젠가 우리도 그런 바둑판을
쓸 수 있기를 고대했다.

⬤ 나이를 넘어서서

산시성은 체육이 약한 도시로, 자전거를 제외한 어떤 종목도 메달을 딸 수 있는 것이 없었다. 바둑팀이 연이어 전국대회에서 메달을 따자 성 체육위원회는 흥분했다. 생각지도 않게 타이위안 시가 바둑 강자가 되었던 것이다. 이렇게 해서 1975년 전국체전에 참가하기 위해 체육위원회에서는 특별히 자금을 조성하여 타이위안 시 바둑팀에 지원하고 좋은 성적을 내기를 기원했다. 왕핀장 선생은 기뻐하며 훈련 대상을 넓혔고 우리를 두 팀으로 나누어 훈련시켰다. 이렇게 해서 형은 신화링新華嶺에 나는 시하이즈西海子의 수영장으로 나누어 배치되었다. 시하이즈의 수영장에는 식당이 없었기 때문에 우리는 팀에서 나오는 10전 정도의 보조만으로는 밥을 먹을 수 없었다. 왕 선생은 우리가 훈련하는 곳은 타이위안 시의 수영장이니 그곳의 수영팀과 공동으로 식사를 하라고 했다. 15명분의 식비만 내고 25명이 밥을 먹으니 모두 공평하게 먹으려면 하는 수 없이 먹는 것이 좀 나쁠 수밖에 없었다.

수영장에는 매일같이 사람들이 와서 수영을 했으므로 시끄러웠다. 저녁이 되어 수영장 문을 닫아야 비로소 조용해졌다. 정신을 집중해 바둑을 두게 하기 위해 왕 선생은 모두에게 쉬지 않고 돌아가며 시합을 갖게 했다. 매 사람마다 다른 사람과 네 번씩 바둑을 두어 만약 네 번 다 이기면 한 점, 3승 1패면 반점이 올라갔다. 그 결과 모두 승급을 중요하게 생각하였고 거기에 목숨을 걸었다. 그때부터 내 기력棋歷은 점차 성인에 가까워졌고 마침내 성인처럼 시간을 재어가며 바둑을 두게 되었다.

서당 개 삼 년이면 풍월을 읊는다고, 수영장에서 바둑을 두자 나는 바둑뿐 아니라 수영까지 배우게 되었고, 깊은 곳에서 수영할 수 있는 자격증까지 따게 되었다. 수영을 할 줄 알게 되어 아주 기뻤다. 어려서 집이 홍수에 잠긴 적이 있던 터라, 물을 경외하면서도 무서워하여 수영할 줄 아는 사람을 보면 대단하게 생각했었다. 내가 수영할 수 있게 된 것은, 어떤 일이든 보기에는 어려워 보이지만 노력하기만 하면 충분히 할 수 있으며 성공할 수 있다는 교훈을 가르쳐주었다.

전국체전의 예선이 상하이上海에서 열렸다. 당시 타이위안에는 상하이로 바로 가는 기차가 없었으므로 우리는 여러 차례 기차를 갈아타고 가야 했다. 왕 선생은 모든 기회를 잘 이용할 줄 아는 사람이었다. 그는 우리에게 기차를 갈아타는 기회를 이용해 그곳의 기사들과 교류하게 했다. 우리는 먼저 지난濟南에 갔다가 다시 쉬저우徐州, 난징, 상하이로 갔는데 왕 선생은 가는 곳마다 먼저 두 사람을 보내 그곳의 체육위원회와 연락하여 바둑을 두게 하고는 공짜로 잠잘 곳을 얻었다. 내가 그 몇 도시의 이름을 분명히 기억하는 까닭은 그때부터 내가 소년의 신분으로 그곳의 성인들과 바둑을 두기 시작했고 성적 또한 좋아서 자신감이 크게 향상됐기 때문이다. 사실 그때 모두의 수준이 그다지 뛰어난 것은 아니어서 내가 몇 판더 이겼다고 실제로 대단한 일은 아니었다.

상하이에서 시합할 때 우리는 젠궈建國 호텔에 묵었다. 내 침대는 대표의 세심한 배려로 복도 가까이에 있었다. 시합은 체육관에서 열리는데 아침에 모두 차를 타고 가서 바둑을 두고, 점심 때 차를 타고 돌아와 밥을 먹었다. 모두들 점심 휴식 시간을 이용해 대책을 연구했다. 이것은 체스나 장기 대회에서는 허락되나 바둑 대회에서는 허락되지 않았다. 왕 선생은 우리 팀의 수준이 떨어져서 반드시 단체로 지혜를 모아야만 비로소 승리할 수 있다고 말했다. 나는 입구에서 망을 보다가 혹 의심스러운 사람이 가까이 오면 보고하는 임무를 맡았다. 의심스러운 사람이란 다른 팀 사람과 그 시대의 특별한 사람들, 즉 공농병工農兵 평론위원(문화혁명의 시기 노동자·농민·군인 중에서 선출된 평론위원들. 이들은 바둑에 대해 문외한이면서도 바둑대회를 감시·평론하였음—편주)들을 말한다. 문을 잠그면 부정 행위의 혐의를 받기 때문에 그럴 수는 없고 안전을 기하기 위해 사람을 문 뒤에 세워놓고 엉덩이로 버티게 하여 문이 쉽게 열리지 않게 했다.

우리는 스스로 똑똑하다고 생각하고 있었는데 헤이루강黑龍江

팀의 청샤오리우程曉流가 득의양양하게 말했다. "너희들이 뭐 하는지 우리는 다 알고 있어. 주주의 머리가 보이기만 하면 나는 너희들이 바둑을 치우고 있는 것을 알 수 있지." 그는 계속해서 "쉬ㅡ, 우리도 바둑을 치우고 있어"라고 말하는 바람에 모두 웃고 말았다.

쓰촨四川 팀과 시합을 할 때 양진화가 반 집 차로 황더쉰黃德勛을 이겼고, 밍주 형이 반 집 차로 천안치陳安齊를 이겼는데, 황더쉰과 천안치는 당시 국가대표팀에서는 모두 유명한 사람들이었다. 쓰촨 팀을 이겼다는 것은 결승에 오를 수 있으며 또 그 많은 경비도 헛되이 낭비한 것이 아니라는 걸 의미했기 때문에 우리 모두는 너무나 기뻤다.

나는 개인전에 참가했는데, 개인전에 참가하는 어린이는 드물었다. 내 첫 번째 상대는 간쑤성甘肅省의 교수 첸보츄錢伯初였다. 당시 어떤 평론에서 말한 나이가 가장 많은 기사와 나이가 가장 어린 소년의 시합은 바로 우리를 가리키는 말이었다. 시합은 두 번 지면 떨어졌는데 나는 첫판에서 졌다. 두 번째 판에서는 신장新疆의 선수를 이겼다. 세 번째 판에서 다시 첸보츄를 만났는데 그 판에서 우리는 전부 일곱 시간을 두며 초를 재는 시간까지 쓴 끝에 결국 내가 승리했다. 이것은 내가 성인 기사의 대열에서 몇 등 안에 진입하는 것과 같았다. 나는 스스로 대단하다고 생각하고 있었는데 첸보츄 교수는 "더 이상 바둑을 두지 못하겠구먼, 어린아이한테도 지다니"라고 하루 종일 투덜거렸다.

다음으로 내 상대는 허난의 명장 천시밍陳錫明 선생이었다. 1950년대 중국에서 일본으로 유학 간 사람이 있다면 바로 천주더 선생과 천시밍 선생이라고 했다. 바둑을 두기 전에 나는 심리적으로 이미 천시밍 선생에게 지고 있었는데, 결과 뭘 좀 배우기도 전에 선생에게 져버렸다.

1975년 겨울부터 나와 천훼이팡, 치우린邱霖은 자주 항저우杭州에 훈련하러 갔다. 항저우는 조건이 비교적 좋았고 장궈전姜國震 같은 뛰어난 기사들도 많았다. 그때 마샤오춘馬曉春도 이미 이름을 떨치기 시작했다. 내가 남쪽으로 훈련 가는 것을 좋아한 또 다른 이유는 바로 남방에서는 잘 먹을 수 있기 때문이었다. 그러나 남방에 불만이 한 가지 있다면, 그것은 바로 남방의 겨울이 실제로는 무척 춥다는 사실이다. 남방의 추위는 은근한 추위로, 온몸에 냉기가 돌면 마음까지 으슬으슬해지는 것을 도저히 피할 수 없었다. 북방의 겨울은 온도가 남방에 비해 훨씬 낮았지만, 건조한 추위여서 난방을 하면 곧 방이 따뜻해졌다.

항저우에서 우리는 항상 푸젠福建 팀을 만나곤 했는데 그때 푸젠 팀에는 유명한 자오즈윈趙之云과 황량위黃良玉 등이 있었다. 나중에 알게 된 사실이지만, 천훼이팡은 당시 황량위와 사귀고 있었다. 그들이 항상 같이 있으려 했기 때문에 두 팀도 자연스럽게 항상 한데 어울렸다. 결국 이득을 본 것은 역시 우리 산시 팀이었다. 왜냐하면 황량위가 나중에 산시 팀으로 와서 지금도 여전히 산시 바둑 일에 종사하고 있기 때문이다.

그 당시 또 다른 큰 수확은 자오즈윈 선생과 좋은 친구가 된 것이다. 나이로 따져보면 나와 자오즈윈 선생은 친구가 될 수 없을 것이다. 그때는 항상 회의를 열어 중앙의 지침을 전달하곤 했는데, 한번

회의가 열리면 모두 함께 모여 있어야 했다. 그러나 그렇게 많은 사람들이 들어갈 수 있는 방이 없어서 우리 외부 팀은 그저 밖에서 잠시 기다리는 수밖에 없었다. 밖은 몹시 추웠으므로 모두들 왔다갔다했다. 자오즈윈 선생의 걸음은 너무도 빨라 모두들 선생을 따르지 못했다. 나만이 억지를 잘 부려 선생을 따라갔다. 걷다가 보니 우리는 할 말 못할 말 없는 좋은 친구가 되었다.

자오즈윈 선생은 학자형 기사로 지식이 풍부했고 바둑의 역사에 대해 특히 조예가 깊었다. 나는 바둑과 관련된 수많은 고사를 모두 선생에게 얻어들었다. 생동감 넘치는 선생의 이야기는 나를 취하듯 빠져들게 했다. 자오 선생은 상하이 사람으로 문화혁명 때 푸젠으로 가게 됐는데, 어디로 가든지 한 번도 바둑 연구를 포기해 본 적이 없었다. 그는 1975년 다시 바둑을 두게 되면서 바로 전국 4위를 차지했는데 이는 정말 쉽지 않은 일이다. 자오 선생은 상하이로 오면서 《월간바둑》을 편집하고 옛날 기보의 정리 작업을 하였다. 옛날 기보 연구에 대해서 그에게 절대적인 권위가 있다는 건 바둑계에서는 이미 잘 알려진 사실이다.

바둑을 계속 두어야 한다

1976년 겨울, 산시성 운동팀은 마침내 바둑팀과 장기팀, 국제체 스팀을 받아들이기 시작했다. 성 체육팀에 보고하러 온 날 나와 팡 텐펑과 예장찬棄江川 등 열 몇 명의 어린아이들은 재잘재잘 무척이 나 흥분했다. 다음날 아침 우리는 일찍 일어났다. 모두들 시계가 없 어서, 혹 늦게 일어나 훈련에 영향을 주지나 않을까 하여 모두 아침 일찍 일어났던 것이다. 문을 열자 살을 에는 듯한 겨울 바람이 얼굴 에 확 끼쳤다. 아무도 없는 어둠 속에서 우리는 정해진 시간보다 두 시간이나 일찍 일어났던 것이다.

선수들의 생활은 규칙적이어서, 오전에는 부근 타이위안 21 중 학교에 다녔고, 오후에는 훈련에만 전념했다. 학교에서도 우리의 학업에 대해 별 요구를 하지 않았고 그저 시험만 통과하면 됐다.

우리 집에서는 다른 생각이 있어서 나를 좀 늦게 졸업시켜야겠다고 생각하고 있었다. 누나는 1959년생으로 일찍 중학교를 졸업하고 농촌인민공사에 들어갔다가 도시로 돌아왔는데, 나이가 어리다며 다시 타이위안 교외의 인민공사에 배치되었다. 이런 상황이 나에게 벌어지는 것을 막기 위해 부모님은 학교에 한 학년 유급시킬 것을 건의했다. 학교 선생은 장주주의 학업 성적이 이렇게 좋은데 왜 유급시키려는 걸까 이상하게 생각했다. 부모님이 간곡히 요구하는 바람에 선생도 결국 나를 유급시키는 데 동의하여 나는 동생과 한 반에서 공부하게 되었다. 나는 그때 공부보다는 바둑에 더 관심이 많았던 터라 유급되는 것에 크게 속상해하지 않았다. 한번은 나와 팡톈펑이 수업에 늦었다. 선생은 우리에게 '보고' 하고 다시 들어오라고 했다. 입구에 서서 나는 팡톈펑에게 어쨌든 늦었으니 바둑이나 두러 가는 게 좋지 않겠냐고 말했고 선생은 화가 나서 우리에게 반성문을 쓰게 했다.

우리가 성 대표팀에 들어갔을 때 이미 양진화와 형 밍주는 국가 단체훈련 팀으로 들어가 있었으므로, 성 대표팀에서 내가 제일 가는 선수라 할 수 있었다. 그러나 실력이 나만 못한 기사들과 바둑을 두는 것은 실력 향상에 도움이 되지 않았다. 베이징에 친척 할아버지가 계셔서 부모님은 팀에 내가 국가대표팀으로 견학 가는 것을 허락해 달라고 요청했고, 팀에서는 동의했다.

국가대표팀에서 바둑을 관전한 것은 수확이 컸다. 어떤 경우 몇 분 관전하는 일이 성 대표팀에서 몇 시간의 훈련량에 해당했다. 어떤 것은 성 대표팀에서 하루 종일 연구해도 알 수 없는 것이었다. 그렇게 나는 베이징에서 몇 개월을 보냈다.

아침 일찍 나는 친척집을 나와 국가대표팀으로 갔다. 모두들 나에게 잘 대해 주었고 내가 어디서나 바둑을 볼 수 있게 허락했다. 그러나 정오가 되면 나는 갈 곳이 없었다. 모두들 낮잠을 자야 했는데, 나 같은 어린아이는 낮잠 자는 것을 좋아하지 않아 무료하기 짝이 없었다.

그 당시 국가체육위원회 주임 장저둥庄則棟은 바둑광이었는데, 오후 휴식 시간이 되면 바둑팀에서 바둑 둘 사람을 찾았다. 그러나 모두들 잠을 자야 했기에 그는 결국 나를 불렀다. "주주, 우리 한판 두자!" 맨 처음 장저둥과 바둑을 두기 시작했을 때 나는 불편했다. 왜냐하면 그는 전 중국의 체육 운동을 관리하는 유명한 인물이었고 나는 그저 평범한 중학생이었기 때문이다. 그러나 나는 곧 그가 누구하고나 친할 수 있는 격 없는 사람이며 바둑 실력이 형편없다는 것을 알고 나서 그를 무서워하지 않게 되었고 서로 친하게 지낼 수 있게 되었다.

베이징에 바둑 견학을 하는 동안 성 대표팀에서는 약간의 식사비만을 제공해 주었기 때문에 나는 제대로 된 식사는 사 먹지 못했다. 매일 먼 곳까지 가서 국수를 사 먹었다. 장저둥은 이것을 알고 곧 체육위 식당에 와서 밥을 먹으라고 했다. 체육위 식당은 과연 값도 싸고 맛도 좋았다. 장저둥 역시 다른 사람들과 똑같이 식당에서 밥을 먹었으며, 그가 유일하게 누리는 특권은 줄을 설 필요가 없다는 정도였다. 어떤 때 그는 내가 줄 서 있는 것을 보고 음식을 파는 사람에게 부탁했다. "주주의 밥도 같이 주시오. 얘는 다른 성에서 왔는데, 밥을 먹고 또 훈련해야 하니까." 사실 그가 말하는 훈련이란 바로 우리가 함께 바둑을 두는 것이었다.

겨울이 되자 나는 다시 성 대표팀을 따라 항저우로 훈련하러 갔
다. 그 해 우리는 좀 늦게 갔는데, 설이 가까워진 기차역은 넘쳐나
는 사람으로 가득했고 차 안도 사람으로 꽉 차 비집고 들어갈 틈이
없었다. 이불보를 등에 진 우리는 도저히 올라갈 방법이 없었다. 다
행히 창문이 망가진 찻간을 발견하여 그곳으로 기어 올라갔다. 기
차가 출발하자 찬바람이 차 안으로 불어 들어왔다. 우리는 잠시 서
있다가 곧 발을 비비며 몸을 따뜻하게 했다. 지금 생각하면 고생스
럽기 짝이 없는 여행이었지만 당시에는 고생이라 생각하지 않고 오
히려 즐거움이라 여겼다. 1년 동안 떨어져 있던 친구를 만나 모두
함께 바둑을 두며 놀 것과 매일 쌀밥을 먹을 것을 상상하니 마음은
곧 날아갈 듯해졌다.

항저우에서 나는 세탁하고 이불 꿰매는 것을 배웠는데, 그 대신
손은 온통 동상에 걸렸다. 저장浙江 팀의 대표 훼이룬惠潤 선생은
나에게 특히 잘해 주었다. 항상 추운지 따뜻한지 물으셨고 나에게
바둑 기록 노트를 자주 가져다 주곤 했던 것으로 기억한다. 그들의
기록 노트는 용지가 윤이 반짝반짝 나는 고급스러운 것이었고 우리
산시 팀의 기록 노트는 등사 인쇄한 것으로 조잡했다.

1976년, 우리는 허페이合肥에 시합하러 갔다. 그 해 우리 팀은 단
체 성적이 특히 좋았는데 쓰촨 팀, 베이징 팀을 누르고 제일 먼저
결승에 올랐다. 내 개인전 성적도 괜찮아서, 류샤오광에게 진 것을
제외한 나머지는 모두 이겼다. 그때 특히 인상 깊었던 것은 국가대
표팀의 기사들이 지방팀 기사들에게 바둑 강의를 했던 일이다. 나

는 거기서 많은 것을 배울 수 있었다. 가을에 있을 결승은 원래는 타이위안에서 열리기로 예정되었다가 9월 9일 마오쩌둥 서거로 모든 문화체육 활동이 취소되는 바람에 자연 취소되었다.

마오쩌둥이 죽자 중국에는 엄청난 변화가 일어났다. 연말 우리가 다시 항저우에 갔을 때 저장 팀의 대표 훼이룬 선생은 막 재판을 기다리고 있었다. '사인방'의 잔재라는 이유에서였다. 그가 도대체 어떤 사람인지 잘 알지는 못했지만, 나는 그가 나에게 줄곧 잘해 주었다는 것만은 알고 있었다. 그래서 나는 그를 만나러 갔다. 뜻밖에도 그는 나를 보자마자 문밖으로 밀쳐내면서 말했다. "우리 사이에 선을 분명히 그어야 한다. 그래야 너에게 해가 없지."

나중에 다시 그를 만나러 간 적이 있었는데 나는 그를 도와 물을 긷는 잡일을 했다. 그때 그는 기뻐하며 많은 말들을 했다. 그렇지만 대부분은 무슨 뜻인지 알 수 없는 내용이었다. 그저 기억나는 것은 "나는 옌안延安의 보육원에서 자란 사람인데 어떻게 당에 반대할 수 있겠냐?"는 말이었다. 벌써 20여 년이 지났으니 훼이룬 선생은 아마도 많이 늙으셨을 것이다. 우리는 비록 연락은 끊겼지만 언제나 지인을 만나면 항상 안부를 전해 달라고 부탁하곤 한다.

1977년부터 대학입학고사가 부활되자 나는 대학 시험을 봐야 할지 아니면 계속 바둑을 둬야 할지 고민에 빠졌다. 집에서는 내가 대학에 가기를 바랐지만 그 결정은 내 스스로 내리게 했다. 아직 결정된 건 아니지만 나는 계속 바둑을 두어야 한다고 생각했다.

우리는 하얼빈에서 열리는 바둑대회에 참가했다. 가장 중요한 시합에서 내가 차오다위안에게 지는 바람에, 우리 산시 팀은 우승을 코앞에 두고 억울하게 2위에 머물러야 했다. 그러나 개인전에서 나는 우승을 차지했다. 준우승은 류샤오광이었으며 3등은 양징이었고 4등은 차오다위안이었다. 류샤오광은 국가대표팀 선수여서 나는 지방팀인 내가 국가대표팀을 이긴 것에 무척이나 기뻤다. 시합이 끝난 후에 우리의 단체훈련이 조직되었다. 국가대표팀의 선수들이 우리 같은 소년 기사들을 보살펴주기로 되었다. 그러나 나는 부모님이 집으로 돌아와 앞일을 상의하자고 하여 단체훈련에 참가할 수 없었다.

부모님은 개방적인 사고를 가진 분들이라 내 앞날에 대해 그저 의견만 내놓고 결정은 스스로 내리게 했다. 나는 바둑을 좋아했고, 노력만 하면 충분히 프로팀에 뽑힐 가능성이 있다고 생각했다. 프로팀은 단체팀과는 달라서 팀원의 식비와 의복을 제공해 주었고 17세 이후에는 월급도 지급했다. 만약 바둑을 접고 공부를 택한다면 집에서 필시 내 생활비와 학비를 부담져야 했다. 바둑을 잘 두지 못하면 그때 가서 다시 대학 시험을 처도 늦지 않다고 생각한 나는 바둑을 선택했다.

국가대표팀에 들어가다

　1978년 초 나는 국가대표 단체훈련에 들어갔다. 그때부터 베이징에서의 국가대표팀 생활이 시작되었다.

　롱지엔싱容堅行 선생과 허샤오런何曉任 선생이 우리 소년팀을 나누어 관리하였다. 나와 마샤오춘 등은 4층에 살았고, 화이강華以剛 선생과 우쑹성吳淞笙 선생은 아래층에 살았다. 그때 베이징은 물 사정이 좋지 않아 걸핏하면 물이 끊겼다. 그때마다 수도꼭지를 최대한 비틀었지만 물은 한 방울도 나오지 않았다. 그러나 언제 다시 물이 나올지 몰라 수도꼭지를 틀어놓고 물이 나오기를 기다렸다. 일이 있어 외출할 때면 우리는 수도꼭지 잠그는 것을 깜빡했고, 그 결과 몇 번이나 온통 물바다를 만들어 우리 방은 물론 아래층 화이강 선생 방까지도 엉망으로 만들었다. 롱지엔싱 선생이 우리들을 불러놓고 따끔하게 책망하셨다. 이제 어린애도 아닌데 어떻게 수도꼭지

하나 관리를 못해서 이렇게 물을 낭비하고 또 방을 망가뜨리느냐고. 한차례 혼이 난 후 우린 곧 방을 나갈 때면 수도꼭지를 잘 잠갔는지 꼼꼼히 점검했다.

우쑹성 선생은 바둑에는 고수였지만 자신의 방을 잘 기억하지 못하곤 했다. 툭하면 4층에 와서 우리 방문을 열고 난 후에 잠시 멍하니 "어이쿠, 내가 또 잘못 온 거지?"라고 했다. 우리는 모두 선생의 신경이 좀 무디다고 생각했다.

국가대표팀에 들어온 지 얼마 되지 않아 팀에서는 나이가 많은 대원이 나이가 어린 대원을 이끌고 보살피는 일방일 일대홍—帮——對紅 활동을 벌였다. 막 단체훈련이 시작됐을 때 양진화가 나를 보살펴주게 되었다. 니우리리는 네웨이핑 선생이 보살피고 마샤오춘은 왕췬이 돌보게 했다. 그러나 네웨이핑 선생은 자신은 못돼먹은 마샤오춘이 좋다며 어린 대원 둘을 보살피길 자청했다. 그들 세 사람은 항상 함께 바둑을 두며 나가서 운동도 함께 했다.

베이징의 겨울은 특히 추워서 아침 일찍 달리기를 하고 체조를 하는 것은 골치 아픈 일이었다. 어떤 사람은 주변을 좀 돌다가 다시 숙소로 돌아와 계속 잠을 잤다. 오래달리기를 하는 사람은 장밍주, 천자루이, 귀쥐안 등이었다. 어렸을 적 나는 건강이 좋은 편이 아니었으므로 그들을 따라 달리기를 했는데 그러고 나니 몸이 점점 튼튼해졌다. 한겨울의 롱탄후龍潭湖에는 안개가 자욱했고, 나는 호수 위 두꺼운 얼음을 지치면서 스스로 비적의 영웅 양쯔롱楊子榮이 되어 망망한 숲 속의 설원을 헤치고 다니는 상상을 했다.

몇 년 후에 나는 베이징에서 다시 장저둥을 만났는데 그는 자리에서 쫓겨나 비판을 받고 있었다. 그 시절 체육위원회 조직에서는 '사인방' 잔여 세력의 활동에 대한 비평이 막바지에 달하고 있었다. 그 시절엔 시도때도없이 열리는 회의 때문에 훈련을 제대로 할 수 없었다. 우리들은 멍청히 거기에 앉아 있다가 무슨 뜻인지 알지도 못한 채 그저 구호를 외치고 손을 들 뿐이어서 나는 회의를 별로 좋아하지 않았다.

1978년에는 다시 산시 팀 소속이 되어 샤먼廈門으로 시합하러 갔다. 당시 샤먼 시민들은 굉장히 적대적이었다. 우리가 대로에서 길을 묻노라면 항상 조사를 당하곤 했다. 샤먼이 한 가지 나에게 깊은 인상을 준 것은 바다였다. 앞의 진지에서 타이완 당국이 관할하는 작은 섬이 보였는데 그곳에는 국민당 깃발이 펄럭이고 있었다. 원래 영화에서 국민당의 깃발을 본 적은 있었지만 그때는 그저 어렴풋하게만 느꼈었다. 그때 본 국민당의 깃발은 붉은 홍색이었다. 나는 그때서야 "파란 하늘 대낮에 온 천지가 붉은 빛이네靑天白日滿地紅"라는 것이 어떤 뜻인지 알게 됐다. 문밖을 나서면 견식을 넓히게 된다더니.

샤먼에서의 시합을 마치고 다시 국가대표팀에 돌아와 훈련에 임해야 했다. 팀에서는 매일 하는 훈련 외에도 팀원들끼리 조를 나누어 바둑을 연구하게 했다. 우리 조는 화이강 선생과 우쑹성 선생이 지도했는데 화이강 선생은 시마무라島村俊廣의 『인내의 기도棋道』, 후지사와 슈코藤澤秀行의 『화려華麗』 등 일본의 기보와 가지와라, 오히라 및 고바야시 등의 기보를 소개하고 해설해 주었다. 거의 대부분의 기서가 일본 것이었기 때문에 국가대표팀 사람들은 일본어

한 수만 잘못 가면 판을 망칠 수 있다.

를 배웠다. 나 역시 방송교재를 급하게 사서 방송을 따라 배우기 시작했다.

일본 문자는 한자와 비슷한 데가 있어서 나는 며칠도 배우지 않고 바로 뻔뻔스럽게 큰소리쳤다. "사실 알고 보면 일본어는 뭐 배울 것도 없어. 좀만 배우면 대충 흉내낼 수 있지." 마침 화이강 선생이 물을 떠 가지고 지나가다가 책의 본문 한 부분을 가리키며 무슨 말인지 알아맞혀 보라고 하였다. 나는 그 부분에 류후란劉胡蘭과 백비군白匪軍(국민당을 말함—편주) 등 내가 아는 몇 글자가 있는 것을 보고는 속으로 잘됐다 싶었다. 이 내용은 우리가 학교 다닐 때 국어 시간에 배운 적이 있었기 때문이다. 그래서 나는 정색을 하고는 읽었다. "하늘이 어슴푸레 밝아오니 마을은 백비군에게 포위되었다." 여기서 나오는 '피被' 자가 일본어에서 비교적 어려운 피동태에 속하는 것이었는데 내가 막힘없이 해석하자 화이강 선생은 깜짝 놀라며 주전자를 든 채로 다가와서 말하였다. "배우지 않은 것까지도 대충 읽어낼 수 있는 것을 보니 일본어는 정말 별거 아닌가 보군."

그 해 다시 성 대표팀으로 돌아와 지내게 되었을 때 나는 그 기간을 이용해 반드시 일본어를 마스터해야겠다고 결심했다. 일본에 유학한 적이 있는 쑨펑샹孫鳳祥이라는 아버지 친구분이 나중에 산시대학에서 강의를 하였는데 나는 그에게 일본어를 배웠다. 그분은 우선 나에게 책을 한 번 읽게 하고는 일본어 문법을 설명해 주고 발음을 교정해 준 뒤에 집에 가서 책을 외우게 했다. 만약 내가 외우지 못하면 새로운 것을 가르치지 않았다. 때로 내가 떠듬떠듬 외우면 계속해서 다시 능숙하게 외워 오게 했다. 그렇게 20일 정도 배우고 나니 기본적인 학습 방법을 터득하게 되었다. 처음 일본어를 배우면서 좋은 스승을 만났던 것은 운이 좋았다고 생각한다.

1978년의 전국대회가 열렸다. 나는 지난 대회에서 우승한 소년 고수라 다른 소년 기사들은 안중에 두지 않았다. 그러나 막상 시합이 시작되자 상황은 생각과는 달랐다. 강하게 공격했으나 상대방에게는 위협이 되지 못했고, 나는 당황하기 시작하여 결국 예선전에서 떨어지고 말았다. 수상식이 있던 날 나는 너무나 고통스러워 미친 듯이 길을 헤매며 생각했다. 국가대표팀에 들어갔으니 하루가 다르게 발전해도 부족한데 어떻게 이렇게 형편없이 후퇴한 거지? 이렇게 비참하게 지다니!

총정리를 하며 팀의 대표가 말했다.

"우리 팀에서 어떤 선수들은 열심히 하질 않는다. 국가대표팀이 되고 나서 대표팀이 아닐 때보다 못하다."

나는 그 말을 듣고서 심한 충격을 받았다. 사실 내가 열심히 하지 않은 것은 아니었는데도 왜 그렇게 처참하게 진 건지 도무지 알 수가 없었다. 이것이 국가대표팀에 들어가고 나서 받은 첫 번째 충격이었다. 나는 처음으로 스스로 바둑을 둘 재목인가 아닌가를 의심하기 시작했다. 만일 아니라면 대학 준비를 해야 하지 않겠는가? 또 어떤 사람은 내가 큰자리(포석상의 가치가 높은 세력 형성의 요처를 말함—편주)도 둘 줄 모른다고 했다. 큰자리도 둘 줄 모르면서 그저 끊을 줄만 안다는 것이다. 나는 급히 일본의 기서를 찾아 선생이 나에게 권한 일본 기사의 포석을 봤다. 그러나 여전히 버릇을 고치지 못하고 두다 보면 끊기를 계속하는 것이었다.

다음 시합은 정저우에서의 개인전이었다. 기차에서 천주더 선생이 한 마디 하셨다. 소년 기사들이 발전하고 있기는 하나 속도가 그다지 빠르지 않다는 것이다. 정선(바둑돌의 흑백을 가리지 않고 항상 흑을 가지고 두는 대국 방식—편주)에도 그들을 이길 수 없었고 두 점(두 점 접바둑을 말함—편주)에도 이길지 의문이 든다고 하였다. 나는 승복할 수가 없어서 천주더 선생과 한번 두어보고 싶었다. 결국 천주더 선생은 두 점을 주고 나와 속기를 두었는데 그 결과 내가 이겼다. 나는 속으로 득의양양했다. 사실 천 선생은 건성으로 바둑을 둔 것이었는데, 그때는 그것을 몰랐던 것이다.

정저우에서의 시합은 오후에 바로 시작됐다. 이렇게 되면 중간에 그만둘 필요가 없었다. 그날 내 성적인 15등은 그다지 좋은 성적이라고는 할 수 없었지만 그렇게 나쁜 것도 아니었다. 왜냐하면 나는 성인조 시합에 참가했기 때문이다. 대표팀의 어떤 기사는 나보다도 성적이 뒤졌다. 나보다 두 살 어린 마샤오춘은 16등으로 그때 이미 비범한 재능을 드러냈다. 그가 빠른 속도로 '딱 딱 딱' 민첩하게 두는 걸 보면 상대는 위기감을 느끼지 않을 수 없었다.

패배에서 얻은 귀중한 교훈

1978년에서 1979년 일본은 아마추어와 프로 기사를 중국에 파
견했다. 야마시로 히로시山城宏 같은 프로 기사도 함께 왔다. 프로
기사는 천주더 선생과 네웨이핑 선생 같은 분만 상대할 수 있을 뿐
나에게는 자격이 없었다. 내 상대는 아마추어 기사 후타구치二口外
義였는데 바둑을 두면서 긴장했다. 왜냐하면 그것은 나에게 첫 번
째 국제대회였기 때문이다. 시합 전 팀에서는 특별 회의를 열고 경
기를 잘하는 것 외에 특히 함부로 말하고 행동해서는 안 된다는 주
의를 주었다. 어쨌거나 국가적인 체면에 손상을 끼치는 일은 해서
는 안 되었다.

시합 전날 밤 나는 잠을 못 이루었다. 다음날 국가의 중임을 맡고
국제대회에 참가해야 한다는 생각을 하자 가슴이 뛰고 긴장됐다.
그러나 난 다음날 경기에서 지고 말았다. 당연히 이후의 시합에 참

가할 자격이 사라졌다. 마샤오춘은 무승부로, 역시 이후의 시합에 참가할 자격을 상실했다. 나는 다시는 국제시합에 참가할 기회도, 더 이상 국가를 빛낼 기회도 없으리라 생각하며 크게 낙담했다.

1979년 여름, 일본 기사단이 다시 방문했다. 선수로는 고바야시 사토루小林覺, 시라이시白石裕와 여자 기사 고바야시 치즈小林千壽가 있었다. 고바야시 사토루는 나보다 두세 살 많을 뿐이었는데 당시 일본 기성전 5단의 우승자였다. 이번에는 이전처럼 한 번 경기를 치르고 다시 명단을 배열하는 것이 아니라 시합 전에 명단을 정하는 개혁을 감행하였다. 이를 위해 우리 같은 소년 선수들은 선발전을 거쳐야 했고 이기면 무조건 고바야시 사토루를 상대하는 것이었다. 아직 최종 경기를 치르지 않았으나 이미 승부는 결정나 있어서 내가 고바야시 사토루와 시합을 갖게 되었다.

지난번 후타구치와의 시합을 교훈 삼아 시합 전에는 쓸데없는 생각을 버리고 그저 어떻게 시합을 잘 할 것인가만을 생각했다. 모두들 내 바둑은 좀 거칠다고 말했지만, 나는 오히려 내 '야성'을 충분히 발휘하면 좋은 결과가 나올 것이라 믿었다. 그 판에서 우리는 시작하자마자 한데 맞붙어 전면전을 벌였는데 이것은 가장 빨리 끝난 경기였다. 나는 내 생각대로 마음껏 실력을 발휘하여 결국 그 판에서 승리를 거두었고 내용도 비교적 충실했다. 첫 번째 일본 프로 선수와 싸워서 승리했기 때문에 나는 너무 기쁜 나머지 경기장을 정신없이 돌아다녔다. 고바야시 사토루를 이긴 것을 내 개인의 바둑 역사상 하나의 이정표로 삼았다. 자신감이 크게 늘어 다시 바둑을 둘 수 있을 것 같았으며 따라서 대학에 간다는 생각은 저 멀리로 던져버렸다.

1979년 연말, 팀에서는 1980년 일본 방문자 명단을 두고 토론하기 시작했다. 노장 선수 외에 신진 선수로 차오다위안, 양훼이楊暉와 내가 있었다. 일본에 시합하러 간다는 생각을 하니 바둑과 더불어 일본어를 배워야겠다는 생각이 더욱 간절해졌다.

1980년 여름, 나는 처음으로 출국하여 일본 땅을 밟았다. 시합 전 팀에서는 우리 같은 신인 선수들은 누구든 4승 3패만 올리면 좋은 성적이라고 했다. 도쿄에서 나는 비교적 순조로워서 시작하자마자 승리를 거두었다. 내가 싸워야 할 상대 중에는 고바야시 사토루의 형 고바야시 겐지小林健二도 있었다. 간사이關西에서 나는 타니다谷田治己 7단에게 졌는데 그의 외목정석(바둑 선의 제3선과 제5선의 교차점을 외목이라 하는데, 이 외목에 대한 걸침수로 비롯되는 정석 체계를 말함—편주)은 나로서는 낯설었고 적응할 수 없었다. 그러나 전체적인 성적은 6승 1패로 좋았다.

외국은 처음이라 뭐든지 신기했고 중국보다 발전한 일본의 모든 것들이 다 좋아 보였다. 사실 내가 받은 인상과 일본 보통 서민들의 생활엔 차이가 있을 것이다. 우리는 《요미우리 신문》에서 제공하는 대로 좋은 것만 먹고, 좋은 데서 자고, 잘 놀았으니 당연히 뭐든지 좋게 보였던 것이다.

귀국하자 나는 많은 외목정석을 수집해서 진지하게 연구했다. 팀원들은 농담으로 주주가 외목정석에 대해 연구를 많이 했으니 외목정석은 아예 주주와 둘 생각을 하지 않는 것이 좋겠다고 했다.

기서를 읽는 과정에서, 나는 바둑 술어가 중요하다는 것을 발견했다. 그래서 나는 여기서 좀 베끼고 저기서 좀 베끼고 하였는데 그렇다고 베끼기만 한 것은 아니었다. 나는 내가 수집한 것을 화이강 선생이 수집한 것과 한데 합쳐 일본어 50음도의 순서에 따라 배열하고 큰 종이 한 장에 베껴서는 침대 머리맡에 붙여놓고 거기에 '일중바둑술어사전'이라고 이름을 붙였다. 왕루난王汝南 선생이 몇 부 더 베껴서 여러 사람이 사용할 수 있게 하라고 하였는데 난 글씨체가 나빠 고민했다. 그때 어떤 사람이 나에게 글씨를 잘 쓰는 루이나이웨이를 추천했다. 그러나 그때는 마침 나이웨이가 지독한 슬럼프에 빠져 헤매고 있을 때였다. 그녀를 두고 팀에서는 상하이 팀으로 배정하는 것이 어떻겠냐고 의견을 모으고 있었다. 처음엔 그런 상황에 처한 나이웨이에게 '일중바둑술어사전'을 베껴 써달라고 부탁하는 것이 왠지 미안한 마음이 들었지만, 꼭 그렇게만 생각할 일도 아니었다. 혼자 괴로워하기만 한들 무슨 소용이 있을까 싶었으며, 차라리 어떤 일인가에 몰입하고 있으면 그 괴로움을 잠시라도 잊을 수 있을 것 같다는 생각이 들었다. 그래서 나는 나이웨이를 찾아가서 부탁을 하게 되었다. 그 사전을 베끼고 나자 모두들 매우 좋아했으며, 사전은 내가 미국으로 떠나기 전까지 국가대표팀에서 줄곧 사용하는 책자가 되었다.

1981년 연말, 팀에서는 1982년 일본 방문을 위한 선발전을 가졌다. 모두들 선발전을 중요하게 생각했다. 그것은 일본에 가서 고수와 겨뤄볼 수 있는 좋은 기회였기 때문이었다.

처음 시작은 비교적 순조로웠다가 형 밍주와 대결할 차례가 되자 갑자기 혼란스러워졌다. 당연히 이기고 싶었지만 동시에 형도 일본에 가서 시합할 수 있기를 바랐다. 오후 휴식 시간이 되자 형이 나에게 말했다. "너 쓸데없는 생각 하지 마. 이번 판은 내가 질 테니까 너는 다음 판에서 열심히 두어야 해." 형이 오후의 경기를 포기 했으므로 그 판은 내가 이긴 것이었다.

식구끼리 바둑을 두면 항상 이런 곤란한 점이 있다. 어느 해 내가 6단이 된 후 아직 세 경기를 남겨두고 있었는데 그 중 마지막 경기가 형 밍주와의 시합이었다. 만약 형이 이긴다면 그는 승단할 수 있었다. 시합 전 누군가가 나에게 넌지시 물어보았다. "형한테 양보할 거니?" 나는 솔직하게 말하는 것을 좋아하여 곧 말했다. "시합 일정이 이러하니 양보할 수밖에. 만약 너희 형이라면 넌 어떡하겠나?" 한국과 일본에서는 대회 일정을 배정할 때 단위전 같은 중요한 시합에서 부부, 형제 등 친족 관계는 서로 피하게 배정하는데 이런 상황이 발생하는 것을 근본적으로 막기 위해서이다.

형은 나에게 져준 후 뜻밖에도 8연승을 거두었다. 네웨이핑 선생, 마샤오춘 같은 엄청난 기사들과의 시합이었다. 이렇게 해서 우리 형제는 손에 손을 잡고 모두 일본에 시합을 갈 수 있었다. 그 해 나는 모든 일이 순조로워 일본에서의 시합을 7전 전승으로 끝냈다.

국가대표팀에서의 내 생활은 상대적으로 단조로웠다. 샤워한 후에 꼭 공을 차고 싶은 경우가 아니면 보통 아침을 먹기 전에 한두 판 기보를 보았다. 오전 오후 모두 훈련이 있었으며 오후 훈련이 끝나면 우리는 배구장에 가서 공을 가지고 놀았다. 그때 여자 배구 선수들의 훈련은 보통 6시가 되어야 끝나서 우리는 옆에 서서 지루하게 기다리다가 그들의 연습이 끝나기가 무섭게 공을 가지고 놀았다. 저녁에는 보통 책을 보거나 기보를 보았다.

한동안 우리는 서쪽에 있는 방으로 옮겨갔는데 그곳은 텔레비전이 있는 방과 가까웠다. 중국이 막 개방되어 「대서양 끝에서 온 사람」이나 「스가타 산시로姿三四郎」 등 외국의 텔레비전 프로그램에 사람들이 넋이 나갈 무렵이었다. 난 이렇게 해서는 안 되겠다 싶어 연속극은 절대 보지 않기로 스스로 계획을 세웠다. 텔레비전을 멀리하자 저녁 시간을 아껴 쓸 수 있었다.

1982년부터 내 단위 평가가 시작되었다. 나는 일본 기사와의 시합 성적이 좋아 처음부터 5단이었고, 후반기에는 6단으로 올랐으며, 1987년이 되었을 때는 9단이 되었다. 그러나 승단을 해가는 과정에서 안 좋은 일이 있었다. 막 8단을 준비하고 있을 때였다. 그 당시 허커창 선생은 팀에, 내게 표창을 주는 것과 더불어 9단으로 승격시켜 줘야 제1회 중일 슈퍼대항전에서 5연승을 기록한 데 대해 격려가 되지 않겠느냐고 제안한 바 있었다. 1984년 무렵 나는 중일 슈퍼대항전에 참가하여 내로라하는 일본 기사를 물리치고 좋은 성적을 올렸던 것이다. 그렇지만 팀은 여러 가지 토론을 거친 끝에 나를 9단이 아닌 8단으로 승단시켰다. 그러나 이미 슈퍼대항전의 성적으로 계산하면 포상이 아니어도 8단이 되는 것인데, 공연히 포상으로 8단을 준다고 하니 그리 기쁘지는 않았다. 그래서 나는 내 점수에 따라 8단을 줄 일이지 포상이라는 명목으로 그러지 말 것을 요청했다. 나는 결국 8단이 되었지만, 신문에는 내가 상으로 8단이 되었다고 보도되었다. 내게는 좀 억울한 일이었다.

1987년에야 나는 우한武漢에서 있었던 단위 결정전에서 9단 승단을 하게 되었다. 그러나 이 무렵에 내게는 뜻밖의 일이 생겼다. 농구를 하다가 잘못하여 발을 접질려 골절상을 입게 된 것이다. 의사는 나에게 베이징에 돌아가 쉬라고 했지만 나는 단위 결정전을 포기하고 싶지가 않았다. 나는 목발을 짚고 앞의 네 경기를 포기한 상황에서 뒤의 모든 시합에서 이겨 9단이 되었다.

1983년 연말에 다시 일본에 가는 선발전이 벌어졌는데 경쟁이 치열했다. 나는 차오다위안과의 시합에서 특히 긴장했다. 차오다위안이 이미 시간 재기에 들어갔을 때 갑자기 정전이 되고 말았다. 그러나 모두가 급히 초를 찾는 가운데서도 차오다위안만은 앉아서 바둑판을 보고 있었다. 그때 난 조급한 마음으로 정전 시간이 차오다위안에게 유리하게 작용할까 봐 걱정했다. 전기가 들어오자 시합은 계속 진행되었고 나는 결국 차오다위안에게 졌다. 차오다위안이 시간상 이득을 본 것 같아 나는 패배를 인정할 수 없었다. 그 상황에서 난 심리적인 안정을 잃지 않았는가. 그 판에서 지고 나서 나는 한 가지 사실을 깨달았다. 다른 사람이 이득을 보았다고 느낄 때 스스로 곧잘 평정을 잃고 마음이 어지러워지는데, 그때 실수가 가장 자주 생긴다는 것이다.

마지막 한 리그만을 남긴 상황에서 내 점수는 약간 앞서고 있었다. 그러나 시합 하루 전날 나는 물을 뜨면서 무심결에 샤오전중邵震中이 말하는 것을 들었다. "두고 봐, 내가 내일 진첸칭金茜倩에게 져줄 거야." 나는 깜짝 놀랐다. 샤오전중의 실력으로 보건대 그는 당연히 비교적 쉽게 진첸칭에게 이겨야 한다. 그러나 만약 샤오전

중이 진첸칭에게 진다면 선발전 계산법에 따라 나와는 4점 차이가 나기 때문에 경쟁자를 쫓아가기 어렵게 만들고 마는 것이다.

다음날 샤오전중은 과연 얼마 되지 않아 진첸칭에게 졌는데 속으로 무척 화가 났다. 그렇다고 상부에 내가 엿들은 사실을 고자질할 수도 없는 노릇이었다. 그가 컨디션이 좋지 않아서 그랬다면 그만이기 때문이다. 나 역시 증거가 없었다. 나는 그저 복도에서 그가 말하는 것을 들었을 뿐인 것이다.

1986년, 나와 샤오전중이 함께 미국에 방문했을 당시 나는 기회를 타서 그에게 그때 왜 그랬는지 물었다. 샤오전중은 그때 일은 인정하면서도 그 원인에 대해서는 흐지부지 "그때는 젊었잖아"라고 덮어버렸다.

나중에 나도 분명히 깨달았다. 이 일은 우선 스스로를 탓해야 한다. 만약 내 자신의 성적이 좋았다면 다른 사람이 무엇을 하든 나에게 영향을 미칠 리가 없는 것이다. 그 밖에 시합 때에는 항상 생각지도 않는 일이 발생하는데, 이로 인해 심리적인 영향을 받지 않아야 한다는 것도 깨달았다.

선발전에서 본선에 출전할 자격을 얻지 못했으니 당연히 마음이 좋지 않았다. 마침 슈코 군단이 다시 중국에 왔다. 나는 슈코 선생을 따라 타이위안에 갔고 스스로를 돌아보았다. 나는 성숙하지 못한 나 자신을 발견하고 이후에 열심히 노력해서 그 부족함을 메우기로 했다.

오랜 시간 집에 돌아가지 못했는데 집에 돌아가니 좋았다. 집에는 1930년대 일본에서 출판된 『위기연감』이라는 책이 있었다. 책에는 새로운 포석이 만들어진 시기의 기보가 많이 있었다. 이 책은 어렸을 때 아버지가 다른 사람에게 쉽게 보여주지 않았던 것으로 기억한다. 하물며 다른 사람에게 빌려주었을 리는 더더욱 없었다. 이 연감에는 감동적인 내력이 있다.

할아버지는 그 연감을 항전 시기 의료 활동을 하는 중에 발견하였고, 처음 보고선 너무 좋아 바로 그 책을 샀다. 피난하면서 할아버지는 연감과 의학서적을 한데 묻어두었다가 도난당하고 말았다. 할아버지는 한동안 슬퍼했다. 어느 해 할아버지는 길 노점상에서 기적처럼 그 연감을 다시 보게 되었고 비싼 가격을 요구했음에도 망설이지 않고 그 책을 샀다. 아끼는 『위기연감』을 잃었다가 다시 얻으니 할아버지의 기쁨은 말로 다할 수 없었고 자연 더욱 애지중지하게 되었다.

나는 연감을 베이징까지 가지고 가서 봤는데 그 새로운 포석이 창시될 때의 기보는 확실히 뛰어난 것임을 알게 되었다.

우의를 다지는 계기들

바둑은 내가 좋아하는 것이지만 나를 기쁘게도 근심스럽게도 했다. 동시에 바둑은 나에게 또 다른 세계의 문을 열어주어 바둑으로 인해 나는 많은 선배를 사귀었고 풍부한 경험을 쌓았으며 식견을 넓힐 수 있었다.

1979년, 천이陳毅배 바둑대회가 베이징에서 열렸다. 나는 소그룹에 배정되어 심판 일과 선배 기사들을 보살피는 일을 맡게 되었다. 전 국민당 고급 장교 쑹시리엔宋希濂, 두유밍杜聿明, 류페이劉斐 등이 모두 나의 조에 있었다. 나는 어려서부터 전쟁에 관한 책을 읽기 좋아하여 그 옛날 위풍당당하던 이 장군들에게 깊은 인상을 받았던 터였다. 그들 가운데 어떤 사람은 나이가 꽤 많아 보였고 건강도 좋지 못했는데, 깡마른 팔을 내게 의탁해 오는 그들에게서 그 당시 천군을 거느리던 장군의 웅장한 자태를 상상하기란 쉽지 않았다. 사람이 나이가 들면 어린애 같아진다고 하지만, 그들 중 어떤 사람은 서로 양보하면서 승패를 따지지 않았던 반면, 어떤 사람은 오히려 작은 것까지 따지면서 얼굴이 벌게지도록 싸웠다. 전자의 경우는 전직 군인이었던 경우가 많았고 후자의 경우는 대부분이 전직 지식인, 과학기술 계통에서 일하던 어른들이었다.

1986년 미국을 방문했을 때, 쑹시리엔 선생은 특별히 그의 아들을 동반했는데 흥미진진하게 우리가 지도하는 다면기(동시에 여러 사람과 대국하는 것—편주)에 참가했다. 나는 전쟁에 관한 일에 흥미가 있어 쑹시리엔 선생을 만날 때면 언제나 과거의 일을 묻고 싶었지만, 그러면 지나친 실례라고 생각해 매번 입가에서만 말이 맴돌다 들어가 버렸다. 그렇지만 당시 해방군 소속의 장군을 만났더라면 나는 거두절미하고 그들에게 물어볼 수 있었을 것이고, 그들 또한 내 문제에 희색이 만면해서 대답해 줄 것이다. 필경 그들은 최후에 승리한 쪽이니까 말이다.

혁명역사소설『홍암紅岩』은 당시 우리 같은 청소년들에게 깊은 영향을 주었다. 나는『홍암』에 나오는 고사를 훤히 알고 있었고 거기에 등장하는 인물들도 모두 알고 있었다.

어느 해 중일 슈퍼대항전이 끝나고 파티에서 나는 선쭈이沈醉 선생을 만났다. 우리의 좌석은 한데 붙어 있었다. 그와 악수할 때 그의 힘 있는 팔뚝은 나에게 깊은 인상을 남겼다. 내가 그에게『홍암』에서 묘사된 인물과 사건에 대해 물어보고 싶다고 하자 그는 흔쾌히 "되고말고. 언제든 시간이 있으면 우리 집에 와라"라고 하셨다. 그러나 안타깝게도 여러 가지 사정으로 나는 끝내 그의 집에 가지 못하고 말았다.

그때 국무원 비서장 진밍金明 노인 역시 바둑 두는 것을 좋아하여 나를 집으로 초대하면서 바둑을 두자고 했다. 그때 나는 노인과 바둑을 둘 때는 최선을 다해야지 그렇지 않으면 노인들이 내가 열심히 하지 않으며 수준이 높지 않다고 말할 것이라 생각했다. 그래서 진밍 노인과 바둑을 둘 때 나는 비록 최선을 다해 둔 것은 아니지만 그래도 수마다 인정사정을 두지 않았다. 우리는 여덟 판을 두었는데 그가 모두 졌으며, 그것도 차이가 많이 나게 졌다. 진밍 노인의 외손녀 역시 바둑을 둘 줄 알았는데 그녀는 어느 날 "장주주, 너 어떻게 네웨이핑보다 지독하냐. 네웨이핑은 할아버지와 바둑을 두면 이길 때도 있고 질 때도 있는데 너는 어떻게 할아버지한테 항상 이기냐?"고 말했다. 나는 비로소 나의 이런 방법이 노인의 적극성에 타격을 주는 것은 아닐까 하는 데 생각이 미쳤다. 어쨌든 그후 팀에서는 나를 더 이상 노인들과 바둑을 두게 하지 않았다.

1981년 이후 해외 경기가 더욱 많아졌다. 그에 따라 내가 존경하는 기사와 얼굴을 맞대고 바둑을 둘 기회도 생겼는데 그 중 몇몇 기사들은 나에게 깊은 인상을 남겼다. 그 중에서도 일본의 초일류 기사 후지사와 슈코藤宅秀行 선생과 고바야시 고이치小林光一 선생 같은 기사의 날카로운 감각과 솔직하고 담백한 해설은 나에게 깊은 인상을 주었다.

1981년, 내가 고바야시 고이치 선생과 대국을 벌이기에 앞서 그는 이미 다섯 판을 연속해서 이긴 상태였다. 그와의 대국에서 나는 몇 차례 몸부림을 쳤으나 결국 완패했다. 시합이 끝나고 나는 고바야시 고이치 선생에게 가르침을 청했다. 그가 말했다. "어떤 경우에는 승부처에서 민감한 편이지만 아직은 부족하다. 승부처에서 더욱 노력해야겠다. 승부처에서는 항상 가닥을 잡아야 하며, 판단을 정확히 해서 출격할 때는 강하게 밀어붙여야 비로소 좋은 효과를 거둘 수 있다." 이 말은 당시 중국 바둑계에서 나에게 내린 승부처에서의 처리가 좋다, 굉장히 결사적이다, 라고 한 평가와 아주 대조적이었다. 고바야시 고이치 같은 진정한 고수가 보기에는 공교롭게도 승부처가 나의 약점이었던 것이다.

일본 기사가 시합하러 오게 되면 팀에서는 일본어를 약간 할 수 있는 나를 보내 그들을 수행하게 했다. 나는 이를 기꺼이 받아들였는데, 그것은 내 일본어 실력을 향상시키는 데 도움이 될 뿐 아니라 수행 중에 그들에게 바둑에 관해 물어볼 수 있는 좋은 기회였기 때문이다.

어느 해, 고바야시 고이치 선생이 베이징에서 열린 중일 슈퍼대항전에 참가했다. 일요일 그는 이허위안頤和園에 가고 싶다고 했다. 나는 순간 속으로 비명을 질렀다. '점심은 어떻게 하지?' 당시 규정은 융통성이 없어서, 고바야시 선생이 옌징燕京 호텔에 묵고 있으면 옌징 호텔에서만 밥을 먹을 수 있었고 밖에서 밥을 먹으면 자비로 낼 수밖에 없었다. 어쨌든 이 한 끼 식사 때문에 고바야시 선생을 이허위안에서 다시 옌징 호텔로 돌아오게 할 수는 없지 않은가? 주최했던《신체육》잡지사에서 우리에게 도시락을 준비해 주거나 혹은 10위안을 주겠다고 했다. 당시에는 10위안으로는 그럴듯한 식사를 할 수 없었다. 그래서 나는 내 돈을 좀 가지고 가서 만일을 대비

했다. 고바야시 고이치 선생은 유쾌하게 이허위안을 구경했다. 그러나 나는 시도때도없이 점심식사 때문에 걱정을 했다. 우리는 한 고색창연한 휴게실에 들어갔는데 안에는 외국 손님을 위한 차가 준비되어 있었다. 그때 나는 자동차에 있는 도시락이 생각나 고바야시 선생에게 물었다. "우리 이 찻집에서 도시락을 먹는 것이 어떻겠습니까?" 고바야시 선생은 흔쾌히 그러자고 했다. 이렇게 해서 줄곧 나를 괴롭히던 점심 문제가 해결되었다.

또 언젠가는 다케미야武宮正樹 선생을 수행하여 만리장성에 간 적이 있었다. 날씨가 추웠으므로 차갑게 식은 도시락을 장성에 가지고 가서 먹을 수는 없었다. 그때 지급되는 식대는 전에 비해 많이 좋아져 15위안(혹 20위안) 정도였지만 이 돈으로는 장성 근처에서 무엇을 제대로 먹기란 곤란했다. 가면서 나는 줄곧 생각했다. '이 돈으로 어떻게 싸고도 맛있는 점심을 먹을 수 있을까?' 그날 장성의 봉화대에서 우리는 우연히 중일 슈퍼대항전을 응원하러 온 쓰촨의 바둑 팬들을 만났다. 그들은 평소 존경해 마지않던 다케미야 선생을 한번 보고 싶어했다고 한다. 다케미야 선생은 손에 바둑 팬들이 준 꽃을 들고 미소 지으며 봉화대 근처에 서 있었다. 바둑 팬들은 내게 "우리가 다케미야 선생께 식사를 대접하고 싶은데 그래도 될지 모르겠습니다"라고 말했다. 나는 속으로 때마침 찾아온 기회에 기뻐했다. 나중에 그 바둑 팬들은 나에게 "당신이 이렇게 흔쾌히 허락하여 다케미야 선생과 함께 점심식사를 할 수 있게 되었으니 정말 고맙습니다"라고 말했다. 나는 "아닙니다. 오히려 제가 여러분들께 감사를 해야지요. 저는 마침 다케미야 선생의 점심식사

문제로 걱정하고 있었는걸요. 여러분들이 문제를 해결해 주셨습니다"라고 말했다.

바둑 애호가들 가운데는 여러 직업에 종사하는 우수한 사람들이 많은데, 나는 바둑이 매개가 되어 적지 않은 애호가들과 친구가 되었다. 그들과 우의를 다지게 된 것은 바둑이 나에게 준 진귀한 인생 경험이다.

(바둑 외)의 체육 활동

체육대회가 열릴 때가 임박하자 각지 체육위원회의 대표들이 모두 회의에 참석하러 왔다. 그 기간 동안 그들은 먹을 것을 가지고 자기 성의 선수들을 방문했다. 산시성은 여자배구팀의 저우샤오란周曉蘭, 탁구팀에 몇몇 후보 선수를 제외하고는 국가대표팀 선수가 별로 없었다. 축구팀 코치 쉬건바오徐根寶 역시 산시 팀에 있었다. 가끔 4, 5명의 대표가 우리 4, 5명의 선수를 보러 왔는데 거의 일대일이었다.

같은 고향 사람들끼리는 마치 눈덩이 뭉치듯이 잘 어울렸다. 탁구팀의 천신화陳新華와 궈웨화郭躍華 같은 사람들은 모두 친한 친구였다. 모두 선수들이었으므로 우리의 교우 방식은 운동과 관련이 있었다. 나는 탁구를 좀 할 줄 안다는 자만심으로 내 수준은 생각지도 않고 탁구의 고수들을 끌고 와서 탁구를 쳤다. 5점을 잡아주고 해도 안 되고, 7점을 잡아주고 해도 안 되고, 10점을 잡아주어도 안 되어, 결국 19점을 잡아주어 21점 만점에서 2점만 나면 내가 이기는 것으로 쳤다. 모든 일에는 나름대로의 어려움이 있고 어디에나 고수가 있으니 항복하지 않을 수 없다.

농구도 내가 좋아하는 운동 종목이었다. 나는 남자 선수들과는 상대가 되지 못할 거라고 생각하고 여자 선수들과 농구를 했다. 농구를 할 때 그들이 넣으면 우리가 억지를 쓰고 우리가 넣으면 그들이 억지를 썼다. 쑹샤오보宋曉波, 류칭柳靑이 엉덩이로 한번 툭 치면 우리는 저 멀리까지 튕겨져 나갔다. 어찌할 방법이 없었다. 일대일은 더욱 희망이 없었는데, 내 키가 작은 키는 아니었음에도 류칭 같은 농구 선수들 앞에서는 꼬맹이에 불과해서, 옆에서 구경하는 사람들은 내가 그녀의 주위만 빙빙 돌면서 공 한 번 잡지 못하는 것을 보고 배꼽을 잡곤 했다. 나 자신도 방향을 찾지 못하고 고개를 들어보면 그녀의 커다란 손이 눈앞에서 어른거리는 것만 보였다.

쑹샤오보나 류칭이 그렇게 세다면 우리도 한번 제 실력을 보여 줘야겠다고 별렀다. 매년 설이면 우리는 모두 '인민대회당人民大會堂'에서 열리는 행사에 참가해 바둑 애호가들 여러 명과 시합을 했다. 한번은 류칭도 와서 함께 끼었는데 마침 나는 일대 십을 두고 있었다. 류칭은 "장주주, 너 정말 대단하다. 동시에 열 사람과 바둑을 두다니"라고 했다. 나는 그 기회를 틈타 잘난 척을 했다. "그렇지 뭐, 너 류칭은 그저 나 한 사람만 이길 수 있지만, 나는 열 사람을 동시에 이길 수 있어. 수십 명이라도 상대할 수 있지." 사실 성질이 완전히 다른 두 종목을 비교하기는 곤란한데도, 나는 이렇게 경쟁심이 강하고 장난치기를 좋아했다.

체조팀의 통페이童非 역시 항상 바둑팀하고 어울렸다. 한번은 지는 사람이 수박을 사기로 하는 내기 축구를 했다. 체조팀의 꼬맹이 선수들이 조를 짜서 응원단을 만들고 조그만 판 위에 "바둑팀은 반드시 진다, 우리는 목이 마르다, 우리는 수박이 먹고 싶다"라고 썼다. 보고 있자니 재미도 있고 우습기도 했다. 체조팀 선수들은 마르고 작아서 보기만 해도 가슴이 아플 지경이었기 때문이다. 평소 훈련으로 부상을 당해 팔이 부러지고 붕대를 감은 것이 더욱 불쌍해 보였다.

시합이 시작되자마자 우리 바둑팀은 절대 체조팀의 적수가 될 수 없다는 것을 알게 되었다. 그들은 체력이 좋을 뿐 아니라 몸놀림 또한 민첩해서 마치 우리를 상대로 가볍게 몸을 푸는 것 같았다. 내 위치는 풀백으로, 황위빈黃玉斌을 마크하는 것이었다. 황위빈은 나에게 좋은 인상을 남겼다. 그는 강인한 정신력과 뛰어난 지구력을 가지고 있었다. 또한 페어플레이를 중시하여 툭하면 땅에 넘어지는 나를 일으켜 세워주었다. 어떤 사람은 사납게 공을 낚아채면서 사람까지 걸고넘어지는 등 좀 불량했고, 목숨을 걸고 몸을 날려 공을 가로채어 우리를 깜짝 놀라게 하기도 했다. 우리는 축구에서 졌다. 당연히 실력이 좋지 않았기 때문이었다. 그로 인해 우리는 한 가지 결론을 내리게 되었다. 체조팀과의 축구는 그 자체가 잘못된 것이라는 것이다. 몇 년 후에 나는 미국에서 다시 통페이를 만났는데 우리는 그때 국가대표팀에서 일어났던 일을 이야기하며 박장대소를 했다.

운동 선수들은 시합을 좋아한다. 겨울이면 우리는 항상 다른 운동 팀 선수들과 배구를 했다. 체조팀과의 축구 시합에서 얻은 교훈을 살려 장점은 살리고 단점을 피하여 키가 좀 작은 다이빙팀을 골랐다. 원래 우리는 키가 크면 작은 사람을 제압할 수 있을 것이라 생각하며 반드시 다이빙팀을 낙화유수처럼 만들 수 있으리라 싶었는데, 뜻밖에도 그들은 탄력이 뛰어나서 물고기가 도약하듯 공을 잡아 프로 선수들 못지않은 경기를 보여주었다.

우리가 나중에 특별히 수영팀을 골라 배구를 하자 모두들 바둑하는 사람들이라 역시 똑똑하다고 했다. 왜냐하면 수영팀은 보기에 몸은 건강하고 사지가 길쭉길쭉한 것이 배구할 재목이지만 사실 그들은 오리발에 탄력이 없고 그저 공을 받을 줄만 알았지 때릴 줄은 몰랐기 때문이다.

축구팀의 유명한 운동 선수 롱즈싱鲁志行은 바둑을 특히 좋아했다. 그의 동생이 바로 우리 소년팀의 코치 롱지엔싱 선생이었다. 우리는 롱즈싱과 축구를 했는데, 그는 시야가 넓을 뿐 아니라 장거리 슛 또한 뛰어나서 공이 마치 그의 다리 위에 붙어 다니는 것처럼 자유자재로 움직였다. 그가 순간적으로 드리블을 해 들어가면 어느새 우리를 저 멀리 떼어놓았다.

한동안 우리는 롱즈싱과 축구를 했다. 그가 월드컵 아시아 지역 예선에 참가하여 뉴질랜드 팀과 시합하다가 다리에 부상을 당해 잠시 정식 훈련에 참가할 수 없었기 때문이다. 우리는 그 기회를 이용해 그와 축구를 한 것인데 그의 다리를 절대 다치지 않게 하겠다는

바둑을 둘 수 있는 현실이 나를 기쁘게 한다.

조건에서였다. 롱즈싱은 웃으며 "축구할 줄 모르는 사람이 다른 사람의 다리를 더 잘 다치게 해. 왜냐하면 그들은 항상 공을 제대로 차지 못하고 다른 사람의 다리를 차거든" 하고 말했다.

롱즈싱은 마침내 쿠웨이트와의 시합에 출전할 수 있게 되었다. 베이징 공인체육관으로 가서 롱즈싱을 응원했다. 롱즈싱이 헤딩슛을 한 골 날렸을 때 온 경기장이 들끓었다. 우리도 롱즈싱에게 환호를 보냈는데 우리의 환호에는 특별한 감정이 섞여 있었다.

그 당시 체육위원회에서는 항상 선수들을 모아놓고 회의를 열었다. 회의 때마다 뒤에 앉은 사람들은 자기네끼리 다른 얘기를 나누곤 했다. 한번은 내가 축구팀의 골키퍼 리푸성李福勝의 옆에 앉아 있을 때였다. 앞에서는 발언을 하고 있고 우리는 아래에서 나름대로 열심히 이야기를 하고 있었다. 회의가 끝났을 때는 리푸성의 축구 수업도 끝나 있었다.

남자 선수들은 꼼꼼하게 열쇠를 챙기지 못하는 경우가 자주 있어 우리는 문 위의 창문을 그냥 열어두고 다녔다. 이렇게 해야 열쇠를 잃어버렸을 경우 창문으로 기어 들어갈 수 있었기 때문이다. 베이징은 먼지가 많아서 창문에 항상 두껍게 먼지가 쌓여 있었지만 열쇠를 잃어버리는 몇몇 사람들의 창문은 늘 깨끗했다. 그들이 창문으로 기어 올라가면서 옷으로 먼지를 깨끗하게 닦았기 때문이다. 한번은 나도 창문에 기어 올라가게 되었는데 농구팀의 쑹타오宋濤가 그 모습을 보더니 말했다. "너 뭐 하러 그렇게 힘들게 해? 날 봐." 키가 큰 쑹타오는 의자 위에 서서 창문을 통해 손을 저쪽으로 뻗어서는 대걸레로 '찰칵' 하고 문을 열었다. 나는 절대로 생각해 낼 수 없는 방법이었다. 왜냐하면 쑹타오에 비하면 내 키는 너무도 작았기 때문이다. 쑹타오는 나중에 미국 프로농구팀의 눈에 들어 미국에서 농구하도록 제의를 받았지만 일이 성사되기 얼마 전에 무릎을 다쳐 무산되고 말았다. 안타깝기 그지없는 일이었다.

중일 슈퍼대항전 후에 바둑팀은 예비 기사를 양성하기 시작했다. 팀에서는 10세 전후의 어린 선수들을 데리고 왔는데 그 중에 창하오常昊는 유난히 귀여웠다. 한번은 쑹타오가 농구를 하는데 어린 기사들이 방해하려고 등에 꼭 매달리거나 원숭이처럼 가슴에 달라붙었다. 그러나 쑹타오는 어린 선수들을 매달고도 여유 있게 덩크슛을 했고, 우리는 그 장면을 보며 신기해했다.

중일 슈퍼대항전은 바둑팀을 유명하게 만들어서 우리를 찾아와 친선 활동을 하는 팀이 더욱 많아졌다. 이렇게 해서 우리는 배드민턴팀의 명장 한아이핑韓愛萍과 친하게 되었다. 틈만 있으면 그녀를 찾아가 배드민턴을 쳤다. 한번은 한아이핑이 혼자서 우리 모두를 상대해도 이길 수 있다고 장담하자 나는 발끈해서 그녀에게 덤볐다. 이상도 하지, 그녀는 혼자 저쪽에 서 있었는데 내가 아무리 전후좌우를 뛰어다니며 마구 쳐대어도 그녀에게 무슨 흡인력이라도 있는 것처럼 공은 내 말은 듣지 않고 항상 그녀의 몸으로 보내졌으며 그녀는 당연히 다 받아넘겼다. 그러나 그녀의 서브 차례가 되자 공은 곧 어지러이 도망가기 시작했다. 나는 열심히 왔다갔다했지만 역시 공을 받아넘길 수가 없었다. 나는 두 손 두 발 다 들고 말았다. 정말 직업이 다르면 문외한이라고 나는 손을 들 수밖에 없었는데, 하물며 중국 전역에서 운동의 귀재들만 모아놓은 국가대표팀이 아

닌가. 한아이펑은 나중에 남편과 함께 호주로 가서 배드민턴을 가
르친다.

베이징 사범대학에서의 수학

　1987년, 나는 베이징 사범대학에 가서 외국어를 배우고 싶었다. 여자배구팀의 랑핑郞平도 베이징 사범대학에서 언어연수를 한다며 좋아했다. 바둑 애호가로 일찍이 바둑팀을 인솔하여 유럽을 방문했던 천문학과 허샹타오何香濤 교수는 나를 도와 학교에 들어가는 것과 관련된 일로 연락을 취해 주었다. 나는 원래 기초에서 시작하고 싶었지만 선생은 내 일본어 수준을 테스트하고 "네 회화 실력이면 바로 3학년에 들어가도 되겠다"고 하셨다. 우리는 최종적으로 2학년에서 시작하는 것으로 결정을 내렸다.

　우리 반에는 18명의 학생이 있었는데 여학생이 많았다. 중학교까지만 다녔던 내가 다시 학교로 돌아가 나보다 어린 학생들과 함께 있으려니 스스로 많이 젊어지고 순수해지는 것 같았으며 활력이 넘쳤다. 학생들은 모두 열심히 공부했고 놀기도 잘했다. 모두들 나에게 바둑을 배우고 싶어해 수업이 끝나고 난 뒤에는 나의 바둑 수업이 이어지기도 했다. 나는 학생들에게 20분이면 너희들을 가르칠 수 있다고 했다. 사실 바둑은 흑백 두 개의 돌만 사용하는 경기라 빨리 배울 수 있다. 그러나 바둑을 잘 둔다는 것은 절대 쉬운 일이 아니다. 내 주변 학생들은 좀더 편하게 바둑을 배우기 위해 책상 위에 그림을 그려 책상을 바둑판으로 만들었다.

신년을 맞이하기 위해 학생들은 언제나 많은 경축 행사를 벌였다. 규모는 비록 체육위원회의 '인민대회당'에서 거행하는 신년 활동에 비할 것이 아니었지만 꽤 떠들썩했고 색다른 재미가 있었다. 위빈兪斌과 나이웨이도 참가했다. 우리 모두 유쾌하게 놀았으며, 마치 학창 시절로 되돌아간 것 같았다.

시합을 거치면서 실전에 익숙해지는 것과 마찬가지로 복습과 시험 역시 적응이 되었다. 그러나 어떤 학생들은 오히려 잔머리를 굴리며 지름길을 찾기에 여념이 없었다. 가령 외워야 할 것이 많은 공개 수업 같은 것에서 그들은 시험 범위는 물론 시험 문제까지 알고 싶어했다. 그러나 그들이 직접 묻는다면 안 좋은 일을 당할 것이 분명하니 그들은 나를 추천하여 선생님에게 찾아가 묻게 했다. 선생님이 내가 운동 선수라는 사정을 봐줄 것이라 기대했기 때문이었다. 그들은 나에게 여러 가지로 질문하는 기교를 가르쳤다.

나는 불안한 마음을 가지고 선생님을 만나러 가느니 차라리 단도직입적으로 묻는 것이 나으리라고 생각했다. 선생님은 필경 한눈에 학생의 의도를 파악할 수 있을 터였다. 나는 선생님에게 "복습 시간이 너무 부족해서 시험이 걱정됩니다. 그래서 시험 범위를 좀 여쭤보려고 왔습니다"라고 말하고는 "시험 문제를 알고 싶은 것이 아니라, 그저 선생님께 범위를 좀 정해 주십사 하는 것입니다"라고 덧붙였다.

교실에 돌아오니 학생들은 나를 둘러싸고 자세하게 물으며 선생님과 내가 나눈 한 마디 심지어 단어 하나까지 연구 분석하려고 했다. 학생들이 선생님의 말이라면 꼼짝 못하는 것을 보며 나는 혼자 웃으며 속으로 '너희들도 똑똑하지만 선생님도 현명하신데, 어떻게 그렇게 쉽게 학생들에게 시험 문제를 알려주신단 말이냐?'라고 생각했다.

시험을 잘 보기 위해 학생들은 정말 모든 기회를 다 이용하였고 조금이라도 틈만 보이면 비집고 들어갔다. 그들은 시험 전 몇 분을 이용해 온갖 방법을 다 썼으며 만약 선생님이 뭐라도 힌트를 주었다 싶으면 당장 책을 들춰보았다. 나는 이렇게 임시방편으로 부처님께 기도를 한다고 해서 무슨 소용이 있나, 이것은 마치 눈앞에 시합을 앞두고 다시 코치에게 돌아가 삼연성이 좋을까요, 중국식이 좋을까요 묻는 것처럼 아무 소용 없는 일이라고 생각했다. 그러나 내 생각이 틀렸다. 학생들은 이렇게 저렇게 정보를 캐내더니 뜻밖에도 모두 좋은 성적을 얻었다. 나는 너무 부러웠다. 선생님은 "이 학생들은 십 몇 년 동안 시험을 보면서 수많은 경험과 어려움을 겪어서 모두 도사가 됐다"라고 하셨다. 나는 학생들이 열심히 공부하는 것과 선생님에게 시험 문제를 묻는 기교가 뛰어난 것에 찬탄을 아끼지 않았다.

우리 반에는 네 명의 조선족 학생이 있었는데 그들은 일본어 문법에 밝았다. 나는 그들에게 어떻게 하면 문법을 잘할 수 있는지 가르쳐달라고 했다. 그들은 한국어와 일본어는 문법이 거의 같아서 열심히 배울 필요가 없다고 했다. 그들이 한국말을 가르쳐주겠다고 했지만 나는 외국어에 그다지 흥미가 없었고 또 일본어를 배우는 것으로 이미 충분히 힘들었기 때문에 완곡히 거절했다. 그 당시만 해도 내가 몇 년 후 한국에 와서 바둑을 두게 되고 또 한국어를 배우게 될 것이라고는 생각지도 못했다.

베이징 사대에서 수학한 2년간 나는 충실하고 유쾌한 생활을 했으며 시야와 지식을 넓힐 수 있었다. 한 가지 아쉬운 것은 공부 때문에 바둑에 소홀할 수밖에 없었다는 점이다.

베이징 사대는 많은 운동 선수들을 받아들였는데 체스의 특급 선수 시에쥔도 나중에 베이징 사대에서 공부를 했다. 그녀는 성적이 좋아 석사과정까지 마쳤으며 듣기론 박사를 밟을 준비를 한다고 했다.

대학에서 공부하는 것은 원래 바둑과는 좀 먼 일이라고 생각했는데 사실 그렇지 않았다. 생각지도 않게 바둑을 통해 알게 된 많은 사람들을 학교에서 다시 만나게 되었다. 한번은 학교에서 바둑과 장기 시합이 있었는데 비집고 들어가 보니 산시 바둑팀의 팀 대표였던 왕핀장 선생이 활동하고 있었다. 정말 뜻밖에도 우리는 대학에서 다시 만나게 된 것이다.

베이징 사대에서 나는 또 당시 베이징 팀의 어린 기사 양징을 만나기도 했다. 우리는 함께 국가대표 단체훈련 팀에서 활동했었다. 양징은 그 무렵에는 이미 석사과정에 있었다. 바둑에 천부적인 재능을 가진 양징이 만약 프로 기사가 되었더라면 굉장했을 것이라고 생각한다. 그러나 양징과 같이 똑똑하다면 무엇을 해도 못할 리 없다. 양징은 나중에 컴퓨터를 배우러 미국에 갔는데 우리는 미국에서 다시 만났고 그는 나를 많이 도와주었다.

후지사와 슈코 선생

1981년, 슈코 군단이 중국에 오면서 나와 후지사와 슈코 선생과의 인연은 시작되었다. 사실 그때 나는 일본어를 별로 잘하지 못했지만 배짱이 두둑해서 일본 사람을 만나면 일본어를 사용했고 못하는 것을 두려워하지 않았다. 함께 온 통역은 당연히 일본어를 잘했다. 그러나 바둑에 대해서는 잘 몰랐다. 나는 언젠가 대담하게 슈코 선생의 통역을 맡았는데 다른 사람이 보기에는 내가 상당히 잘하는 것 같았지만 사실 선생이 말한 것과 내 통역의 뜻이 틀린 경우가 많았다. 나는 슈코 선생에게 비교적 깊은 인상을 남겼던 듯하며 아마도 선생이 보기에는 내가 일본어를 잘해 보인 듯했다.

내게 가장 인상 깊었던 것은 슈코 선생의 바둑에 대한 생각들이었다. 나는 그때 바둑에 대한 사고가 한 가지 기술이나 방식으로 한정되어 있어 일반적인 상황에서는 좋은 것을 생각해 내지 못했는데 슈코 선생은 예민하게 '오직 그곳에 해당하는 한 수'를 발견해 낼 수 있었다.

슈코 군단은 한 해 혹은 두 해 걸러 반드시 중국을 방문했다. 그래서 나는 평소 책을 보거나 기보를 보면서 부딪치는 문제를 기록해 두었다가 슈코 선생이 중국에 왔을 때 가르침을 받곤 했다. 내가 일본어를 조금 할 줄 알았으므로 팀에서는 슈코 선생을 나에게 맡겼다. 한번은 선생이 묵고 있던 호텔로 선생을 만나러 간 적이 있었다. 슈코 선생은 혼자서 술을 마시며 바둑을 두었는데, 방에 있던 마오타이주 15병 중 이미 8병을 마시고는 곤드레 만드레 취해 계셨다. 일본 사람들은 예의를 중시하여 나이 어린 사람이 감히 나이 많은 사람의 명령을 거역할 수 없었던 터라 그의 아들이며 학생들은 여전히 그에게 술을 따라주고 있었다. 나는 그런 격식에 구애받지 않고 술병을 거둔 다음 술 대신 뜨거운 물을 잔에 따라 마시라고 드렸다. 인사불성으로 취하였던 슈코 선생은 건네드린 물을 드시더니 불호령을 내렸다. "너희들 감히 나에게 이런 술을 주다니, 이게 도대체 누구의 짓이냐?" 그의 아들과 학생들은 모두 놀라 감히 소리를 내지 못하는 가운데 나는 내가 그랬다고 했다. 그는 노기가 충천해서 나를 바라보았다. 그렇다고 어쩔 수 있는 것은 아니었다. 그는 술을 더 마시고 싶다고 했지만 나는 술은 이미 다 마셔서 없으며 이런 술은 지금 베이징에서 살 수 없다고 했다.

슈코 선생과 접촉이 많아지면서 우리의 우정도 더욱 깊어졌다. 한번은 슈코 선생이 나에게 중국에서 베이징, 상하이, 난징 외에 어떤 도시들의 바둑 활동이 활성화되어 있냐고 물었다. 나는 타이위안을 소개했는데, 첫째로 타이위안이 나의 고향이기 때문이고, 둘째로 베이징에서 가까웠기 때문이다. 뜻밖에도 슈코 군단은 정말 타이위안으로 향했다. 그러나 선생에게는 타이위안이 베이징에서 가까운 곳이 아니었다. 슈코 선생은 "네가 타이위안이 베이징에서 가깝다고 했는데, 10시간 기차를 타고 가야 하다니 너무 멀다!"며 감탄하셨다. 사실 이것은 내 잘못이 아니다. 땅이 넓은 중국에서는 10시간 정도 기차를 타는 것은 절대 멀다고 할 수 없었다. 그러나 일본은 국토가 협소하여 동에서 서까지 10시간 기차를 타면 거의 모든 곳을 갈 수가 있었다.

베이징으로 돌아갈 준비를 할 때 슈코 선생은 병이 나서 일행과 함께 기차를 타지 못하고 비행기를 탈 수밖에 없었다. 그러나 당시 타이위안에는 베이징으로 가는 직항이 없었고 게다가 날씨도 좋지 못해서 슈코 선생은 타이위안에서 며칠을 머물러 계셔야 했다. 그는 호텔의 음식이 맛없다며 싫어했기 때문에 우리는 항상 그를 모시고 밖으로 나가서 밥을 사 먹었다. 밥을 먹을 때는 우리같이 수행하는 사람 외에도 당시 중국 습관에 따라 운전기사도 함께 밥을 먹었다. 이것은 우리가 볼 때는 정상적인 일이지만 슈코 선생이 볼 때는 신기한 일이었다. 그는 감탄하며 "중국의 운전기사는 지위가 꽤 높군요!" 했다. 왕루난 선생이 그에게 말했다. "선생님, 중국에서는 운전기사에게 절대 미움을 사지 마십시오."

슈코 선생은 과거에는 마치 유도 선수같이 건장했지만 한차례 큰 병을 앓고 난 후 쇠약해졌다고 했다. 그날 저녁 그는 갑자기 심한 위통을 일으켰다. 그 자신도 약간 걱정이 된다며 나에게 자기 방에서 자라고 했다. 당시 규정에 따르면 중국인은 외국인과 한 방에서 묵을 수 없었기 때문에 나로서는 좀 곤란한 일이었다. 내가 존경하는 슈코 선생이 고통스러워하고 외로워하는 모습을 보면서도 더 이상 어려움을 함께 나눌 수 없는 것이 안타까웠지만 어쩔 수가 없었다. 그날 저녁, 그 층에는 슈코 선생과 왕루난 선생과 나 이렇게 묵었는데 이상하게도 종업원조차 눈에 띄지 않았다. 나는 급히 왕루난 선생을 찾아가 슈코 선생을 옆에서 모셔도 될는지에 대해 상의드렸다. 왕루난 선생도 곤란해했다. 책임자인 그로서는 더더욱 규율을 어길 수 없었다. 우리는 그저 자주 선생을 보러 가서 보살펴드리는 수밖에 없었다. 그렇게 마음을 졸이고 안절부절못하며 하룻밤을 보낸 다음날 다행히 슈코 선생의 위통은 많은 차도가 있었고 비행기도 왔다. 큰일 없이 슈코 선생이 베이징에서의 활동에 참석할 수 있게 되어 우리는 안도의 한숨을 내쉴 수 있었다. 몇 년이 흐른 후 그날 저녁 일을 이야기할 자리가 생기자 나와 왕루난 선생은 모두 웃으며 그날은 어찌할 수 없었다고 생각했다.

슈코 선생도 그 일을 잊지 않고 계셨다. 1984년, 내가 일본 하코네에서 열린 중일 슈퍼대항전에 참가했을 때 고바야시 사토루와의 시합이 끝나자 슈코 선생은 정중히 나를 자신의 방으로 부르곤 상의할 일이 있다고 했다. 나는 무슨 말씀을 할지 몰라 약간 긴장하고 있었다. 그의 방에서 슈코 선생은 우선 나에게 연세가 지긋한 부인을 소개했다. "내 부인이네." 계속해서 좀 젊은 여사분을 소개했는데 "이쪽은 또 다른 내 부인, 즉 후지와라 가즈나리의 어머니이네. 이들이 특별히 자네에게 감사하려고 온 것이네. 타이위안에서 나를 보살펴주어 고맙네"라고 말했다. 두 사모님이 무릎을 꿇고 감사를 표하자 나는 계속해서 고개를 숙이며 말했다. "당연히 해야 할 일을 한 것뿐입니다. 고마워하실 필요 없습니다." 일본어 실력에 한계가 있던 나는 순간적으로 더 좋은 말이 떠오르지 않아 결국 이 몇 마디밖에 할 수 없었다. 두 부인은 나에게 차를 따라주고 내 어깨를 두드리며 이것저것 물어보았다. 그때 나는 스무 살을 갓 넘긴 어린 나이라 여러 가지 일에 대해 잘 몰랐기 때문에 감히 아무 말도 하지 못하고 그저 입 속으로만 웅얼거렸다. 슈코 선생은 어떻게 부인이 두 분일까? 더욱 놀라운 것은 두 부인이 마치 자매처럼 서로 손을 잡고 정원에서 산책하는 것을 본 일이었다.

슈코 선생은 분명 나에게 잘해 주셨다. 시합 전이면 항상 나에게 시의 적절한 방법을 직접 일러주곤 하셨다. 그래서 어떤 글에서는 슈코 선생이 마치 장주주의 코치 같다고 쓰기까지 했다.

중일 슈퍼대항전에서 요다 노리모토依田紀基에게 이긴 후 슈코 선생이 "요다는 속기를 잘하니 시간이 있으면 그에게 좀 배우거라"라고 했다. 요다의 속기는 과연 공연한 소문만은 아니어서 나는 연달아 네 판이나 졌다. 복기(바둑에서 한 번 두고 난 경과를 살펴보기 위해 처음부터 다시 그대로 늘어놓는 일을 말함—편주)하면서 슈코 선생은 수시로 나에게 잘못을 지적했는데, 당시의 모습이 《신체육》 기자에게 찍혀 여러 잡지에서 모두 그 사진을 실었다.

중일 슈퍼대항전이 끝난 후 슈코 군단이 다시 중국을 방문한 기간 나는 줄곧 슈코 선생을 수행했다. 표면상으로는 마치 내가 선생을 보살피고 있는 것 같았지만 실제로는 선생과 동행하면서 바둑

내적으로나 외적으로 적지 않은 것을 배울 수 있었다. 슈코 선생이 나에게 하신 말씀을 기억한다. "현재 너는 어떤 품격도 없이 모두 남의 것을 베긴 것이다. 이렇게 해서는 희망이 없다. 진정한 고수에게는 모두 자신만의 분명한 품격이 있다. 너는 합리적으로 다른 사람의 것을 흡수할 수 있지만, 동시에 반드시 자신의 사상, 자신의 품격이 있어야만 한다. 그렇게 해야 대가가 될 수 있다."

그리고 날카로운 안목으로 나에게 말씀하셨다. "마샤오춘이 지금은 비록 유명하지 않더라도 별거 아니라고 생각해선 안 된다. 어느 날 그는 반드시 강자가 될 것이다." 슈코 선생은 또 나에게 물었다. "네가 보기에 현재와 미래에 가장 뛰어날 천재 기사는 누구일거 같으냐?" 나는 녜웨이핑과 고바야시 고이치라고 대답했는데 선생은 오히려 조훈현이라고 했다. 견문이 적은 나로서는 조훈현이라는 이름조차 들어본 적이 없었다. 나는 곧 일본의 『위기연감』을 찾아보았는데 그 안에도 조훈현에 관한 소개는 적었고, 그저 그가 일본에서 바둑을 배웠으며 6단 때 한국으로 돌아가 병역의 의무를 이행했다고 되어 있었다. 슈코 선생이 말씀하셨다. "너희들은 아직 그를 알지 못해서 그에 대해 그다지 중시하지 않지만 어느 날엔가는 반드시 그가 강자가 될 것이다." 이전에 나는 한국에도 바둑 조직이 있다는 것만 알았지 한국의 바둑도 강하며 또한 대표 인물이 조훈현이라는 것은 몰랐다.

큰 병을 앓고 난 후 슈코 선생의 건강은 줄곧 좋지 못했지만 선생은 여전히 여러 차례 일본의 젊은 기사들을 데리고 중국을 방문했다. 슈코 군단의 주요 기사로는 요다 노리모토, 이마무라今村俊也,

고바야시 사토루, 다케미야 등이 있었다. 나는 슈코 군단의 중국 방문이 중국 바둑의 발전에 큰 촉진제 역할을 했다고 생각한다.

슈코 선생은 작은 일에 구속받는 법이 없는 호방한 성격이었다. 중국에 있을 때 건강이 좋지 못하여 정오에는 언제나 숙소로 돌아가 쉬어야만 했다. 보통 내가 선생을 호텔까지 모셔다 드리곤 했는데, 그런 후에 약속 시간을 정하고 오후에 다시 선생을 맞으러 갔다. 하루는 시간도 되지 않아 선생이 내 외투를 걸치고 혼자서 정신없이 기실로 들어오며 말씀하셨다. "깨어나니 몇 시인지도 잘 모르겠고 해서 혼자서 서둘러 왔지." 그때 누군가 조금 후에 중국의 팡이푸方毅副 총리가 바둑을 보러 온다고 했다. 나는 슈코 선생의 몽롱한 얼굴을 보고 수건을 가져다가 어지러운 수염을 몇 번 문질렀는데, 그 역시 내가 하는 대로 놔두었고 옆에 있는 사람은 계속 웃고 있었다.

슈코 선생은 나중에 자신이 개인 자격으로 학생들에게 급수를 주는 바람에 일본 기원과 마찰이 생겨 마침내 일본 기원에서 물러났다. 슈코 선생은 시종 내가 존경하는 선배로, 그를 만나는 것은 언제나 기쁜 일이었고 또한 매번 나에게 큰 수확을 주었다.

# 중일 슈퍼대항전

1984년, 몇몇 팀원들이 일본에 시합하러 가고 나와 이번 시합에 참가하지 못한 대원들은 한가한 시간을 보내고 있었다. 팀원들이 일본에서 시합하는 광경을 생각하니 마음은 상심으로 가득했다. 그러던 중 뜻밖에도 허커창 선생으로부터 반가운 소식을 전해듣게 되었다. "장주주, 힘내라. 우리가 지금 중일 바둑 슈퍼대항전을 준비하고 있다." 이 소식은 나를 흥분시키기에 충분했으며 난 너무 기쁜 나머지 이 소식을 믿을 수가 없었다.

제1회 중일 슈퍼대항전이 시작되었다. 개막식이 끝나고 첫 번째 시합에서 중국의 선봉 왕지엔홍汪見虹이 요다 노리모토에게 겼고 이어서 내 차례가 되었다. 나는 요다의 바둑에 대해 자료를 많이 수집하고 온통 바둑에 정신을 쏟아 기보를 연구했다.

내가 백을 집을 차례였으며 나는 속으로 스스로에게 경고했다.

요다로 하여금 한 번이라도 나를 공격하게 해서는 안 된다. 왜냐하면 요다의 바둑은 날카로워서 우선 방법을 생각해서 시간을 끌다가 기회를 찾아야 했기 때문이다. 내 포석이 조금씩 먹혀 들어갔지만 그러나 전체적으로 볼 때 아직 승세는 막상막하였다. 마지막에 이르러 요다가 특별히 좋은 바둑을 하지 못하여 형세는 점차 나에게 유리한 방향으로 흘러갔다. 눈앞에 승리의 희망이 보이자 나는 도리어 긴장하기 시작했고 아차 하는 실수로 판을 망쳐버리게 되지나 않을까 겁이 났다. 나는 몇 번이나 화장실을 왔다갔다하면서 찬물로 얼굴을 씻고 긴장된 마음을 완화시키려고 했다. 마지막에 나는 요다에게 1과 1/4 차이로 이겼다. 나는 너무나 기뻤다. 왜냐하면 이런 시합에서 한 판이라도 이길 수 있다는 것 자체가 대단한 것이기 때문이다. 사실 나는 그럭저럭 둔 편이었는데, 요다는 실책이 많았고 공격이 가끔 좀 지나쳐서 나한테 패하고 말았다. 다음 판에서 나는 고바야시 사토루을 맞아 싸우게 되었다.

계속해서 구이린桂林에 가서 신체육배에 참가한 나는 시합을 엉망으로 망쳐버렸다. 당시 나는 컨디션이 좋지 않았다고 생각했지만 사실은 실력에 문제가 있었다. 울퉁불퉁 기복이 심한 데다 항상 언제 정리를 해야 할지 모르는 등 문제점이 모두 드러났다.

이어서 광저우廣州에서 거행된 전국 개인전에 참가했다. 심리적인 안정을 위해 나는 팀과 함께 가지 않고 혼자 헝산衡山으로 해서 갔다. 혼자서 산길을 따라 걸으며 생각을 정리하자 머릿속이 한결 맑아지는 것 같았다.

다음날 아침, 나는 후난성湖南省 지질팀의 기사 몇 명을 만났는데 몇 마디 말을 나누다 보니 서로에게 호감이 생겼다. 그들은 내가 베이징에서 온 선수라는 것을 알게 되었으며 나도 그들의 일에 흥미를 느꼈다. 그들이 막 지역 경계석이 있는 곳에 광산을 보러 갈 준비를 하고 있어서 나도 그들을 따라가 그 광경을 좀 보고 싶다고 했다. 그래서 체크아웃을 하고 그들의 지프에 올라탔다.

도중에 나는 기사들을 따라 한 탐광대가 있는 곳에 가게 됐다. 그들은 나를 부러워하며, "당신은 나이도 어린데 이렇게 정부 기관에서 일하고, 정말 대단해"라고 했다. 나는 "정부 기관원이 아니라 그저 운동 선수일 뿐입니다"라고 대답했다. 점심 무렵 뱀 한 마리가 스르르 기어나오자 그들은 뱀을 잡아서 점심식사의 반찬으로 만들었다.

식사는 밥 한 사발에 야채 한 그릇씩이었다. 그 반찬을 보고 어안이 벙벙해졌다. 야채라는 것이 사실은 고추였으며 그 안에는 고기 조각이라곤 거의 찾아볼 수 없었다. 나는 고추를 한 입 베어 먹고는 바로 땀을 흘리기 시작했다. 입에 불이 나는 것 같아서 하는 수 없이 억지로 입 속에 밥을 꾸역꾸역 밀어넣었다. 고추를 몇 입 먹지도 않아 밥은 거의 다 먹어버렸다. 남은 고추를 다른 기사들에게 나누어주었더니 그들은 한결같이 나에게 고맙다고 했다. 그들이 맛있게 고추 반찬에 밥을 먹고 있는 것을 보며 지질기사들의 고생이 이만저만이 아니라는 생각이 들었다. 그러나 기사들은 오히려 나에게 "오늘은 그래도 방문객(뱀과 장주주)이 있어서 맛있게 먹은 거야. 보통 고추에는 오늘처럼 이렇게 기름도 고기도 많지 않은걸" 했다. 나는 그제야 기사들이 그 뱀을 발견했을 때 왜 그렇게 좋아했는지를 알게 되었다.

그 점심식사는 내게 감개무량한 경험이었다. 나는 평소에 먹는 것이 조금만 맘에 안 들어도 불평을 했고, 월급이 많지 않은 것도 원망했으며, 바둑에서 지면 더더욱 내가 세상에서 가장 고통스런 사람이라고 생각했는데, 이렇게 전국을 자기 집 삼아 일하러 다니는 지질기사들과 비교하니 내가 그동안 겪었던 고통은 아무것도 아니었다는 걸 알게 되었다.

돌아오는 길에 나는 기사들에게 내 생각을 이야기했다. 그러자 그들은 좀전에 봤던 기사들은 그나마 조건이 좋은 것이라며, 적어도 그들은 숙소에 살기라도 하지 않느냐고 했다. 더 많은 지질대가 일정한 거처 없이 길에서 노숙을 한다는 것이다.

오후에는 기사들을 따라 헝양衡陽에 갔다. 마음이 오전과는 다르게 무겁게 가라앉아 있었다. 이 세상에는 힘든 일도 힘들게 사는 사람들도 정말 너무나 많다는 걸 았았다.

광저우의 개인전에서 나는 15등을 했다. 잘하고 싶었지만 마음 같지 않게 좋은 성적이 안 나왔다. 문제는 역시 실력 부족이었다. 유일한 위안이라면 모든 상대를 고바야시 사토루라 생각하고 바둑을 두었다는 것이다. 성적이 좋지 못하자 모두들 계속해서 이어질 슈퍼대항전 출전에 걱정을 표했다.

다음 시합을 위해 일본으로 떠나야 했다. 허커창郝克强 선생은 비행장에 가는 나를 전송하며 느낌이 어떠냐고 물었다. 나는 "요시노와 정면으로 부딪쳐봐야죠"라고 대답했다. 나는 평소 좋아하던 영화「갑오해전甲午海戰」에서의 해군 장군 덩스창鄧世昌의 말을 인용해 내 결심을 나타냈다. 그리고 허커창 선생에게 "다음번엔 선생님도 비행장에 나를 배웅하러 오셔야 합니다"라고 말하며 내가 꼭 연승할 것이라는 뜻을 내비쳤다. 당시 그런 나를 허커창 선생은 자신감 넘치는 모습으로 보았는지 아니면 주제넘게 보았는지는 알 길이 없다.

나와 고바야시 사토루의 시합은 하코네에 있는 이시바테石葉亭 호텔에서 열리기로 되어 있었다. 일본 기단에서 중요한 시합, 가령 혼인보전本因坊戰 같은 시합들이 그곳에서 열렸다. 그 판에서 나는 흑을 쥐고 비교적 순조롭게 두었는데 몇 개의 돌로 포위를 해서 상당한 이득을 보았으며 결국 고바야시 사토루에게 이겼다.

다음 시합 장소는 도쿄의 긴자銀座였고 상대는 아와지 슈조淡路修三였다. 시합 장소에 도착해 나는 속으로 비명을 질렀다. 대국실이 단독으로 된 방이 아니라 큰방을 임시로 배치해 놓은 것이었다. 거기다 방을 대국실과 연구실 두 부분으로 나누었는데 이렇게 되면 나와 아와지가 바둑을 둘 때 방해를 받을 것이 뻔했다. 시작할 때 나는 걱정을 했다. 이런 환경에서 바둑을 두면 아마도 내 실력을 발휘하는 데 영향을 받을 것이고 아와지 역시 마찬가지일 것이다. 내 일본어에는 한계가 있으니 그가 받을 영향이 나보다 훨씬 클 것이 분명했다.

그 판에서 나는 힘들게 바둑을 두었다. 확실히 아와지의 수준은 높았다. 그러나 그때 나는 경기 컨디션이 매우 좋았다. 시합은 각각 3시간 30분이었는데, 내가 초읽기(공식적인 대국에서 제한 시간을 넘지 않기 위해 제한 시간 5분이나 10분 전부터 계시원이 해당 대국자에게 1회의 착수 시간을 읽어주는 것―편주)에 돌입했을 때 아와지는 겨우 1시간 50분만을 쓰고 있었다. 그러나 만약 운이 있다고 한다면 이런 경우일 것이다. 내 형세가 좋지 못한 상태에서 아와지는 중판으로 불계승(마지막 집 수효를 세는 데까지 가지 않고 상대방이 기권, 즉 돌을 던짐으로 해서 얻게 되는 승리―편주)을 거두려고 했지만 제대로 안 되자 조급해했다. 그래서 그는 생각할 시간이 많았는데도 좋은 생각을 떠올리지 못했던 것이다. 만약 수준이 더 높은 기사였다면 아마도 평상심을 유지했을 것이고, 나는 반격의 기회도 없었을 것이다. 아와지가 선택한 길은 전면으로 나를 포위하여 죽이는 것이었다. 그러나 나는 통상 초읽기 상황에서 잘 두지 못했던 것과는 달리 그 판에서는 거의 실수를 하지 않았다. 나는 상대의 대마(한 덩어리를 이루며 자리를 크게 차지하는 많은 돌―편주)에 몰리면서도 난전을 유도하여 상대방이 시간을 소비하게 만들었다. 아와지는 초읽기에 돌입한 후 당황하기 시작하여 입에서 쉬지 않고 멍청이, 바보 같은 말들을 중얼거렸다. 어찌 되었든 결국 나는 아와지를 이겼다.

다음 시합의 상대는 가타오카 사토시片岡聰였고 시합 장소는 상하이였다. 상하이에서 나는 첸위핑錢宇平과 한 방에서 지냈다. 보통 사람들은 멀리 갈 때면 항상 간편한 차림을 좋아하여 물건을 되도록 적게 가지고 다니려 하는데 첸위핑은 항상 신체 단련용 아령을 한 쌍 가지고 다녔다. 시합 전 나는 신경이 극도로 긴장되어 일찌감치 잠자리에 들었다. 어렴풋한 잠결에 첸위핑이 돌아온 것을 느꼈다. 그러나 시간이 지나도 아무런 움직임이 없었다. 당시 벽을 보면서 자고 있던 나는 무의식중에 눈을 떴다가 깜짝 놀라고 말았다. 벽에서 아령 한 쌍이 이러저리 흔들리는 것이 보였던 것이다. 나는 첸위펑이 아령을 가지고 몸을 단련하는 것이라는 건 알았으나 시합전이라 너무 긴장한 탓인지 아령이 내 머리 위에서 왔다갔다하다가 혹 실수로라도 내 몸에 떨어지면 어떡하나 걱정이 되었다. 그렇게 되면 시합이고 뭐고 다 없다는 생각이 들었다. 이렇게 쓸데없는 걱정으로 나는 밤새 편안히 잠을 이루지 못했다.

다음날은 가타오카 사토시와의 대국이 있었다. 그가 시작부터 몰아붙인 대형정석(변화의 수순이 길어 큰 모양을 이루는 정석—편주)은 내가 깊이 연구한 것은 아니어서 나는 초반에 좀 손해를 보았다. 중반 이후에야 좀 만회를 하였고 나중 공격에서는 나도 상당히 강하게 두었다. 그것이 통했는지 나는 형세를 돌려놓았을 뿐 아니라 가타오카 사토시도 당황하는 빛이 역력했다. 포위하기에는 너무 큰 내 집을 처리할 방법이 없었던지 그는 그저 두텁지 않은 곳을 억지로 버티고 있을 뿐이었다. 도대체 그의 공간을 공격할 것인가 말 것인가? 나중에 나는 공격해 들어갔고 그곳에서 승패가 결정됐다.

시합이 끝난 후 나는 가타오카 사토시 일행을 따라 유람선을 타고 황푸장黃浦江에 놀러 갔다. 사카마키酒卷忠雄 선생은 "일본 기원이 이틀 동안 네가 일본 기원으로 유학 오는 일을 토론하려고 한다"고 말했다. 가타오카 사토시는 "정말 그렇게 된다면 잘됐다. 일본에서 항상 바둑을 둘 수 있겠구나" 했다. 사카마키 선생은 선상에서 펼치는 마술 쇼를 재미있게 보고 있었다. 피엔총은 황푸장 유람은 이번으로 벌써 세 번째라며 상하이에 오기만 하면 주인이 모두 황푸장 유람을 준비하고 선상의 오락 프로그램은 거의 변한 적이 없다며 지겨워했다.

가타오카 사토시를 이긴 후 치우바이루이邱百瑞 선생이 나에게 창하오가 빨리 발전하고 있다면서 그와 한판 둘 수 없겠느냐고 물었다. 그때 내가 그에게 4점을 주고 두었는지 몇 점을 주고 두었는지 기억나지 않지만, 창하오의 기량은 과연 뛰어났으며 탄탄했다. 나는 이렇다 할 기회도 없이 그에게 지고 말았다. 창하오는 그때 나에게 세다는 인상을 주었다.

당시 차오즈린曹志林 선생이 책임지고 있는 《월간바둑》에서 특별호를 냈는데, 한 세탁기 회사가 후원을 하기로 연락이 됐다. 차오 선생은 "장주주, 너 열심히 해라. 만약 이기면 회사에서 너에게 세탁기를 주기로 했다"고 했다. 당시 세탁기는 공급이 부족한 고급물건이었던 터라 나는 너무 기분이 좋았다. 만약 내가 이 세탁기를 타게 되면 부모님께 효도하는 게 될 것이다.

나는 소원대로 시합에 이겼고, 경축 만찬에서 차오 선생은 나를 세탁기 회사의 총재에게 소개시켜 주었다. 총재는 타이위안으로 세탁기를 보내주기로 약속했다. 베이징에 돌아온 지 몇 개월 후 식구들이 세탁기가 집에 오지 않았다고 했다. 나는 마치 부모님께 공수표를 남발한 것 같아서 조금 난처했다. 나중에 차오 선생을 만났을 때 이 일에 대해 물어보니 차오 선생도 어찌 된 영문인지 모르겠다고 했는데 보아하니 공장에서 발뺌을 하는 것 같았다. 지금은 세탁기 한 대가 뭐 별거냐 싶지만 당시 나와 가족은 정말 한차례 좋았다만 일이었다.

나이웨이와 나, 두 사람 중에 누가 요리를 잘할까?

슈퍼대항전에서 몇 번을 연승한 후 나는 한동안 기세가 대단했다. 여러 곳에서 나에게 강연을 맡기며 슈퍼대항전의 상황을 소개해 달라고 했다. 그 가운데 칭화淸華 대학은 바둑의 기초가 비교적 튼튼했고 또 젊은이들이 쉽게 흥분하여 깊은 인상을 주었다. 어느 학생이 "어느 판에서 가장 잘 두었습니까?" 하고 질문하자 나는 젊은 기세로 "바로 다음 판!"이라고 대답했다. 그러자 강연장은 우레와 같은 박수로 가득했다.

다음 상대는 이시다 아키라石田章였다. 그러나 나는 시합 전 한동안 몇몇 연습 경기에서 형편없이 패하여 자신감을 잃고 있었다. 룸메이트와의 속기에서도 지고 말았다. 많은 사람들이 이런 바둑에서 진 게 대수냐, 슈퍼대항전의 성적만 좋으면 되지 않겠냐며 비아냥거렸다.

다시 5일 예정으로 일본으로 시합을 가야 했다. 허커창 선생이 말하길 시합 일정은 경비 관계로 5일을 넘으면 안 되고 일본측에서는 우리를 3일만 접대할 수 있다고 했다. 우리는 일본에 간 다음날 바로 바둑을 둔다면 시합에 그다지 유리하지 않을 것 같아 일본측과 상의하여 하루 이틀은 바둑을 두지 않고 쉬기로 하였다. 만약 셋째 날 내가 바둑에서 이기면 넷째 날에도 계속 둘 수 있었다. 젊음을 무기로 나는 내 체력만을 믿고 그 빠듯한 계획에 찬성했다.

일본에 도착한 다음날은 NEC배의 결승전이 있었는데 당시 위세가 등등했던 조치훈과 고바야시 고이치가 결선에 올랐으며 최후에 조치훈이 반 집 차로 고바야시 고이치에게 승리했다. 연회에서 나는 오랫동안 존경해 마지않던 린하이펑林海峯 선생을 만났다. 나는 선생께 포석이 좋지 못할 경우, 또 평소에 어떻게 공부해야 하는지에 대해 가르침을 청했다. 선생은 상당히 겸손한 분으로 "내가 생각할 때 너는 그다지 큰 문제는 없다. 잘 두고 있어"라고 했다. 이것은 아마도 린하이펑 선생의 인사말이었을 것이나 당시로서는 분명 자신감을 북돋아준 말이었다.

연회에서 나는 또 사카마키 선생을 만났다. 선생은 나에게 "네가 일본 기원에 유학 오는 일에 대해서는 이사회에서 이미 통과가 됐고, 우부가타 선생이 네 생활상의 자질구레한 일에 대해 준비해 줄 거야. 최근 오에다大枝雄介 이사가 중국 방문 중에 중국 기원과 이야기했을 거야. 조금 있으면 그가 연회에 도착할 텐데 중국바둑협회에서 동의할 것 같으냐?"라고 물었다. 나는 몇 년 전 중국 기원에서 일본에 기사를 파견하여 선수를 유학시키려고 한 의향이 있었다는 것을 알고 있었으므로 중국바둑협회 쪽에서는 별 문제가 없을 것이라 생각했다.

오에다 선생이 좋지 않은 소식을 가지고 왔다. "유학 가는 일이 그렇게 순조롭지만은 않을 것 같다. 중국바둑협회에서 너와 상의할 문제가 있다고 하니 너는 돌아가서 다시 상의해 보고, 우리와 계속 연락을 취하도록 하자." 그 말은 당시 나에게 그다지 유쾌하게 들리지 않았다. 오에다 선생이 내가 일본에 유학 가는 것을 찬성하지 않아서 중국바둑협회와 상의해 보라고 핑계를 대는 거라고 생각했기 때문이다.

비록 기분이 좋지는 않았지만 슈퍼대항전은 역시 잘 치러야 했다. 나는 이시다 아키라의 수를 예상할 수 있어서 시합을 순조롭게

치를 수 있겠다고 생각했다. 중반에 이르러 그의 완착(나쁜 수는 아니지만 너무 소극적이어서 별 이득이 없이 나쁜 결과를 가져올 가능성이 있는 수—편주)을 내가 잘 응징하고 그의 두터운 부분을 공격하면서, 그의 눈목자로 굳혀져 있는 부분을 승부처에서 자연스럽게 무너뜨렸다. 그러다가 나의 무리수로 인해 바둑은 그의 흐름으로 넘어가고 말았다. 그런데 다행스럽게 마지막 승부처에서 큰 패가 났는데 팻감(패와 교환하여 차지할 만한 가치가 있는 자리—편주)이 많아 그의 돌을 잡을 수 있었다. 이렇게 또 승리를 거머쥐며 중일 슈퍼대항전에서 5판 연승을 거두었다.

계속해서 나는 고바야시 고이치와 일본 기원에서 시합을 두게 되었다. 그때 우리와 함께 간 사람은 《신체육》의 류샤오쥔劉曉君과 우리의 대표 두웨이중杜維忠이었다. 류샤오쥔은 일본어를 약간 할 줄 알아서 일본에서 온 많은 편지를 그가 번역했다. 시합 전날 저녁 함께 밥을 먹던 일본 친구가 우리에게 "시합이 원래 홍콩에서 열리기로 한 거 아니었니? 중국바둑협회에서 왜 동의하지 않은 거지?"라고 했다. 류샤오쥔은 어리둥절해서 말했다. "그럴 리가 없어, 어떻게 동의하지 않았겠냐?" 일본 친구는 "우리가 특별히 중국바둑협회에 서신까지 보냈는데"라고 했다. 류샤오쥔은 일본 기원이 보낸 편지 한 통을 생각해 냈다. 그러나 거기에는 일본이 홍콩에서 열리는 것에 반대한다고 써 있었는데 이게 도대체 어찌 된 일인지, 도대체 어느 쪽이 홍콩에서 열리는 것에 반대한 것인지 의아스럽게 생각했다. 나중에 비로소 알게 된 바에 따르면 그 편지에 씌어진 것은 부정의 부정의 문장이었는데, 그러나 우리의 사랑스런 류샤오쥔이 뜻을 잘못 이해했던 것이다. 모두들 홍콩에 시합하러 가기를 기다리다가, 류샤오쥔이 허커창 선생에게 일본 사람들이 홍콩에 가는 것을 동의하지 않는다고 하여, 기왕에 일본 사람들이 동의하지 않는다면 우리도 어쩔 수 없이 거기에 따를 수밖에 없어 이렇게 된 것이다.

시합 당일 이상할 정도로 눈이 많이 왔다. 나는 흑을 쥐고 고바야시 고이치를 맞아 싸웠다. 초반은 그럭저럭 좋았다. 그러나 중반 이후 고바야시 고이치가 계속해서 내 공격을 분쇄시키더니 끝내기 단계에 들어가서는 우세를 보였다. 나는 여러 가지 수단을 다 써보았지만 판세를 바꿀 수 없어 돌을 던져야만 했다. 고바야시 고이치에게 져서 아쉽기는 했지만 그러나 슈퍼대항전에서 내 성적은 믿을 수 없을 만큼 좋았고, 이것으로 나는 큰 격려와 위안을 얻을 수 있었다.

베이징으로 돌아오자 모두들 기뻐하며 나를 맞아주었고 나는 천주더 선생에게 일본 유학에 관한 일을 물어보았다. 천 선생은 "그일은 아마 우리가 동의할 수 없을 것이다. 원인은 여러 가지인데 나혼자서 결정할 수도 없는 일이다"라고 말했다. 나는 그때 너무 어려서 말을 지나치게 단도직입적으로 했다. "내가 도망갈까 봐 두려워하는 거 아닙니까?" "일본 유학 건은 이미 지나간 일이라고 생각해라. 우리가 회의를 했는데 대다수가 동의하지 않았다." 나는 다시 노력해 보기로 했고 그러자 천 선생은 "그렇다면 직접 중국체육위원회 리멍화李夢華 주임에게 가서 물어보는 수밖에 없겠다"고 충고해 주었다.

그래서 나는 리명화 주임을 찾아가기로 했다. 리명화 주임은 없었고 그의 비서가 나를 맞았다. 내가 다시 리명화 주임을 찾아갔을 때, 비서는 리명화 주임의 의견은 팀의 결정에 따르라는 것이라며 나를 물렀다. 리 주임을 직접 만나보지도 못하고 그저 그의 비서와 두 차례 만나기만 했을 뿐이다. 원래 리 주임과 마음을 터놓고 이야기를 잘해 보려고 준비하고 있었던 나는 그냥 그렇게 끝나게 될 줄은 생각지도 못했다. 또한 비서는 내가 말한 이유로는 자기를 설득할 수 없다고 덧붙였다.

나는 다시 훈련국의 니엔웨이쓰年維泗 부국장을 찾아갔다. 니엔웨이쓰 부국장은 축구계의 선배로 우리 바둑팀을 맡고 있었다. 나도 축구를 좋아하여 우리는 서로 이야기가 잘 통했다. 니엔웨이쓰 부국장은 자신은 운동 선수를 외국에 보내고 들어오게 하는 것에 대해 찬성하며 이것은 수준 향상에 좋은 것이라고 했다. 이 말을 들으니 뭔가 방법이 있을 것 같았다. 그러나 니엔 부국장은 마지막에 가서 "너 같은 기사는 국내에 머무는 것도 그리 나쁘지 않다. 너희 팀에서 좋은 생각이 있을 것이다"라고 말함으로써 나를 실망시켰다. 이렇게 다시 원점으로 돌아오자 나는 그저 어안이 벙벙해서 니엔 부국장에게 "그렇다면 이 일이 도대체 좋은 일입니까 나쁜 일입니까?"라고 물었다. 니엔 부국장은 나에게 "나는 어쨌든 너희 바둑팀에 대해 잘 알지 못한다. 너희 팀에서 기왕에 이런 결정을 내렸다면 거기에는 반드시 이유가 있을 것이다. 너는 그저 팀의 결정에 따라라"라고 말했다.

한 바퀴 빙 돌아 나는 다시 팀으로 돌아왔다. 천주더 선생은 "역시 이렇게 결정할 수밖에 없다. 팀의 절대 다수가 동의하지 않는다. 너를 이해는 하지만 그래도 나는 팀의 결정을 바꿀 수 없다"고 말했다. 유학 일은 그렇게 끝이 났다. 막 슈퍼대항전에서 돌아와 아직 흥분도 채 가라앉지 않은 상태에서 팀의 결정은 찬물을 끼얹는 것과도 같았다.

그때 또 한 가지 유쾌하지 못한 일이 있었다. 슈퍼대항전 기간 동안 나는 "지금 기차표 사기는 그렇게 어렵지 않으니 타이위안으로 돌아가는 것도 어렵지 않겠다"고 말한 적이 있었는데, 코치 몇 사람이 긴장해서 나에게 물었다. "타이위안으로 돌아가서 무엇 하게? 그냥 열심히 슈퍼대항전 준비나 해라." 사실 나는 그저 되는 대로 말한 것뿐이었다. 그때 집에서도 나에게 전보를 쳐서 슈퍼대항전을 잘하라고 했는데 이전에 자주 있었던 일이 아니어서 난 조금 이상하게 생각했다. 슈퍼대항전이 끝나자 식구들은 비로소 나에게 할머니가 돌아가셨다는 소식을 전했다. 그 소식을 듣고 나는 너무 슬퍼서 혼자서 롱탄후를 거닐었다. 우리 집 아이들은 모두 할머니가 키워서 할머니와 정이 깊었다. 오랫동안 외지에서 훈련하고 시합하느라 집에 돌아가 할머니를 뵈는 일도 드물었다. 그러나 내 마음속에는 언제나 할머니 생각이 떠나지 않았다. 매번 집에 돌아가면 나는 언제나 할머니가 씻으실 물을 떠 드렸다. 그때 우리는 간이주택에 살아서 수도관 시설이 되어 있지 않았기 때문이다. 할머니는 "물 떠오지 마라, 너 가고 나면 다시 이렇지 않을 텐데. 다음에 돌아올 때 맛있는 거나 좀 사 가지고 오면 된다" 하셨다. 13년 동안 나는 딱 한 번 집에서 설을 지냈다. 그때는 할머니에게 맛있는 것도 사다 드리지 못했다. 그런 할머니가 돌아가셨는데, 식구들과 팀에서 나를 속인 것이다. 평소 할머니와 정이 깊었던 내게 할머니의 운명 소식이 영향을 주어 시합에 나쁜 작용을 할까 해서였다.

비록 슈퍼대항전에서의 5연승은 기쁜 일이었지만 곧 내 마음은 우울함으로 가득 찼다. 주로 이 두 가지 사건 때문이었다.

슈퍼대항전에서의 승리는 우리 고향에도 큰 영광을 안겨주었다. 전엔 산시의 운동 선수가 국제대회에서 이와 같은 좋은 성적을 낸 적이 없었기 때문에 성에서는 특별히 나를 위해 경축 행사를 열었으며 5천 위안의 장려금을 주기로 했다. 성장省長과 부성장이 모두 행사장에 참석했다. 부성장은 "장주주, 당신이 바라는 것이 있으면 뭐든지 말해 보시오" 했다. 나는 "우리 성 바둑팀의 성적이 줄곧 전국에서 좋았는데도 계속 체공대體工隊(성省 대표 체육팀─편주)에 의해 관리되고 있습니다. 가능하면 우리 성에서도 다른 성과 마찬가지로 기원을 세웠으면 합니다." 부성장은 그러마고 대답했다. 우리 아버지도 감격해서 "만약 기원이 만들어지면 나도 세 칸짜리 우리 집을 헌납하겠다"고 하셨다.

곧 기원을 세우는 데 필요한 80만 위안의 돈이 허가났으며, 건물 한 동이 지어졌다. 그러나 기원이 마지막에 손에 넣은 것은 4, 5층뿐으로 다른 층은 모두 체공대에서 사무실로 썼다.

베이징에 돌아오니, 화이강 선생이 팀을 대표하여 나에게 이야기했다. "우리 모두는 네가 5천 위안을 전부 가져서는 안 된다고 생각한다. 네가 여기에서 5천 위안, 거기에서 5천 위안 해서 모두 만위안을 받았으니 네웨이핑보다 많이 받은 게 아니냐?" 나는 내가 네웨이핑 선생보다 많이 받아서는 안 된다는 것은 잘 알지만 상 두 개를 더한 것이기 때문에 이렇게 제하는 것은 산시성에 대해 공평하지 않다고 생각했다. 또한 내가 알기로는 어떤 선수들은 성적이 좋아 지방에서도 돈과 집을 포상한다고 하는데, 왜 나만은 안 된다는 것인지 이해가 되지 않았다. 이것 저것 제하고 세금을 빼고 나니 내가 실제로 얻은 것은 7천 위안 정도였다. 얼마 있지 않아 베이징 시에서도 네웨이핑 선생에게 장려금을 주었는데 팀에서는 그에 대한 얘기가 일체 없었다. 나는 곧 화이강 선생에게 "이렇게 처리하는 것은 나와 산시성 모두에게 공평하지 않습니다"라고 말했다. 어쨌든 상금을 분배하는 일에서 나는 다소 유쾌하지 못했다.

중국팀의 중일 슈퍼대항전에서의 승리는 전국에 커다란 반향을 일으켰다. 사람들은 우리를 '항일 영웅'이라 불렀고, 애국주의적인 경과 보고를 하러 다닐 때마다 우리들은 사람들의 따뜻한 환영을 받았다. 나중에 생각해 보니, 적어도 나는 그런 보고에는 어울리지 않았던 것 같다. 나는 그저 내 몫의 일을 잘한 것뿐이며, 이것은 군인이 나라를 잘 지키고, 노동자가 일을 잘하고, 농민이 농사를 잘 짓는 것과 다를 것이 없었기 때문이다.

제2회 슈퍼대항전에서 나는 고바야시 사토루에게 졌다.

제3회 슈퍼대항전은 타이위안에서 실시했으며, 나는 야마시로 히로시山城宏와 시합을 했다. 그 판은 시작부터 중반까지 어려웠지만 분명한 기회가 왔을 때에도 나는 지나치게 공격만 하다가 역으로 내 돌을 잡히고 말았다. 그가 승기를 잡아 계속 우세를 지켰고 결국 나는 지고 말았다.

제4회 슈퍼대항전은 샤먼에서 거행되었는데 내가 경기할 차례가 되었을 때 요다 노리모토는 이미 4판을 연속해서 이기고 있었다. 그 대국에서 나는 잘 두지 못하였고 결과 요다에게 패하고 말았다.

제5회 슈퍼대항전에도 참가했지만 내가 출전도 하기 전에 첸위펑이 다케미야를 이기게 되어 나는 경기를 하지도 못하고 슈퍼대항전이 끝나버렸다.

슈퍼대항전을 치르는 동안 내게는 신변상의 변화가 생겼다. 슈퍼대항전의 경과 보고를 하러 다니던 중 베이징 대학에서 알게 된 양이라는 한 여학생이 미국으로 유학을 간 후에 나에게 미국으로 오라고 초청을 하였다. 미국은 1986년도에 한 번 방문한 적이 있었지만 이번엔 사적인 이유로 가는 것이다. 나는 팀에 신청을 하고 타이위안으로 돌아가 수속을 밟는 과정을 거쳤다. 그 수속은 2년이나 걸렸다. 수속을 마치고 나자 그 여학생과는 소원해졌고 결국 나는 샌프란시스코 바둑협회의 요청을 받아 바둑 해설자로 미국으로 떠나게 되었으며, 거기서부터 새로운 생활이 시작되었다.

2

미국에서의 새로운 시작

1990년 8월 20일, 나는 베이징에서 미국으로 갔다. 두 대의 짐차에 짐이 가득 차 꽤 무거웠는데, 속에는 대부분 바둑판, 바둑알과 바둑책이 있었다. 미국에 가기 전 한동안 정신없이 바빴다. 비행기에 타고 나서야 비로소 마음을 진정시키고 진지하게 앞날을 생각할 시간을 가질 수 있었다. 미국에 도착하면 어떻게 해야 하지? 아무리 생각해도 좋은 방도가 떠오르지 않았고 방향도 잡을 수 없었다. 1986년 미국을 방문했을 때에는 정해진 시간대로 움직여서 미국에 대해 구체적인 인상이 없었다. 그러나 이제부터는 직접 미국 생활을 시작해야 했다. 새로 부딪쳐야 할 어려움을 생각해야 했지만 영어를 못하니 과연 바둑에 의지해 생계를 꾸려나갈 수 있을까 걱정만 들었고, 나중에는 아예 생각을 접게 되었다. 미국에 도착한 다음 그때 가서 생각해 보자, 고생할 각오만 있다면 어디든 갈 수 있지.

시차 때문에 샌프란시스코에 도착하니 역시 1990년 8월 20일이었다. 안개 낀 샌프란시스코의 흐릿함이 마치 내 마음 같았다. 통관하기 위해 줄 서 있는 수많은 사람들을 보며 나는 짐 두 개를 들고 어찌해야 할지 몰랐다. 주위의 사람들은 모두 바빴고 나를 도와줄 것 같지 않았다. 다급한 마음에 나는 중국민항의 직원을 찾아가서 나는 중국 운동 선수인데 짐도 너무 많고 영어를 몰라서 도움이 필요하다고 했다. 중국민항의 직원은 내가 바둑팀의 장주주인 것을 안 후 예의를 갖춰 내가 순조롭게 통관할 수 있도록 도와주었다.

통관이 끝나고 나를 마중 나온 베이징의 청년 한웨韓越를 만났다. 택시가 비행장을 떠나자 날씨가 좋아졌다. 나는 샌프란시스코의 날씨는 정말 좋다고 생각했다. 숙소를 정한 후에야 알게 되었는데 샌프란시스코는 실제로 날씨가 좋은 날이 많지 않았다. 내가 살곳까지 가는 데 택시비와 팁으로 모두 50달러를 썼다. 정말 비쌌다. 나에게는 중국에 있을 때 저금한 4천 달러밖에 없었다.

내가 살던 방은 차고를 개조한 것으로 호텔의 표준 방과 비슷한 크기였으며 반지하였다. 복도는 어두웠지만 안으로 들어갈수록 시원했다. 나는 방 값과 물 값으로 한 달에 전부 390달러의 방세를 내야 했고 밥을 먹는 등의 생활비도 들었다. 나는 중국에서 선수촌에만 살아 요리를 할 줄 몰랐다. 그래서 미국으로 건너오기 전 서둘러 식구들에게 몇 가지 간단한 요리를 배웠는데 토마토계란볶음 같은 것이었다. 어떤 친구는 항상 라면을 먹는다고 했다. 다행히 나는 면을 좋아하기 때문에 안심을 했다. 이 밖에 이불 같은 일상용품은 중국에서 가지고 오지 않아 새로 구입해야 했다. 상점에 한번 가보니

5~60달러로 너무 비쌌다. 마침 나이웨이의 아버님이 한 달 뒤에 미국에 출장을 오신다고 하여 아버님께 이불을 가져다 달라고 부탁했다.

먹고 자는 것이 안정되자 생계 문제에 직면하게 되었다. 나는 급히 샌프란시스코의 바둑협회에 연락하여 바둑으로 생활을 할 수 있을지 물어보았다. 수입이 얼마나 되는지를 먼저 알아보고 다음에 어떻게 할지를 생각해 보기로 했다.

미국바둑협회의 조직은 바둑 애호가 몇 명으로 구성되어 있었다. 시합이 있을 때면 사람 수에 따라 장소를 빌리고 비용은 회원들이 나누어 냈는데 영리적인 목적은 없었다. 당시에는 전미 바둑대회 조직이 이윤을 내고 있는 지금과는 많이 달랐다.

샌프란시스코 바둑클럽의 상황은 다소 좋았다. 그들은 극장을 싼 가격에 빌려 쓰고 있었다. 나에게 요청서를 보낸 샌프란시스코 바둑클럽의 대표 브라운 선생은 1986년 내가 미국을 방문했을 때 알게 된 인연이었다. 그는 프로 기사를 초빙해 바둑 지도 시간을 만들면 클럽에 더 많은 사람이 올 것이라고 생각했다. 그는 바둑을 배우는 사람마다 한 번에 10달러씩 내게 하고, 학비는 모두 바둑 지도를 맡을 내게 주겠다고 했다. 나는 괜찮은 방법이라 생각하고 우선은 이렇게 시작하고 나중에 다시 상황에 따라 처리해야겠다고 마음먹었다.

사실 샌프란시스코 바둑클럽에 간 것이 그때가 처음은 아니었다. 1986년 미국을 방문했을 때 와본 적이 있었는데 그 당시엔 그저 한번 휘둘러보고 나서 좀 높은 곳에 있구나 하는 느낌만 받았었다. 그러나 이번에는 달랐다. 이제 그곳은 내 미국에서의 생활과 밀접한 관계가 있고 나의 생계 수단이었다.

삐걱 삐걱 소리가 나는 계단을 밟고 올라가며 '알고 보면 미국에도 고층빌딩만 있는 것이 아니라 이렇게 낡은 집도 있구나'라고 생각했다. 거실에는 바둑을 두는 사람들이 2~30명 있었는데, 그들 가운데는 은행직원, 대학교수, 변호사 등이 있었다. 나는 한번 둘러보고는 다소 안심했다. 사람이 그렇게 적은 것은 아니었기 때문이었다. 나는 주의 깊게 벽면에 붙어 있는 칠판을 보았다. 그 위에 백여 명의 이름이 있는 걸로 보아 회원이 적지 않은 것 같았다. 그렇다면 돈을 좀더 벌 수 있을 것이다. 그러나 그 순간 브라운 선생이 나에게 전에는 회원이 백여 명 정도 있었으나 지금은 많아야 3~40명이라고 했다. 내 마음은 순간 얼어붙는 듯했다.

사람들과 바둑 두는 것은 피곤하지 않으나 바둑을 해설하는 것은 피곤했다. 영어를 잘 못했기 때문이다. 더 큰 문제는 이런 활동이 늘상 열릴 수 있느냐 하는 것인데 만약 매주 반드시 몇 차례가 열린다고 해도 내 수입은 4백 달러를 넘지 못해 딱 내 방 값에 해당됐다. 전에도 프로 기사 사카다, 고바야시 치즈 등이 샌프란시스코 바둑클럽에 지도하러 온 적이 있었지만, 그들은 비정기적으로 나와 수업을 한 것이지 생계를 위한 것은 아니었다. 내가 받는 지도비는 그들을 기준으로 한 것이었다.

클럽엔 대표 한 명과 5명의 위원으로 구성된 관리위원회가 있었다. 그 가운데 마틴 리라는 타이완에서 온 회원은 자칭 국민당 장군의 후예로 베이징 말투를 쓰고 있었다. 클럽의 상황에 대해 아직 잘 몰랐던 나는 별 이렇다 할 느낌은 없었지만, 가장 걱정이 된 것은 역시 수입 문제로, 매주 한 번 가르치는 것이 확실하게 보장된다 해도 생활비로 쓰기에는 턱없이 부족했다. 마틴 리는 나를 도와 버클리에 연락을 취해 줬는데 그곳의 클럽도 관심을 보이며 나에게 바둑 수업을 맡겼다.

버클리 클럽에 가니, 그곳도 샌프란시스코와 상황이 거의 비슷했다. 그런데 그곳에서 난처한 기분에 빠졌다. 버클리 클럽 회원들이 동시에 샌프란시스코 클럽의 회원인 사람이 많다는 사실을 알게 되었기 때문이다. 클럽은 달랐지만 마찬가지로 고정적인 수업을 보장할 수 있느냐, 많은 회원을 보장할 수 있느냐가 문제였다. 그들은 2주에 한 번도 보장할 수 없다고 했다. 나는 내 처지가 점점 잘못되어가고 있다는 생각이 들었다. 이전에 나는 생계 문제를 걱정해 본 적이 없었다. 모든 것을 나라에서 책임져 주었기 때문이었다. 고국에서 바둑을 지도하러 가면 학습자들이 웃는 얼굴과 박수로 나를 맞았고 나는 그저 빨리 바둑을 다 두어 임무를 완성하기만 하면 되었던 것이다. 그러나 지금은 내게 바둑을 배우는 학생들이 내 주인이고, 하늘이며, 나는 그들이 날마다 나와 바둑을 둘 수 있기를 간절히 바랐으며, 사람은 많을수록 좋았다.

세 번째로 샌프란시스코 클럽에 갔을 때는 모두 8명뿐이었다. 서명한 사람은 5명뿐으로 다른 3명은 거의 오지 않았는데 클럽에서 임시로 그들을 숫자만 채워 넣었다. 보아하니 첫 번째 수업에 사람이 그렇게 많았던 것은 그저 떠들썩하게 즐긴 것일 뿐이었다. 이렇게 되면 생활을 보장할 수가 없었다. 그러나 나는 로스앤젤레스에 많은 중국 바둑 팬들이 있다는 것을 알고 있었으므로 조급하게만 생각하지는 않았다. 그곳의 바둑서클 책임자 피터 장은 나에게 "언제라도 당신이 온다면 환영할 것이며, 당신이 바둑 수업을 하게 되면 한 달에 1~2천 달러의 수입은 문제가 없을 것"이라고 했었다. 이 밖에 나는 로스앤젤레스의 중국 기사 양이룬楊以倫이 바둑 지도로 생활하고 있는 데 별 무리가 없다는 것을 알았다. 그래서 샌프란시스코의 상황이 더 나빠지더라도 대비책이 있었다. 미국에서는 일하려고만 하면 절대로 굶어 죽지는 않았다.

미국에는 샌프란시스코의 비행장 옆 한 도박장에서 부지배인으로 일하고 있는 탕 형이 있었다. 하루는 그가 나를 데리고 도박장으로 놀러 갔다. 도박장은 꽤 붐볐다. 종업원은 수입이 많아 보였고 팁도 적지 않아 매달 4천 달러 정도를 벌 수 있다고 했다. 나는 머릿속으로 계산해 잠시 도박장에서 일해 볼까 생각했다. 탕 형은 나에게 그런 생각은 버리라며 이 직업은 수입이 많다는 것 외에는 좋은 점이 없다고 했다. 나는 당시 약간 불쾌한 기분이 들어 속으로 지금 내게 부족한 것은 바로 돈이라고 외치고 있었다. 그렇지만 나에게 나쁜 일을 권하는 것도 쉬운 일은 아닐 것이라 생각했다.

함께 사는 잔융런詹永仁이 나에게 "탕 형은 분명 몸소 경험했을 거야. 그의 말을 듣는 게 좋아. 미국에는 분명 여러 가지 생존 방법이 있는데 어쨌든 한 걸음 한 걸음 가야 해. 첫째로 언어의 장벽을 해결해야 하고, 둘째, 신분 문제를 빨리 해결해야 해. 바쁘기 때문에 나는 너를 도와줄 수가 없어. 그렇지만 미국 생활에 적응할 수 있는 길은 가르쳐줄 수 있지"라고 충고해 주었다. 나는 나중에야 잔 형이 나에게 유익한 지적을 많이 해주었다는 것을 알게 되었다.

나는 당시 가지고 온 달러를 모두 몸에 지니고 다녔는데 잔 형은 은행에 구좌를 만들라고 했다. 말한 대로 하자 편해졌고 또 이자까지 붙었다. 우리가 함께 길 건너편 상점으로 가서 물건을 살 때면 나는 신호등이 없는 인도로 빨리 건너가려고 했다. 그러면 잔 형은 반드시 신호등이 있는 인도로 가야 한다고 했다. 그러면서 한 마디 덧붙였다. "너는 지금 차가 없어서 잘 모르겠지만, 운전을 배우게 되면 운전자가 잠시 정신을 팔아 브레이크를 밟는다는 것이 액셀러레이터로 잘못 밟아 순간 실수로 보행자의 생명을 앗아갈 수도 있다는 것을 알게 될 거야. 네가 신호등이 있는 인도로 가고 싶지 않다면 그렇게 해, 나는 신호등이 있는 곳으로만 갈 테니까. 미국에서 네가 멋대로 쓰레기를 버리고 멋대로 주차를 하더라도 아마 너에게 주의를 주는 사람은 아무도 없을 거야. 그러나 일단 단속에 걸리면 너는 범법자가 되는 거야. 사소한 일부터 주의를 기울이는 것이 네 생활에 도움이 될 거야." 처음에 나는 그렇게 생각하지 않고 지나치게 잔소리가 심하다고 생각했다. 그러나 살다 보니 나는 이렇게 작은 일생 생활에서부터 제대로 시작하는 것이 미국 생활에 적응하는 데 큰 도움이 된다는 것을 절실히 깨닫게 되었다.

잔 형은 나에게 "로스앤젤레스의 바둑서클은 타이베이의 서클과 비슷해. 클럽 안에서 차와 간식을 팔고 포커나 내기 바둑을 할 수 있지. 4~50명 정도만 이곳을 좋아하면 시장이 형성되기 때문에 서클이 열릴 수 있고, 방세도 낼 수 있고, 선생님을 구할 수도 있지. 그리고 이곳 사람들은 모두 취미 삼아 바둑을 두는 것이라서 프로 바둑에 대해서는 그다지 흥미를 느끼지 않아"라고 했다. 사실 잔 형은 나에게 로스앤젤레스의 사람들은 바둑 두는 것을 좋아하는 것 이지 바둑 배우기를 좋아하는 것은 아니라는 것을 암시하고 있었 다. 당시 생각이 단순했던 나는 그의 진정한 뜻을 파악하지 못하고 나의 바둑을 보급시키겠다는 이상과 바둑으로 생계를 유지하겠다 는 생각만을 가지고 로스앤젤레스에 간 것이다.

탕 형과 한웨가 나를 데리고 로스앤젤레스에 갔을 때 잔 형은 때 마침 그곳에 있었다. 그때 나는 옷차림에 별 신경을 쓰지 않고 중국 배구팀의 복장을 그대로 입고 갔었는데, 어느 누군가가 내 복장을 보고는 막 중국에서 온 사람임을 한눈에 알아볼 수 있다며, 옷차림 이 촌스럽다고 했다.

로스앤젤레스의 책임자 피터 장은 나에게 양이룬이 여기에서 바 둑을 지도하지 않으니 분명 시장이 있을 것이라고 말해 주었다. 만 약 한 사람이 바둑을 배운다면 백 달러 가량의 수입이 생길 것이고 10명이면 당연히 천 달러의 수입이 생길 것이었다. 그는 그 자리에 서 주위 사람들에게 "만약 장주주가 바둑을 가르치러 온다면 배우 시겠습니까?"라고 물었는데 대답하는 사람이 없었다. 그는 또 "1천 2백 달러만 내면 장주주 같은 고수에게 바둑을 배울 수 있는데 원 하는 사람이 없습니까?" 했다. 그러나 역시 대답하는 사람이 없었 으므로 나는 난처해지지 않을 수 없었다. 이때 탕 형이 갑자기 입을 열어 "주주, 날도 어두워졌으니 어디 가서 밥이나 먹자" 했다.

밥을 먹으면서 나는 탕 형에게 피터 장이 한 말이 무슨 뜻이냐고 물었다. 탕 형은 "그의 말은 듣고 싶지 않아. 그가 그렇게 한 건 내가 너의 체면은 세워주지만 너에게 그렇게 해주겠다고 약속한 일을 자기가 실행할 수 없다는 것을 말해 주는 것이지. 진정으로 너를 도와주고 싶은 마음이 있었다면 미리 사람들에게 물어봤어야지. 네가 오니까 그때야 물어보는 것은 그가 네 일과 너라는 사람을 근본적으로 마음에 두고 있지 않다는 것을 말하는 거지. 피터 장은 아마도 바둑서클을 지금처럼 유지하고만 싶지 진짜로 프로 바둑서클로 만들고 싶지는 않은가 봐. 양이룬이 여기에서 바둑을 가르치지 않는 것도 아마 그 때문일 거야" 했다. 순식간에 내 꿈은 사라졌고 꿈꾸던 천 달러는 멀리 날아가버렸다. 맛있는 음식이 눈앞에 있었지만 나는 입맛이 없었다.

친구들은 중국인이 아닌 미국 사람을 가르친다면 희망이 있을 거라며 나를 격려해 주었다. 미국인들은 바둑을 학문으로 배우지 소일거리로 생각하지 않는다고 했다. 어떤 미국 바둑 팬들은 바둑이 인간의 논리적 사유능력을 훈련시킬 수 있다고 생각한다는 것이다. 그들은 또 바둑과 컴퓨터 프로그램은 비슷한 점이 있어서 보기에는 간단해 보이지만 오히려 끝없는 변화가 있다고 생각한다. 그래서 그들이 나에게 바둑을 배우기 시작하면 계속해서 배우게 될 것이라고 했다.

탕 형은 또 "주주, 너 생각나? 전에 내가 너를 데리고 자주 고급 식당에 가서 밥을 먹었지." 나는 미안해서 "나 때문에 돈 많이 썼죠?" 했다. 탕 형은 "돈 얘기를 하려는 게 아냐. 식당에서 음식을 나르는 그 종업원들의 월급과 팁을 합치면 수입이 한 달에 3천 달러 정도는 된다는 걸 말해 주려는 거야"라고 말했다. 나는 속으로, 내가 눈이 빠져라 학생이 오기를 기다렸다 바둑을 가르쳐서 버는 돈이 기껏 한 달에 천 달러 정도의 수입인데 그 종업원들은 서비스만 잘해서 그렇게 많은 수입을 얻는 것에 놀랐다. 탕 형은 또 나에게 "그래서 체면을 버리고 고생할 각오만 하면 너도 이런 정도의 수입을 얻을 수 있다는 거야. 빨리 영어를 배우는 것이 급선무야"라고 못을 박았다.

이리저리 따져보고 나는 샌프란시스코로 돌아와 미국 사람에게 바둑을 가르치기로 결정했다. 그렇게 되면 아마도 학생은 갈수록 많아질 것이다. 나는 미국 사람들의 바둑에 대한 태도를 좋아한다. 그들은 바둑을 학문으로 생각하여 몇몇 아시아 사람들처럼 기술만 좀 배우면 할 수 있는 것이라고 생각하지 않았다.

나는 한국의 바둑기사 차민수 선생 역시 로스앤젤레스에서 바둑을 가르치고 있다는 걸 잘 알고 있었다. 그들은 나에게 차민수 선생도 분명 바둑을 가르치고 있으며 저렴한 지도비를 받는다고 알려주었다. 그러나 그는 음식점을 열고 있는 사람으로 바둑 지도는 결코 생계를 위한 것이 아니었다. 나는 그제야 프로 기사들이 바둑을 가르치는 직업으로 돈을 버는 것이 아님을 알았다.

잔 형과 탕 형은 모두 타이완 지역에서 온 사람들로 서로 친하게 지냈다. 그들은 모두 키가 제법 컸는데 두 사람이 함께 서 있으면 특히 재미있었다. 잔 형은 뚱뚱하고 배가 많이 나왔고, 탕 형은 마르고 당차고 야무져 양복을 입고 있으면 꼭 변호사 같아 보였다. 그들 두 사람은 나에게 큰 영향을 주었다.

잔 형은 로스앤젤레스에 머물렀으며, 우리가 샌프란시스코로 돌아온 후에 한웨는 중국에 장사를 하러 갔고, 탕 형은 계속 도박장에 출근했다. 나는 클럽에서 바둑을 가르쳤는데 좋거나 나쁘거나 간에 약간의 수입은 있었다. 거기다 중국에서 가져온 돈이 아직 남아 있어 반년 정도는 문제가 없었다.

자전거를 타면서 맞는 바람은 달콤하다.

랭귀지 스쿨

다음으로 고려해야 할 것은 공부 문제였다. 통상 유학이라고 하면 먼저 대학 예비 스쿨에서 한동안 언어연수를 하는 것인데 학비는 한 학기에 1천 5백에서 2천 달러 정도였다. 그 정도의 학비를 나는 감당할 수 없었다. 그 외에 성인 랭귀지 스쿨이 있었는데 시험을 쳐서 들어가기만 하면 학비는 받지 않고 책 값만 자비 부담이었다.

미국에 가기 전 내 영어 실력은 너무나 형편없어 26개 자모를 순서만 바꾸어놓아도 얼떨떨할 정도였다. 어느 날 나는 성인 랭귀지 스쿨에 시험을 보러 갔다. 그 학교는 가장 기초적인 자모부터 시작해서 백 점, 2백 점,……6백 점으로 반을 나누었다. 시험 문제는 모두 객관식이었는데 A, B, C 중에서 정확한 답을 고르는 것이었다. 나는 A, B, C를 순서대로 적당히 찍었다. 그런데 뜻밖에도 5백 점이라는 높은 점수를 맞는 바람에 5백 점 반에 들어가게 됐다. 나는 당황했다. 내가 어디 5백 점 반에 들어갈 실력인가! 나는 선생에게 2백 점 반으로 보내달라고 부탁했지만 선생은 안 된다고 하며, 네가 직접 시험을 본 것이라면 그 점수에 맞는 반에 들어가야 한다고 했다. 내가 어떻게 하면 2백 점 반에 들어갈 수 있냐고 물었더니, 선생은 한 달 후에 재시험을 보라고 대답했다.

2백 점 반에 들어가기 위해 나는 다시 우리 집 근처에 있는 한 학교에 시험을 치러 갔다. 시험 문제는 지난번 때와 거의 비슷했는데 나는 2백 점을 맞으려고 일부러 틀렸다고 생각되는 답을 골라냈다. 결국 나는 2백 점을 얻었고 원하는 대로 2백 점 반에 들어갔다.

랭귀지 스쿨은 매주 2~3차례 수업이 있었다. 나는 오전 수업을 선택했다. 바둑을 배우러 오는 학생이 있다고 해도 대부분 오후나 저녁에 오기 때문에 오후 시간을 택할 수 없었다. 전에 중국에 있을 때는 외국어 배우는 일에 그다지 흥미가 없어서 특별히 필요한 경우 가령 일본어 같은 언어만 열심히 배우러 다녔다. 나는 그때 바둑하는 사람에게는 영어를 쓸 일이 거의 없을 거라고 생각하고 공부할 생각을 하지 않았었다. 그러나 이제는 영어를 할 줄 모르면 살 방법이 없으니 반드시 제대로 배워야 했다.

학교에 가서야 내가 들어간 2백 점 반 학생들 대부분이 노인네들인 것을 알게 됐다. 반에는 베트남에서 온 젊은 학생들이 몇 명 있었는데, 그들은 수업 중에도 시끌벅적 떠들어대어서 방해를 주곤 했다. 영어 선생은 엄하게 "너희들이 학교에 온 것은 너희들에게 필요하기 때문이다. 이 랭귀지 스쿨의 선생님들은 모두 자원봉사자들로 너희들을 도와주고 싶어서 온 것이다"라고 말했다. 나중에 들어보니 그곳에서 일하는 선생들은 교사자격증이 없는 사람들로 미국에서는 어떤 일을 해도 모두 자격증이 있어야 한다고 한다. 그러나 교사자격증이 없는 선생이 수업하러 오는 것은 거의 무보수의 봉사 차원이었다. 그래서 정규 선생이 아니기 때문에 학생들에 대한 요구도 그리 엄격하지 않았고 학생들도 그렇게 열심히 공부하지 않았다. 이 랭귀지 스쿨에서 영어를 잘 배우려면 스스로 더 열심히 노력하는 수밖에 다른 방법이 없었다.

매 학기가 끝날 때면 한차례 시험이 있었는데 학교 학생 전체가 참여했기 때문에 왁자지껄 떠들썩했다. 시험에서 높은 점수를 받으면 고급반으로 올라가고 점수가 오르지 않았으면 계속해서 원래 있던 반에 남아 공부해야 했지만 부끄러울 것은 없었다.

미국식 바둑 교육

   나는 오전에는 학교에 공부하러 가고 오후에는 샌프란시스코 클럽에서 바둑을 지도했으며, 가끔씩 버클리에 가서도 바둑을 가르쳤다. 그런 상태는 3개월 가량 지속됐는데 학생들이 갈수록 줄어들어 이래서는 안 되겠다는 생각이 들었다. 학생이 적어지면서 수입도 줄었다. 그래서 나는 방식을 좀 바꾸어 샌프란시스코와 버클리의 클럽에 바둑의 이론, 끝내기, 사활 등 기초적인 것부터 수업을 하는 것이 어떻겠냐고 제의했다. 이렇게 하면 학생을 불러모을 수 있을 것 같았기 때문이다.

   내 바둑 수업은 열 번을 한 단위로 하는 것으로, 한 번에 대략 한 시간 15분씩이었다. 모든 수업을 다 들으려면 80달러를 내고, 선택해서 들으면 매시간 10달러를 냈다. 처음 수업할 때는 마틴 리가 통역을 해주어서 그의 수업료는 면제해 주었다.

나는 미국 사람들이 포석을 토론할 때 적극적인 것을 발견했다. 그들이 수업을 듣는 시간을 고려하여, 우선 사활 문제를 풀게 하고 그런 후에 다시 포석 문제를 풀게 했다. 이렇게 하면 늦게 온 사람도 포석 문제에 참여할 수 있기 때문이다. 그런 후에 나는 그들에게 내준 포석 문제를 해설해 주었다.

그런데 어떤 미국 친구들은 이렇게 말했다. "아마도 당신이 우리보다 바둑을 잘 둘 것이며 당신이 말하는 방법이 가장 좋은 방법일 것입니다. 그러나 내 방법에도 일리가 있다고 생각합니다." 미국 사람들은 바둑을 배우는 자세에서 중국 사람들과 좀 달랐다. 그들은 논리적 사고에 익숙해 있어서 내 관점을 받아들이게 하려면 반드시 내 생각을 그들에게 잘 설명해 주어야 했다. 그래서 두 번째 수업부터는 그들 스스로 자유롭게 토론할 수 있는 분위기를 만들었다. 처음에는 행여 분위기가 어색하면 어쩌나 걱정했는데 그들은 다투어 자기의 견해를 발표했고, 수준이 낮은 사람이 수준이 높은 사람보다 훨씬 많은 말을 했다. 그들의 말을 대부분은 알아듣지 못했지만 마틴 리에게 통역을 부탁하기도 미안해서 그들에게 바둑판으로 와서 바둑을 두게 하는 방법을 생각해 냈다. 그들이 돌을 놓은 것을 보기만 하면 대충 파악할 수 있었고 그런 후에는 다시 그들의 사고에 따라 분석하고 해설했다.

기본 개념이 부족한 미국 바둑 팬들은 포석과 중국 바둑을 좀 안다 싶으면 마치 뭐든지 다 안다고 생각했다. 내 해설을 들으며 그들은 모두 수확이 크다고 했다. 그러나 두터운 곳은 접근하기 어려우며, 얇은 곳은 반드시 지켜야 하고, 빈 곳이 아니더라도 스스로 탄탄

해야 비로소 다른 사람을 공격할 수 있다는 것 등 그들은 아직 모르는 것이 많았다. 바둑에 대해 해설해 주는 것은 나에겐 쉬운 일이었고, 그들에게 해설을 해주면서 나는 더불어 영어를 배울 수 있었다.

나는 미국 친구들이 나에게 질문하는 것을 좋아한다는 사실을 알 게 되었다. 다음에 어디에 놓아야 제일 좋을까요? 백 점짜리라고 할 수 있는 다음 행보는 어딥니까? 90점, 80점이라고 할 다음 수는 어딥니까?……. 그러면 나는 그저 그들에게 당신이 생각할 때 제일 좋은 곳은 어딥니까? 라고 물을 수밖에 없었다. 모두가 공인하는 형상이 아니라면 바둑은 정확하게 분석하기가 어려운 분야다. 특히 포석 단계에서는 기풍이 다르면 결과도 달라질 수 있다.

미국인들은 포석 이론에 가장 흥미를 느끼며, 그것에 통달해야 훨씬 빨리 실력이 늘 수 있다고 생각한다. 그러나 내가 아는 바에 의하면 수준을 향상시키기 위해선 사활과 끝내기에 더 노력을 기울여야 한다. 그런데 그들이 가장 떨어지는 부분은 사활 문제였다. 그래서 나는 그들에게 사활 문제를 더 많이 풀게 했다.

미국인들은 항상 자신감이 넘쳐 있어 누구나 자신이 잘한다고 생각한다. 내가 그들에게 누가 바둑을 제일 잘 두냐고 물으면 그들은 모두 자기라고 하였다. 내가 그들에게 누구의 포석이 제일 좋으냐고 하면 이번에도 역시 모두 손을 들었다. 이 점은 중국 사람과 전혀 다른 면이다. 중국에서는 선생이 항상 학생들의 부족한 점을 지적하려고 한다. 미국인에게는 그보다 주로 격려를 해야 한다. 그래서 나는 말하는 방식을 이전과는 다르게 바꾸었다. 학생이 포석에서 다음을 둘 때 "그렇게 두는 것도 좋겠죠. 아마도 당신이 생각할 수 있는 가장 좋은 방법일 것입니다. 그런데 내가 더 좋은 방법을 알려줄 수가 있는데 한번 보시겠습니까?" 이렇게 말하면 미국인들은 기꺼이 받아들였다.

사활 문제를 풀 때도 나는 그들에게 "여러분들이 전에 책에서 배운 지식도 유용하지만 내가 지금 여러분에게 더 빠르고 간편한 방법을 가르쳐주겠습니다. 이것은 완전히 나의 실전에서 나온 노하우입니다. 이런 사활 문제는 실전에서는 상대가 여러분에게 답을 가르쳐줄 리가 없는 것이지요" 하고 일러주었다. 그때 한 미국인이 생각지도 않게 끼어들며 말했다. "나는 상대에게 답을 알려줄 수 있어요. 단지 답안이 정확한지 어떤지는 장담할 수 없습니다. 왜냐하면 나 자신도 잘 알지 못하기 때문입니다." 나는 웃으며 계속해서 수업을 진행했다. "그래서 사활 문제를 풀 때는 정식 시합처럼 정신을 바짝 차려야 합니다. 누가 앞서고 누가 처질지 아무도 모릅니다." 그 학생이 다시 "그렇다면 내 답안은 이상한데요. 내가 백이 먼저라고 했나요 아니면 백이 나중이라고 했나요?"라고 물었다. 나는 "만약 백이 먼저라면 아주 간단하게 살 수 있습니다. 이걸로 흑이 당연히 먼저여야 하는 것이 증명된 것입니다. 이걸 보면 흑이 먼저 가면 흑이 앞서는 결과가 생기고 백이 먼저 가면 백이 앞서는 결과가 생긴다는 걸 알 수 있습니다"라고 대답했다.

나중에 새로운 학생이 왔는데 그 역시 같은 문제를 물어왔다. 이때 전부터 있었던 학생은 그에게 흑이 앞서는 결과가 나오면 선생님에게 알려야 하고, 백이 앞서는 결과가 나와도 선생님에게 알려야 한다고 말했다. 이 몇 가지 기본적인 방법이 훈련된 후에 그들은 스스로 많이 발전했다는 것을 느꼈는데 사활 문제에서는 더욱 그랬다. 나는 "사활 문제는 아주 중요합니다. 특히 아마추어 기사는 포석을 얼마나 잘하느냐에 관계없이 사활에 의해 승패가 결정됩니다. 이미 산 바둑에 한 수를 더 보탤 필요가 있겠습니까? 다음의 정확한 한 수로 상대를 죽일 수 있고, 그 한 수를 두지 않으면 상대가 살아나게 되어서 그 판을 망쳐버리게 될 수도 있습니다."

내 수업의 효과가 컸는지 어떤 학생은 토요일이나 일요일에도 바둑을 두러 와도 되냐고 물었다. 그렇게 되면 수입이 늘기 때문에 나는 당연히 좋았다.

어느 일요일, 아래층에서 바둑을 두고 있는데 한 중국인이 문을 밀고 들어왔다가 휙 둘러보고는 나갔다. 다음번에는 그가 아래층에서 수업을 준비하고 있는 모습을 보게 되었다. 나는 깜짝 놀랐다. 이 일대에서는 나를 제외하고 다른 프로 기사가 없다고 알고 있던 것이다. 그가 나가고 나서 어떤 사람이 그는 폴 후라는 사람으로 타이완에서 왔으며 8단 반의 실력을 가진 굉장한 기사라는 것을 알려주었다. 그는 매달 초 샌프란시스코에 바둑을 두러 오는데 학생이 10명이 되지 않으면 클럽에서 돈을 채워준다고 했다. 나는 사람 수에 따라 돈을 받는데 그는 지원까지 받는 것이다. 당연히 나는 썩 유쾌하지 않았다. 그러나 샌프란시스코에 온 지 겨우 3개월밖에 안 된 나로서는 아직까지 상황 파악이 잘 되지 않아 뭐라고 말할 수도 없었다. 미국인들은 나에게 그와 시합을 한번 갖는 것이 어떻겠냐고 했고, 나는 문제없다고 했다. 그러나 그 폴 후라는 사람은 어쩐 일인지 계속해서 시합을 미루었다.

버클리에서의 바둑 활동은 두 부분으로 나누어져 있었다. 일부분은 대학에서 돌아가며 시합을 하는 것이었고 일부분은 매주 수요일 동부해안 클럽에서 수업을 하는 것이었다. 클럽의 책임자 아서 여사가 자기가 책임지고 10명을 모을 것이라고 말했다.

당시 나는 아직 운전을 할 줄 몰라 수업이 늦게 끝나면 급히 버스를 타고 돌아와야 했다. 버스는 빈민가를 통과해야 했는데 그곳의 치안이 좋지 않아서 매번 지나갈 때마다 긴장이 되었다.

나는 점차로 미국에서 그저 학생의 방문이나 내가 학생에게 가르치러 가는 것에 의지해서 사는 것에는 한계가 있다는 것을 깨닫고 다른 방법들을 생각했다. 1991년은 미국에서 막 인터넷 바둑이 보급되던 때라 컴퓨터에 모뎀 선만 연결하면 학생들과 시합을 벌일 수 있었다. 그러나 인터넷 수업에도 결함은 있었다. 일단은 먼저 학생들과 사전에 이야기가 되어야 했고 그 다음은 전화선을 연결해 놓아야 했는데, 한 판에 보통 한두 시간이 걸리므로 만약 상대가 외지에 있을 경우라면 전화비가 만만치 않게 나올 위험이 있었다. 그 때 최초로 IGS가 사용된 바둑 프로그램이 만들어졌다. 나는 프로그램을 사용해 학생들과 바둑을 두었는데, 갈수록 인기가 높아져만 갔다.

처음에는 몇십 명뿐이었다. 프로그램은 흑백 좌표 식이어서 그저 몇 개의 점만 볼 수 있는 불완전한 것이었다. 19줄 바둑판은 361개 점만 있었고 연필로 좌표에 구멍을 뚫어가며 해야 해서 한 판 두는 데 많은 시간이 필요했다. 또한 눈이 쉽게 피로해져서 날이 갈수록 학생들의 원망이 높아만 갔다. 그러나 나는 이런 방법을 이용해 많은 사람들에게 바둑을 가르쳤다. 그때만 해도 오늘날처럼 컴퓨터 기술이 무섭게 발전하여 컴퓨터상의 바둑이 실제와 같아질 줄은 생각조차 못했었다.

（그토록） 힘들게 얻은 취업 비자

미국에 온 지 이미 반년이 되어가고 내 방문학자 비자도 기한이 만료되고 있었다. 만약 계속 비자를 얻어 미국에 머물려면 클럽의 허락을 받아야만 했다.

이전에 같이 살고 있던 잔융런, 한웨와 나는 이사를 준비하고 있었다. 나로서는 학교에 가거나 바둑을 가르치러 갈 때 타는 버스노선이 있는 곳을 선택하는 것이 가장 우선이었다. 우리는 11번가에 살다가 33번가로 이사를 갔는데 역시 지하 방이지만 크기는 전보다 더 컸다. 비용은 물 값, 전기료에 방세까지 해서 7백 달러 정도였는데 우리 세 사람이 똑같이 나누어 분담했다.

한동안 머무르다 보니 이제 어느 정도 미국 생활에 적응할 수 있을 듯했고, 그래서 장기간 미국에 체류하는 것도 괜찮겠다 싶었다. 그러나 미국에서 생활하려면 우선 신분 문제를 해결해야 했다. 내가 미국에 올 때 산 왕복 비행기표의 유효 기간은 1년이었다. 만약 내가 미국에 더 머물게 되면 그 표는 폐기 처분되는 것이었다. 친구들은 나에게 많은 방법을 가르쳐주었다.

이제 학생 신분은 내게 어울리지 않을 거 같았다. 공부는 이미 다 했다고 생각했기 때문이다. 당시 취업과 신분 문제로 마음을 잡을 수 없었던 처지여서 나이웨이를 초청해 함께 산다는 생각 자체가 무리였기 때문에 이동의 자유를 위해서라도 비자 문제는 서둘러 처리해야 했다. 취업 비자를 받는다면 나는 미국에서 맘대로 왔다갔다할 수 있었다. 보통 중국 사람이 미국에 갈 때는 학생, 취업, 그린 카드를 받는 길을 택하는데 전 과정이 4, 5년은 족히 걸렸다. 나이웨이와 상의했지만 그녀 역시 상황을 알지 못하고 그저 잘되기만을 바랐다. 주위에서는 각양각색의 조언을 해주었다. 그래도 나는 전문가의 의견을 듣는 것이 가장 정확하고 빠르다고 생각하여 변호사에게 물어보기로 결정했다.

내가 찾은 변호사들은 모두 중국계로, 그들 모두 내 상황은 좀 특별하다면서 희망이 있으니 구체적인 것은 사무실에 와서 이야기하자고 했다. 전화로 3, 4분 자문을 구하고 사무실에 가서 면담을 하고는 돈을 냈다. 비용은 30분을 단위로 했으며 변호사의 명성에 따라 가격은 달랐는데, 좀 비싼 것이 30분에 55달러였다. 나는 그때 수입이 많지 않아서 돈 쓰기가 아까웠지만 당면한 문제를 해결하려면 어쩔 수 없어 이 일에 있어서는 돈을 아끼지 않았다. 그러다가 같은 날 여러 변호사와 동시에 약속하기도 했는데 그들이 말하는 것은 거기가 거기여서 판단은 스스로 내릴 수밖에 없었다. 그러나 그들은 모두 나에게 클럽 같은 곳을 찾아가 보라고 권고하고는 만약 클럽에서 일자리를 얻을 수 있고 또 충분한 보수가 보장된다면 관련 서류를 처리한 후에 변호사가 다음 일을 할 수 있을 것이라고 했다.

샌프란시스코 클럽의 바둑 팬들이 나를 환영하던 터라 나는 클럽에서 나를 고용하는 것은 큰 문제가 되지 않을 거라고 생각했다. 다만 내가 다소 일을 늦게 처리하여 기간이 아슬아슬하였는데, 그러나 마지막 날이라도 이민국에 도착하기만 하면 상관없었다. 법률상으로 내가 기한을 넘기지만 않으면 승인하고 승인하지 않고는 그들의 소관이었다.

나는 샌프란시스코 클럽에 내 취업 비자 문제를 이야기했다. 문제는 그들이 그렇게 원함에도 불구하고 내 보수를 지불할 능력이 없다는 것이었다. 그때 내 친구 리신李欣이 이 일을 알고 나에게 "네가 클럽에 계속 남아 바둑을 가르치기로 결정했다면 내가 클럽에 가서 이야기를 하고 네 보수는 내가 주는 것으로 할게. 클럽에는 내가 기부하는 것으로 하고, 특별 비용으로 처리하면 될 거야. 내가 너희 클럽에 1만 8천 달러를 기부하면 그 중에서 매달 너에게 1천 5백 달러의 보수를 지급할 거야. 네가 미국에서 발전하고 바둑을 잘 보급하기 바래. 돈은 갚든지 말든지 상관하지 않아. 이것은 너를 지지하는 내 조그마한 마음의 표시니까" 했다. 나는 놀라서 "클럽에서 나에게 계속 바둑 수업을 주지 않으면 그 돈은 그냥 날아가버리는 거잖아?"라고 소리쳤다. 리신은 "나는 오래된 회원의 순서대로 클럽에 돈을 기부하는 거야. 내가 은행과 클럽 쪽에 필요한 법률상의 수속을 처리하면서 직접 이 액수를 써서 너 장주주에게 기부하면 돼"라고 대답했다.

리신은 타이완에 있을 때 바둑도 두고 브리지도 했다는데, 선쥔산沈君山이 그의 스승이었다. 미국에 와서 그는 츈텐 전화공사에서 고위 관리를 지냈다. 리신이 이렇게 이야기하자 클럽 쪽에서는 당연히 기뻐하며 구두로 동의를 표시했다. 이제 클럽의 돈을 쓸 필요가 없었다. 이렇게 되니 취업 비자의 일은 별문제가 없는 것 같았다.

그러던 어느 날 마틴 리가 찾아와서는 마음을 상하게 하는 말을 건네주고 갔다. 그의 말에 따르면, 미국인들은 내가 여기서 바둑을 가르치는 일을 별로 좋아하지 않는다는 것이다. 그들과 접촉할 기회도 잘 안 주고, 또 폴 후가 클럽에 와서 여러 사람들과 바둑을 두면 그에게는 돈을 지불하면서 나에게는 그렇게 대우하지 않는 것을 보면 잘 알 수 있다고 했다. 일리가 있어 보이기는 했다. 그러나 다시 생각해 보면 그렇지 않을 것 같았다. 그동안 리신의 통역을 통해 들을 때나 평소의 느낌상 미국인들은 나에게 너무나 잘 대해 주었기 때문이다.

내가 바둑을 가르치고 있는 버클리 클럽의 책임자 아서 여사는 이 이야기를 듣고 친절하게 나에게 "우리 클럽은 기꺼이 당신을 지지합니다. 그러나 당신이 클럽을 위해 일을 좀 해주어야겠어요" 했다. 당시 나는 영어가 좀 딸려서 "기꺼이 당신을 지지합니다"라는 말만 알아들었다. 나는 다시 생각해 보았다. 두 클럽의 조건은 거의 비슷하고 모두 나를 위해 서류를 내줄 수 있다고 하는데 보기에는 아서 여사가 더욱 나를 환영하는 듯했다. 그렇다면 버클리로 가는 편이 좋겠다고 생각했다. 아서 여사는 바로 서류의 초안을 작성하여 나에게 사인하라고 했다. 영어로 된 서류의 내용을 알 수 없어 가지고 있던 번역 기계를 통해 의사 소통을 했다.

사인을 하고 나서 나는 서류를 리신에게 보여주었다. 리신은 정색을 하며 나에게 "네 스스로 사인한 거야? 너 모두 이해가 된 거니?"라고 물었다. 나는 "당연히 내 스스로 사인한 거지. 내가 보기에 서류상의 내용도 괜찮던데"라고 했다. 리신은 "미국에서는 말이야, 서류 내용이 완전히 이해되지 않으면 절대 거기에 무턱대고 사인을 해서는 안 돼. 사인하면 바로 효력이 발생하고 네가 법률상의 책임을 져야 한단 말이야"라고 설명해 주었다.

리신은 서류의 한 부분을 가리키며 "아서라는 사람이 너에게 어떻게 설명했는지 모르겠다. 이 부분의 실제적인 뜻은 버클리 클럽은 너의 취업 비자를 만들어줄 것이다. 그러나 이후 네가 어디에서 일하든지 네 수입의 일부를 아서가 갖는다는 내용이야." 나는 눈이 휘둥그레졌다. 리신은 또 "여기에 더 큰 문제가 있어. 만약 아서가 너를 도와줄 마음이 있다면 계약서를 이렇게 써서는 안 돼지. 만약 그 여자가 네가 버클리에서 일하는 동안 수입의 일부를 갖는다면 그건 그녀가 욕심을 부린 거긴 하지만 한계가 있는 거야. 그런데 지금 사인한 이 계약서에는 이후 미국에서의 너의 모든 수입 중 일부를 갖는다고 씌어 있어. 이것은 말이 안 돼지"라고 했다.

리신은 또 나에게 "미국에서 서류를 살펴볼 때는 반드시 자세히 봐야 해. 서류에 너에게 불리한 조항이 있는데도 네가 사인을 한다는 것은 바로 그 조항을 묵인하는 것과 같아. 지금 이 계약서와 같은 곳에 만약 네가 사인을 했다면 일생 동안 바둑과 관련해서 일한 수입의 일부를 그녀에게 주어야 하는 거지. 이것은 분명 이치에 맞지 않아. 다행히 이 서류는 법률상으로 볼 때 정식이라고 할 수 없어. 왜냐하면 변호사와 증인이 그 자리에 있지 않았기 때문이야. 다음부터 이런 상황을 만나면 반드시 서류와 관계없는 사람을 찾아서 정확한 설명을 들어야 하고 특히 세부 사항은 정확히 알아야 해." 중요한 순간에 리신이 나를 도와주었으며, 나는 이 교훈을 단단히 기억해 두었다.

그날 리신은 나와 함께 아서 여사를 만났다. 그는 아서 여사에게 "당신은 주주가 영어를 못하는 것을 알고 그가 완전히 이해하지 못한 상황에서 사인을 하게 했으니 이 계약서는 적절하지 않습니다. 또한 이 서류에는 증인의 사인도 없으니 정식이라고 할 수도 없어요. 계약서는 다시 만들어져야 합니다. 주주는 분명 당신네 클럽에서 바둑을 가르쳤을 텐데 당신이 이렇게 쓰는 바람에 주주가 오히려 일하기 어려워지게 됐군요. 당신이 그에게 자유를 주어야만 일을 더 잘할 수 있을 것입니다"라고 말했다. 아서 여사는 "당신이 주주를 도와주고 있고 나도 도와주고 싶은 마음에서 일을 추진한 것인데, 서류에 경솔하게 사인했다고 생각한다면 다시 한 부를 만들도록 하지요"라고 했다. 리신은 "서류는 그만두기로 하고 그냥 계속 친구로 지내기로 하지요. 장주주더러 다른 방법을 찾아보도록 하겠습니다"라고 말하며 아서 여사를 설득했다. 그후에 나는 기회가 있을 때마다 아서 여사의 클럽에서 바둑을 가르쳤으며, 그녀가

새 회원을 늘리는 데 큰 역할을 했다.

샌프란시스코로 돌아오면서 리신은 "내가 볼 때 너는 샌프란시스코 클럽과 분명 무슨 오해가 있는 것 같아. 내 생각에는 대부분의 미국인들이 네가 클럽에서 바둑을 가르치는 것을 환영하고 있는 것 같거든. 왜냐하면 네가 클럽에 있는 것 자체가 샌프란시스코 클럽을 유명하게 하기 때문이지. 대체 마틴 리가 어떻게 통역을 한 건지 모르겠네." 그때까지만 해도 나는 내가 그동안 바둑을 가르치는 데 많은 도움을 주었던 마틴 리에게 어떤 문제가 있으리라고는 조금도 생각지 못했다.

며칠 후 나는 마틴 리를 찾아갔다. 마침 샌프란시스코 클럽에서는 대대적인 조직 개편이 있었는데, 여기서 마틴 리가 클럽 회장의 자리에 오르게 되었다. 위원들은 "장주주의 바둑 수업으로 우리 클럽이 많이 발전했으니, 장주주를 섭외한 마틴 리를 이번 회장으로 추천하는 게 어떻습니까?" 하면서 서로의 의견을 모았다. 마틴 리도 그 자리에 있었는데, 그는 위원들 앞에서 나에게 "취업 비자 신청 서류는 내가 가능한 한 서둘러 해결해 줄 테니 너무 염려하지는 마시오"라고 했다. 그래서 우리는 관련 수속을 마칠 수 있었는데, 마감 기한을 겨우 두 주일 남기고서였다. 그러나 변호사는 우리에게 최종 서류에는 반드시 클럽 회장의 도장이 있어야 한다는 것을 주지시켰다. 난 클럽 회장인 마틴 리가 여러 사람들 앞에서 장담을 한 터라 이제 아무것도 문제될 것은 없겠거니 하고 안심하고 있었다. 그러나 이민국의 마감 시간이 임박해 겨우 3일이 남았을 때까지도 마틴 리에게서는 아무런 연락이 없었다. 발등에 불이 떨어진 조급한 마음으로 나는 다시 한번 마틴 리를 찾아가지 않을 수 없었다. 그러나 그는 전과는 전혀 다른 말을 했다. "실제로 클럽의 많은 사람들이 당신을 지지하지 않습니다. 그들은 일의 경위를 잘 알지 못하고 있고, 나 역시도 이 일에 동의하지 않습니다." 어안이 벙벙한 일이었다. 그것은 내가 평소에 느끼던 마틴 리의 모습과는 너무나도 달랐다. 나는 더욱 초조해졌다. 만약 금요일까지 서류를 이민국에 보내지 않으면 나는 비자를 받지 못할 것이고, 그러면 '불법체류자'로 미국을 떠날 수밖에 없기 때문이다.

나는 다시 급히 리신을 찾아갔다. 리신은 "마틴 리는 이미 증인이 있는 상황에서 구두로 동의했어. 우리가 위원회의 회원들을 찾아가 물어보자. 이 일을 공개적인 토론장에 내놓으면 모두 너를 지지할 게 분명해" 하며 자신했다.

우리의 제의를 듣고 미국인들은 "곧 회의를 엽시다. 마틴 리가 말하는 것과 우리의 생각은 다릅니다" 하며 회의를 열었다. 그제야 우리는 비로소 마틴 리가 진실성이 없이 우리를 속이고 있다는 것을 알게 되었다.

회의가 열리기 전, 마틴 리는 어떤 위원들에게 "사실 장주주를 받아들여선 안 됩니다. 제가 이미 중국바둑협회와 연락을 해서 다른 선생님을 섭외해 두었습니다. 우리가 장주주를 받아들이지 않게 되면 중국바둑협회는 곧바로 6단의 프로 기사 2명을 바둑 보급 차원에서 클럽에 보내주겠다고 했고 내가 모두 기록해 두었습니다. 우리가 장주주를 받아들이는 것은 중국바둑협회와의 관계를 껄끄럽게 만드는 일입니다"라고 말했다.

회의가 열리자 위원들이 모두 왔다. 발기인과 역대 회장들도 왔지만 회의가 시작되자 마틴 리는 이것은 단지 위원들의 회의이니 관계없는 사람들은 나가달라고 했다. 과연 위원을 제외하고 다른 사람들은 모두 퇴장했다. 나는 사람들이 어떻게 이리 고분고분한 것인지 정말 이상하다고 생각했다. 사실 이것 역시 미국의 습관이며 법칙이다. 투표 결과 모두 기꺼이 나를 지지했다. 위원들은 또한 마틴 리가 심각한 잘못을 했다고 생각했다. 그래서 모두들 더 이상 그를 회장으로 추대하지 않았다.

심지어 어떤 위원은 회의석상에서 마틴 리에게 "이전에 우리 모두는 프로 기사가 와서 바둑을 가르치기를 바랐으며, 장주주는 또한 당신이 연락한 것이오. 지금에 와서 왜 그를 지지하지 않는 것이오? 또 동의하지 않는다면 일찌감치 그에게 말했어야 미리 손을 쓸 수 있지 않았겠소. 당신의 이런 행동은 결코 우리 모두를 대표할 만한 것이 못 됩니다"라고 말했다고 한다. 마틴 리의 대답은, 만약 우리가 장주주를 받아들이지 않는다면 중국바둑협회에서 즉각 기사 두 사람을 클럽에 파견할 것이고, 그렇지 않으면 중국바둑협회와의 관계는 곧 경직될 것이라는 것이었다. 그러자 다른 사람이 말했다. "그러나 장주주가 이미 여기에서 바둑을 잘 가르치고 있는데 어째서 우리가 그를 보내야 합니까? 중국바둑협회에서 두 사람을 더 파견해 준다면 환영할 일이겠지만 지금 장주주를 보내는 것과는 전혀 별개의 문제입니다. 게다가 중국바둑협회의 태도 역시 우리에게 영향을 줄 수는 없는 것입니다."

결국 나는 샌프란시스코 클럽에 남아 바둑을 가르쳤으며 순조롭

내가 이 세상에서 가장 사랑하는 일, 그 일을 위해 오늘도 숨쉰다.

게 취업 비자를 받았다. 이 일에서 리신은 나에게 큰 도움을 주느라 회사 출근하는 일보다 더 동분서주 바쁘게 뛰어다녔다. 리신은 정말 둘도 없이 좋은 친구였다.

취업 비자가 처리된 후 클럽에서는 영향력을 넓히기 위해 클럽 밖에서 수준 높은 기사를 초청해 나와 바둑 시합을 하게 했다. 나는 그 사람들에게 기본적으로 두 집을 주거나 경우에 따라서는 더 많은 집을 내주어야 했지만, 대부분 지는 쪽도 그들이었다. 남부해안 클럽에서 바둑을 가르치던 폴 후는 자칭 8단 반의 실력이라고 했다. 이 때문에 클럽에서는 한번 시합을 열어 우리 가운데 누가 더 잘하는지 보고 싶어했다. 남부해안 클럽과 샌프란시스코는 양쪽에 각각 2백 50달러씩을 상금으로 걸었다. 이 시합을 보러 온 사람들이 굉장히 많았다. 남부해안의 미국 바둑 팬들이 폴 후의 바둑이 세다고 생각하고 선생을 응원하러 온 것이었다. 그 시합에서 내가 이겼다. 시합을 통해 나는 미국에서는 실력도 중요하지만 모두에게 자신을 알리는 게 필요하다는 걸 깨닫게 되었다. 폴 후는 아마도 자신을 선전하는 쪽에 더 힘을 쏟았던 것은 아닌가 싶다. 많은 사람들이 그가 대단하다고 생각했고 정말로 8단 반의 실력이 있다고 믿게 된 것 같았다.

이사 또 이사

잔웅런, 나, 한웨는 함께 지하 방에 세들어 살았다. 한 사람에 방한 칸씩이었는데 잔 형은 항상 로스앤젤레스에 갔기 때문에 나는 한웨와 함께 있는 시간이 많았다. 한웨는 좋은 친구로, 내가 미국에 와서 아무것도 모를 때 나에게 일상 생활에서의 여러 가지를 지도해 주었다. 구체적으로 화장실에 가면 반드시 변기에 종이 두 장을 깔고 써야 한다는 것 등을 알려주었다. 나는 한웨에게 우리 두 사람이 집에서 마음대로 먹는다면 한 달에 대략 얼마 정도나 들 것 같냐고 물어본 적이 있었다. 한웨는 대략 1백 50에서 2백 달러라고 했다.

왜 그랬는지는 모르지만 생활 환경이 바뀌자 나는 많이 먹고 많이 잤다. 한 달에서 20일이 지났을 뿐이었는데 우리는 3백 달러를 먹는 데 쓰게 됐다. 이렇게 생각 없이 먹기만 하면 안 되겠다 싶어

달리기를 하며 정신을 차리고 체력을 좀 보강하기로 했다. 동시에 내가 먹어치운 그 많은 음식을 소화시키려고 애썼다.

샌프란시스코에서는 많은 사람들이 쓰지 않거나 오래된 물건이 있으면 가지고 나와서 파는 벼룩시장이 자주 열렸다. 나는 거기서 작은 탁자를 샀는데 시간이 날 때마다 집에서 그 탁자에 올려놓고 기보를 볼 수 있었다. 일단 생활이 안정되자 나는 나 자신도 알지 못하는 사이 기보를 뒤적이며 다시 바둑을 연구하기 시작했다. 물론 그 마음은 중국에 있을 때와는 사뭇 달랐지만 말이다. 이전에 기보를 봤던 건 기예를 향상시키기 위해서였다. 그러나 지금은 그저 이전 생활에 대한 일종의 향수처럼 기계적이고 습관적으로 하는 행위일 뿐이었다. 처음 미국에 도착했을 때는 기보를 보고 있으면 정신이 나가서 생각은 어느새 중국에 가 있고 바둑팀에 가 있었는데……. 나는 내 기력이 땅으로 곤두박질쳤다고 느꼈지만 어쩔 수가 없었다.

잔 형은 자주 돌아오지 않았고, 한웨는 갈수록 중국으로 장사하러 가는 시간이 많아졌다. 그래서 대부분의 시간을 나 혼자서 지냈다. 날씨가 추워지자 지하실은 더욱 추웠다. 어떤 때는 집에서 개인 수업을 하기도 했는데 돈을 받고 지하실에서 수업을 하자니 아무래도 미안한 생각이 들어 나는 다시 이사를 가기로 결정했다.

다른 사람과 함께 방을 빌리면 싸기 때문에 같이 방을 빌릴 만한 사람을 찾았다. 마지막에 나는 타이완 사람 부부와 베이징에서 온 젊은 친구와 함께 방을 빌렸다.

미국에서는 이사를 하고 싶으면 반드시 한 달 전에 집주인에게 알려야 한다. 한웨가 늦게 돌아오는 바람에 계약 만료 기한에서 하루를 남기게 되었다. 나는 한웨 때문에 마음이 조급했는데 한웨는 오히려 걱정 없다고 했다. 나는 그에게 분명 무슨 좋은 방법이 있을 것이라 생각했다. 그날 저녁 계산을 하기 위해 집주인이 올 때가 되자 한웨는 총을 꺼내 천천히 닦기 시작했다. 집주인은 기분이 언짢은 얼굴로 들어오다가 한웨가 총을 닦는 모습을 보더니 곧 예의 바르게 몇 마디 묻고는 나가버렸다. 한웨는 중국에 있을 때 법률 관계 일을 해서 총을 좋아했고 또 다룰 줄도 알았다. 내가 한웨에게 "너 이렇게 하는 거 사람을 위협하는 거 아니냐?"라고 하니 그는 "미국에서 예의 없이 남의 집을 방문하는 것은 환영받을 일이 아냐. 맘대로 남의 집을 들어오는 것은 불법이지. 주인은 불법 침입자에게 총을 쏠 수 있으며, 세입자라도 방 값을 지불한 경우라면 집주인과 같은 권리를 가지는 거야. 너도 잘 기억해 둬. 만약 길에서 길을 잃었다고 아무 집이나 문을 두드려 길을 물어서는 안 돼. 차라리 경찰을 기다리는 게 훨씬 낫지." 그의 말을 통해 나는 또 한 가지 생활상의 지혜를 배울 수 있었다.

어쨌든 지하실에 살지 않기로 하니 기분이 좋았고 우리 집에 바둑을 배우러 오는 학생들에게도 떳떳했다. 어떤 미국 학생들은 클럽에서 내 수업을 듣기 전에 먼저 우리 집에 와서 간단하게 식사를 했는데 배가 고프면 되는 대로 뭔가를 해먹었다. 그러나 같이 사는 다른 사람들이 집에 있을 때는 많은 사람들을 불러들여 바둑을 두는 일이 그들의 휴식에 방해가 될 수 있었다. 그래서 새로 이사 간 집에서 한동안 살다가 나는 또다시 이사할 생각을 했다.

소설 속에 등장하는 해변의 작은 집은 나에게 깊은 인상을 주었다. 파도 소리를 들으며 일몰 광경을 바라보는 것을 상상하는 것은 이루 말로 다 표현할 수 없을 정도로 기분이 좋았다. 그래서 나는 해변가에 살기로 결정했다. 그러나 머지않아 해변가에 사는 것이 꼭 좋은 것만은 아니라는 사실을 발견했다. 집안이 특히 습해서 매 2, 3년이면 다시 칠을 해야 하는 단점이 있었다. 나는 해변가의 집이 좋기는 하나 바다에 너무 가까이 가서는 안 된다는 생활상의 경험을 하나 더 얻게 되었다. 그리고 1년을 살았는데 집 주변의 치안이 불안해지기 시작했다. 때때로 총소리를 들을 수 있었으며 차가 망가지기도 했다. 해변이 아무리 아름다워도 더 이상 살 수 없었으므로 나는 다시 이사를 가기로 결정했다. 이후에도 나는 몇 차례 더 이사를 했는데 미국에서 잦은 이사는 흔한 일이다.

미국 바둑서클에 대한 이해

    미국에 온 지 얼마 되지 않아 나는 운전의 중요성을 깨달았다. 저녁에 바둑을 가르치러 가려면 밤에 대중교통 수단을 이용해야 하는데 항상 불안하게 느껴졌다. 버스가 빈민가를 지났고 흑인이라도 몇 명 타는 날이면 나는 언제나 긴장해서 무서운 일이라도 생길까 걱정했다.

    바둑 친구 피터 황이 나에게 운전하는 법을 가르쳐주었다. 그에게는 수동 기어로 작동하는 조그마한 도요타 트럭이 한 대 있었다. 운전을 처음 배우는 사람에게 수동 기어를 다루기는 좀 어렵지만, 처음 배울 때부터 이렇게 배워야 나중에 어떤 차라도 탈 수 있다며 그는 자신의 트럭에 태워 내게 운전 교습을 해주었다. 운전 초보자에게 자신의 차를 빌려주는 사람은 그리 많지 않을 것인데, 그는 나에게 흔쾌히 차를 빌려주었다. 운전을 가르치면서도 피터 황은 내가 잘못할 때는 크게 탓하지 않고 조금만 잘하면 기분 좋게 칭찬해 주었다. 그래서 나는 별 어려움 없이 운전 연습을 하였고 면허 따는 일도 어려워 보이지 않았다. 드디어 나는 1차 필기시험을 당당하게 통과했고 차를 한 대 빌려서 주행 시험을 보러 갔다. 나는 그때 꼭 합격하리라는 믿음을 가지고 있었다.

시험장에서 시험관은 우선 차를 검사했다. 시험관이 판단할 때 차가 안전하지 못하면 그는 그 차에 타지 않았다. 시험 볼 때는 시험관에게 신중하다는 인상을 주어야 한다던 친구의 말이 떠올라 나는 운전하기 전에 성실하게 백미러와 좌우거울을 보았으며, 시동을 걸고 후진하는 등 모든 동작을 규정대로 했다.

그런데 출발해서 첫 번째 정차해야 할 곳에서 안정적으로 서지 못했다. 그런 후에 커브를 돌 때도 잘 돌리지 못했는데, 그때 시험관이 노트에 뭐라고 기록하는 것을 보았다. 이어서 시험관의 명령에 따라 나는 우회전을 세 번 하고는 다시 주차장으로 돌아왔다. 상황이 좋지 않다는 걸 파악했다. 친구들이 말하길 시험관은 많은 것을 본다고 했기 때문이다. 과연 시험관은 나에게 돌아가서 더 열심히 연습하고 오라고 하였다. 그는 이번에 나에게 위험한 동작이 있었다면서 다음에는 면허증을 딸 수 있도록 노력하라고 했다.

한동안 연습을 더 한 후 나는 비교적 엄격하다고 소문난 시내 시험장을 피해 샌프란시스코 교외에 있는 한 시험장으로 시험을 치러 갔다. 거기서 나는 순조롭게 시험에 통과하였고, 이제 남은 일은 차를 사는 것이었다. 가진 돈이 별로 없어서 새 차를 살 수는 없었다. 결국 나는 1천 4백 달러를 주고 중고 마츠다를 샀다. 차가 생기자 나는 먼 곳까지 바둑을 가르치러 갈 수 있었다.

중고는 중고인지라 한동안 몰고 다니니 계속해서 문제가 생겼다. 미국인들은 고등학교 수업 시간에 자동차 수리 과목이 있어서 조금씩 할 줄 알았지만 나는 자동차 수리에 대해서는 아무것도 몰랐다. 작은 고장이 생기면 모두 학생들이 해결해 주었다. 한번은 막 고속도로에 진입하는 순간에 차가 꼼짝하지 않았다. 학생을 고속도로까지 불러 차 수리를 부탁할 수는 없었으므로 하는 수 없이 경찰을 기다렸다. 친구들은 나에게 "너처럼 자동차 수리를 전혀 할 줄 모르는 사람은 아무래도 새 차를 사는 게 낫겠다"고 했다. 새 차가 당연히 좋은 건 알지만 너무 비싸다는 것이 문제였다. 미국에 있던 그 몇 년 동안 나는 줄곧 중고차를 이용했다. 그러나 중고차의 등급만은 갈수록 높아졌다.

두 번째는 4천 달러를 주고 혼다 자동차를 샀다. 이 차로는 비교적 순조롭게 운전할 수 있었다. 그러나 한번은 친구들과 함께 여행을 가다가 혼다가 갑자기 멈춰버린 일이 생겼다. 당시 우리가 탄 차는 막 산 속을 지나고 있었기 때문에 나는 그저 혼다가 늙어서 너무 무리하면 안 되니 좀 쉬게 한 후 다시 엔진오일을 넣어주면 다시 움직일 거라고 중얼거릴 수밖에 없었다. 과연 혼다는 잠시 쉬고 나더니 다시 정신을 차리고 가기 시작했다.

운전을 하면서 나는 몇 차례 가벼운 접촉 사고를 내기도 했고, 범칙금 딱지를 받기도 했는데, 주로 수업 시간에 대기 위해 과속을 했기 때문이다.

1991년 초, 쓰촨성의 바둑팀이 샌프란시스코를 방문했다. 쓰촨

성의 바둑팀은 계속해서 미국의 다른 도시를 방문해야 하기 때문에 떠나면서 나에게 함께 가지 않겠느냐고 제의해 왔다. 같이 동행하여 운전을 도와주면 비용은 대신 부담하겠다는 것이다. 그 제안은 거절하기 힘든 유혹이었다. 그 여행을 통해 다른 지역 바둑 애호가들과 바둑을 두어볼 수 있는 기회가 생기기 때문이다. 그것에 마음이 끌린 데다가 운전을 배운 지 얼마 안 된 터라 장거리 운전이 얼마나 피곤한지 잘 몰랐던 나는 덮어놓고 그들을 따라가겠다고 결정해 버렸다. 그러나 곧 내 선택이 그릇된 것임을 알게 되었다. 그 여행 내내 운전을 하자니 피곤해 죽을 지경이었던 것이다. 그 힘든 와중에 사고라도 나지 않은 게 천만다행한 일이라 생각한다.

쓰촨성 바둑팀의 미국 방문을 수행하며 나는 미국의 바둑 현황에 대해 전반적으로 이해할 수 있게 되었는데 비교적 인상 깊었던 것은 뉴욕의 바둑서클이었다. 뉴욕의 바둑서클은 매달 일본 기원에서 모두 10만 엔의 찬조를 받고 있었고 이렇게 해서 방세와 관리자의 보수는 걱정할 필요가 없었다. 뉴욕의 바둑서클은 관리를 잘하고 있었다. 관리자가 회원의 수준에 따라 조를 만들고 파트너를 정하였으며, 수준이 낮은 사람에게 지도할 만한 사람을 붙여줬다. 이렇게 회원 한 사람 한 사람에게 모두 자기 집과 같은 편안한 느낌이 들게 했으므로 사람들은 돈을 좀더 내는 것도 마다하지 않았다.

전미 바둑대회

미국의 바둑 애호가들에게는 매년 한 차례씩 열리는 전미 바둑 대회야말로 손꼽아 기다려지는 행사였다. 이 대회는 1985년에 창립되어 보통 매년 8월 첫 번째 주에 시작하여 일주일간 계속되는데, 나는 미국에 온 다음 해인 1991년 이 대회에 참가할 것을 요청받았다.

그때 마침 '잉창치바둑기금회'에서는 미국에 10만 달러를 찬조하여 아마추어 잉창치배를 개최하게 했다. 나는 그 대회에서 중국에서 파견된 화이강, 양훼이와 타이완에서 온 잉밍하오應明晧와 양유자楊佑家 선생들을 만났다. '잉창치바둑기금회'에서는 미국 프로 기사들의 바둑 해설 비용을 책임지고 있었다. 그래서 프로 기사들은 이에 따라 수업하고 바둑을 지도하는 일을 하게 되었다. 이렇게 미국에 있는 프로 기사들은 대회에서 규정한 일 외에 스스로 수업을 해서 돈을 받을 수 있었는데, 이러한 초과 수입은 전미 바둑대회가 미국 프로 기사를 지원하는 일종의 방식이라 할 수 있었다.

전미 바둑대회에서 나는 또 초기 미국에 온 허샤오런何曉任, 진첸칭, 양이룬, 황리핑 같은 중국 기사를 만났다. 양이룬은 미국에 있은 지 오래되었기 때문에 학생이 많아서 대회 기간 동안 매우 빡빡한 일정을 보냈다. 많은 미국 기사들이 나를 보자 흥분하며 나에게 바둑을 배우고 싶어했다.

대회 주최측은 더 많은 아마추어 기사들의 참가를 유도하기 위해 풍부하고 다채로운 행사를 준비했는데, 정식 순위를 매기는 시합 외에 이인전, 초속기전, 9줄 바둑판전, 13줄 바둑판전, 연속해서 두 보씩 가는 시합 등……생각할 수 있는 모든 방법이 동원되었다. 어떤 기사는 흑백의 바둑은 두 사람만 둘 수 있어 참여자가 너무 적어서 싫다며 네 사람이 동시에 둘 수 있는 컬러 바둑을 발명했다. 전미 바둑대회가 열릴 때마다 그가 컬러 바둑을 열심히 보급하는 모습을 볼 수 있었지만 호응하는 사람이 적은 걸로 봐서는 효과가 그다지 큰 것 같지는 않았다.

유럽의 바둑 활동에서는 모두 맥주를 가지고 와서 술로 흥을 돋운다고 한다. 하지만 전미 바둑대회에는 이런 모습을 찾아볼 수 없으며 모두 진지하게 바둑을 두었다. 기록은 제각각이어서 어떤 사람은 노트북을 이용하기도 했다. 물론 대다수의 사람들은 종이를 이용해 기록했다. 가끔 나에게 기록을 보여주면서 설명을 부탁하는 이들도 있는데, 아무리 봐도 생소하기만 한 그들의 기록을 이해할 길이 없어 그들에게 돌을 놓아 보여달라고 했다.

전미 바둑대회는 미국에 바둑을 보급하는 데에도 힘을 기울였다. 그들은 대회 기간 중 각 클럽의 책임자들을 불러 대책회의를 열며 어떻게 바둑 활동을 전개할 것인가를 상의하였는데 가끔 나도 참가 요청을 받았다. 그들의 말을 듣고 있자니 가끔은 우스워서 배가 아플 때도 있었다. 가령 어떤 클럽에서 파견되어 온 사람은 바둑판을 옷의 등 부분에 인쇄한 후 대학교에 가서 조용히 앉아 있는 것으로 학생들의 주의를 끌었다고 했다. 보통 50여 개 클럽에서 회의에 참가했는데 회의 시간을 최대한 줄이기 위해 매 클럽의 발언을 1분으로 제한했다. 그렇게 해도 한 시간이나 걸렸다. 나중에는 아예 한 마디로 줄였으며 같은 의견을 가진 사람은 발언을 자제하기로 하여 회의 시간을 크게 단축시킬 수 있었다. 프로 기사인 나에게만은 좀더 많은 시간이 할애되었다.

시상식은 그야말로 파티였다. 연속 세 시간이나 계속되는 시상식에서 사람들은 쉬지 않고 상을 주고 쉬지 않고 음식을 먹으며 쉬지 않고 왁자지껄 떠들어댔다. 어린이상, 속기상, 9줄 바둑판상, 13줄 바둑판상, 연승상, 연패상, 최다 대국상 등……시합에만 참가하면 쉽게 상을 받을 수 있었다.

떠들썩한 전미 바둑대회는 미국 바둑 애호가들의 참가를 이끌었을 뿐 아니라 유럽, 일본과 한국의 아마추어 기사들까지 자발적으로 단체를 만들어 참가하게 했다. 중국 참가자들은 모두 공적으로 파견된 프로 기사였지만 언제라도 아마추어 기사가 자발적으로 팀을 이루면 참가할 수 있었다.

전미 바둑대회의 스폰서는 바둑을 홍보하기 위해 어린아이에게 상품권을 나누어주기도 했는데, 그 상품권을 바둑 상점에 가지고 가면 바둑 용품으로 교환할 수 있었다. 바둑 상점의 바둑은 흑백만 있는 게 아니라 빨강, 파랑, 노랑, 초록 등 컬러 바둑으로 되어 있어서, 어린아이들의 주의를 끌기에 부족하지 않았다. 이전까지 나는 바둑알이 컬러인 것은 상상도 못했는데, 미국인들은 과연 오래된 규칙을 깨는 걸 두려워하지 않는 듯했다. 아이들이 흑백보다는 컬러로 된 것을 더 좋아하니, 기왕 아이들에게 바둑을 두게 하려면 바둑알을 컬러로 바꾸지 못할 것이 무엇인가, 아이들이 자라고 나면 자연스럽게 정규적인 길로 돌아오지 않을 것인가 하는 혁신적인 생각을 가졌던 것이다.

컴퓨터의 도입은 오래된 바둑에 활력을 불어넣었다. 전미 바둑대회에서 컴퓨터의 흑백 돌이 귀여운 동물로 바뀐 것이다. 흑 돌은 도널드 덕이 되었고 흰 돌은 미키 마우스가 되었다. 도널드 덕이 미키 마우스를 먹을 때는 놀이처럼 미키 마우스가 도널드 덕의 밧줄에 묶여 끌려갔다. 규칙은 바뀌지 않으면서 돌만 활유화한 것으로, 특히 아이들의 사랑을 받았다.

전미 바둑대회에서 나는 또 1986년 미국 방문 때 알게 된 오랜 친구들을 만났다. 1984년 말부터 미국에 있는 중국인들의 바둑 조직은 중국 프로 기사를 초청하여 양국 바둑 인사들의 교류 시간을 가졌다. 첫 번째로 초청된 바둑 기사는 네웨이핑과 류샤오광이었다. 1986년에는 나와 샤오전중의 차례였는데 한 달 일정으로 우리는 뉴욕, 샌프란시스코, 로스앤젤레스, 보스턴, 필라델피아와 하버드를 방문했다. 당시 우리의 주요 임무는 바둑을 두는 것으로, 해설하는 경우는 드물었다. 그 당시 가장 큰 걸림돌은 언어 문제였으며 다음으로는 미국인의 중국 바둑에 대한 이해가 짧다는 것이었는데, 그들은 고수가 일본에서만 나온다고 알고 있었다. 그 방문에서 내가 받은 인상은 미국의 바둑 애호가들이 숫자상으로 별로 많지 않고 또 수준도 그렇게 높지 않다는 것이었다. 여러 가지로 1986년 미국 방문의 경험은 세계를 보는 안목을 키우는 데 도움을 주었다고 생각한다. 이전에 책을 통해서 알게 된 미국에 대한 지식은 흥미 위주로 본 내용뿐이었는데, 금발의 파란 눈의 외국인들이 중국의 전통 바둑을 두고 있는 것을 보면서 미국에 대한 인식을 새롭게 하게 되었다.

1991년 전미 바둑대회에서는 옛날 친구들도 만났고 많은 새로운 바둑 친구들도 사귀게 되어 기분이 둥 떴다. 1991년 전미 바둑협회의 회장은 바로 나와 샤오전중이 미국을 방문했을 때 수행했던 사람으로, 당시 그는 한 쪽 눈에 수술을 받아 마치 애꾸눈 같았다. 그를 보고 내가 눈을 가리키며 계속 손짓을 하자 그는 웃으면서 나에게 "장주주, 샤오는 왜 오지 않았지?"라고 물었다. 전에 샤오전중과 바둑을 한 판 둔 적이 있어 깊은 인상을 간직하고 있던 것 같다. 샤오전중은 그와 바둑을 두었던 기사 가운데 실력이 가장 뛰어났던 것이다. 거기에는 또 다른 이유가 있었다. 보통 일본의 프로 기사들은 미국을 방문해 미국인과 바둑을 두게 되면 미국인의 자존심을 상하지 않게 하기 위해 일부러 져주었으므로 제대로 실력 발휘를 하지 않았지만 샤오전중은 그러지 않았던 것이다. 우리가 미국에 갔을 때 그곳의 중국인들은 미국인과 바둑을 두게 될 경우 인정사정을 봐주어서는 안 된다고 충고했다. 상대를 확실히 눌러야 상대가 얕보지 않고 존경한다는 것이다. 그 말을 듣고 우리는 그들과 바둑을 둘 때 냉정하게 두었고, 그래서 미국인들은 중국의 바둑에 대해 새롭게 인식하여 중국의 바둑도 세다고 생각하게 되었던 것 같다. 바둑으로 인해 옛 친구를 만나고 새로운 친구를 사귀게 되자 "바둑은 시대를 막론하고 언제나 많은 사람을 불러모으며 또 일단 바둑에 매료당하면 평생 바둑 애호가가 된다"는 말이 생각났다. 이 말은 다소 단정적인 구석이 없지 않으나 상황은 대체로 그러했다.

나는 전미 바둑대회에서 미국인들에게 바둑 해설을 하며 바쁜 가운데서도 즐거운 시간을 보냈다. 미국인들은 내 수업을 비교적 좋아했다. 그들은 "장주주의 수업은 지루하지 않고 유머가 있으며 사실적"이라고 평했다. 이것은 아마 내 성격과 관계 있을 것이다. 나는 평소 생활에서도 농담하기를 좋아해 수업도 재미있게 하려고 했다. 중국에서는 나의 이런 수업 방식이 잘 받아들여지지 않거나 싫어하는 사람마저 있었는데, 미국인들은 오히려 익숙하게 내 성격과 수업 방식을 받아들였다.

한번은 내가 수업을 하는데 나와 절친한 미국 친구 한 사람이 비디오를 촬영하는 것이었다. 그때 내가 갑자기 큰 소리를 치며 엄숙하게 말했다. "지금 내가 설명하고 있는 것은 세계에서 가장 앞선 바둑 기법으로 지금 막 연구해 낸 것입니다. 지금 어떤 사람이 몰래 촬영을 하고 있는데 그가 도대체 무슨 목적으로 그러는지 모르겠습니다. 내 수업에서 허락받지 않은 것은 촬영할 수 없습니다." 내 말이 끝나자 모두의 시선이 그에게로 쏠렸다. 그러자 그 친구는 깜짝 놀라며 "그런 규정이 있었는지 몰랐어. 이 테이프를 돌려주면 되지 않겠어?"라고 했다. 내가 농담이었다고 하자 모두 한바탕 크게 웃었다.

클리블랜드 여관

전미 바둑대회에서 나는 타이완에서 온 주원수朱文樞 선생을 알게 됐다. 클리블랜드에서 여관을 하고 있던 그는 "정말 당신 같은 프로 기사를 내가 사는 곳으로 초대하고 싶소. 나는 평소 한가한 편인데, 특히 겨울 비수기에는 더욱 그렇소"라고 했다.

겨울이 되자 나는 주 선생이 사는 곳으로 가서 거기 클리블랜드의 바둑클럽에서 바둑 지도를 했다. 클럽은 한 커피숍에 마련되어 있었는데 바둑 친구들은 바둑을 두면서 커피를 마시고 유유자적하게 지내고 있었다. 주 선생은 그곳에서 실력이 제일 막강한 아마추어 기사로 알려져 있어서 그곳의 바둑 친구들은 그를 보면 예의 바르고 공손하게 대했다. 그런데 나에게는 인사하러 오는 사람이 한 명도 없었다. 나는 "주 선생님, 이곳에서 당신은 마치 바둑의 황제 같습니다"라고 말하며 그를 긁려주었다. 주 선생은 급히 사람들을 향해 "여러분 이분야말로 정말 대단한 기사십니다"라고 소개했다.

바둑을 중간쯤 두었을까 그때 갑자기 한 미국 청년이 급하게 들어왔다. 그는 불안하게 이리저리 걸으며 "누구 중국어 할 줄 아는 사람 없습니까? 이 중국 기사에게 내가 바둑을 빨리 두는데 그와 한판 두고 싶다고 말해 주시오!" 하고 소리쳤다. 그러나 모두들 한껏 흥이 올라 바둑을 두고 있었기 때문에 그에게 대답하는 사람이 없었다. 그때 내가 영어로 그에게 말했다. "중국어 할 줄 아는 사람 찾을 필요 없소. 나와 한판 둡시다." 그가 늦게 왔기 때문에 나는 다른 사람과 두다가 그 판이 끝나자 바로 그의 앞으로 가서 바둑을 두었다. 나는 그가 혼잣말로 "와, 이 사람이 나보나 훨씬 빨리 둘 줄은 생각도 못했는걸"이라고 중얼거리는 것을 들었다. 모두들 웃지 않을 수 없었다. 그 청년은 피터라는 사람으로 그의 쌍둥이 형제 에릭도 바둑을 두었다. 에릭은 나중에 나에게 스키를 가르쳐주었다. 그들도 나중에 중국 방문단의 단원이 되었다. 그들은 총명하고 활달하며 친절하고 시원시원한 성격의 전형적인 미국 청년들이었다. 그들은 모두 컴퓨터 기사 일을 한 적이 있었지만 일정액의 돈이 모이자 일을 그만두고 바둑을 두러 가거나 혹은 여행을 하는 등 자기가 좋아하는 일을 했다.

주 선생이 나에게 한 가지 제안을 했다. "나에게 여관이 있소. 여기에 이렇게 많은 바둑 친구들이 있으니, 당신만 허락한다면 아예 이후에 계속해서 하계 캠프 같은 활동을 열고 싶소. 어느 계절이든 상관없어요. 일주일 동안 열어도 좋고, 3, 4일 혹은 주말이라도 상관없습니다." 그 제안에 모두들 기뻐했다.

주 선생의 여관에서 바둑 행사를 여는 것에는 여러 가지 편리한 점이 있었다. 우선 그가 주인이었기 때문에 가장 싼 가격으로 모두에게 가장 좋은 방과 질 높은 서비스를 제공받을 수 있었다.

첫 번째 단체훈련에는 30여 명이 참가했다. 바둑을 연마하기 위한 모임이었으므로 프로그램이 충실하고 빡빡하게 짜여 있었다. 사람들은 모두 수확은 크지만 너무 힘들다고 했다. 행사가 끝나자 사람들은 저마다 글로 감상을 발표했는데 월남전에 참가한 적이 있는 한 군인 출신은 이렇게 썼다. "장주주의 단체훈련은 특수부대의 훈련보다 더 심한 지적 훈련이다. 날마다 훈련 일정이 빡빡하고 엄격해서 좋기는 하지만 힘이 많이 들었다. 집에 돌아가면 푹 자고 싶을 뿐 출근하고 싶지가 않다."

주 선생은 대범하게 한 가지 제안을 더 했다. "내년에는 가족과 아이들을 데려오실 수 있습니다. 특히 바둑을 할 줄 아는 어린이는 대환영입니다. 어린이의 숙박비는 받지 않겠습니다. 그리고 식사도 반값만 받겠습니다." 이렇게 좋은 조건을 모두 그냥 버릴 수 없었는지 과연 이듬해에는 많은 사람들이 아이들을 데리고 왔는데 캐나다에서 온 사람도 있었다. 사람들은 "한 해에 바둑대회도 있고 단체훈련까지 있어 많이 배울 수 있습니다"라고 말했다.

이러한 단체 활동은 5회 연속 열렸고 참가자들도 갈수록 많아졌다. 활동 역시 갈수록 완벽해져서 주 선생의 이름은 날이 갈수록 유명해졌다. 전미 바둑대회에서는 이 모임 친구들이 모두 특별 제작한 단체 티셔츠를 입어서 주위의 이목을 끌며 살아 있는 광고 역할을 하기도 했다.

나중에 주 선생 가족이 경영 방침을 바꾸게 되어 여관을 팔았기 때문에 여관 단체훈련은 중단되었다. 우리가 자체적으로 단체훈련 행사를 준비하기에는 여러 가지로 어려움이 많았다. 나중에 나는 샌프란시스코 일대에서 몇 차례 주말 바둑 활동을 열었는데, 행사 일정이 너무 짧아 다른 지역에 사는 사람들이 비행기를 타면서까지 오려고 하지 않았다. 많은 사람들이 주 선생의 여관에서 열었던 단체훈련을 그리워했으며, 다같이 새로운 기회와 바둑을 좋아하는 여관 주인이 나타나기를 기다렸다.

나이웨이와 나누는 바둑 이야기는 끝이 없다.

잉창치 배 세계바둑대회

　1988년, 제1회 잉창치배 세계바둑대회가 베이징에서 열렸다. 당시 타이베이의 잉창치 선생이 세계적인 바둑대회를 열려고 하자 일본에서도 급히 후지쯔배 세계바둑대회를 준비했다고 한다. 1년 동안 두 개의 세계대회가 있다는 것은 기사들에게 경축할 만한 일이었다. 특히 나는 그 시기에 상승세를 타고 있던 터라 세계대회에서 꼭 좋은 성적을 내고 싶었다.

　가을에 제1회 잉창치배 세계바둑대회가 베이징 인민대회당에서 개막 행사를 가졌으며 기사들은 모두 베이징의 샹그리라 호텔에 묵었다. 나는 처음으로 그렇게 좋은 호텔에 묵어봤다. 그곳에서 한 그릇에 중국 돈 18위안 하는 면을 먹었는데, 아마도 그렇게 비싼 면은 베이징 어디에도 없었을 것이다. 어쩌면 견문이 짧은 내가 세상 일에 어두워 그렇게 느낀 것인지도 모른다.

그때 실력이 뛰어난 기사들은 모두 시합에 참가했다. 나는 첫 번째 추첨에서 다케미야 9단을 뽑았다. 추첨하기 전에 주위 사람들은 백을 뽑아야 한다고 했다. 만약 다케미야가 백을 잡으면 더 힘들어질 거란다. 다케미야의 흑 '삼연성(상하 두 귀와 변의 화점 세 곳에 일렬로 착수하는 수—편주)'이 제일 세다고 알려져 있지만 사실은 백 '조화를 생각하는 바둑'이 더 무섭다고 했다. 나는 그들의 말을 들으며 자신이 없어졌다. 결과 다케미야가 흑을 선택했다. 그 판에서 끝내기 단계까지는 아무래도 흑이 좀 나은 것 같았다. 게다가 나는 일찌감치 초읽기에 들어갔다. 큰끝내기 전에 수를 한번 내보려고 했지만 그 집에 수가 없어 보였다. 그러나 실은 한번 해볼 만한 수였다. 그때 마찬가지로 초읽기에 들어간 다케미야도 역시 제대로 못 두어, 결과적으로 내 상황이 갑자기 좋아졌다. 나는 다케미야를 누르고 8위에 진입하는 데 성공했다.

두 번째 상대는 린하이펑 선생으로, 이번에 선생은 백을 선택했다. 그 판에서 나는 삼연성을 두면서 선생을 크게 포위해 들어갔다. 중간까지는 그럭저럭 잘 둔 편이었지만, 후반이 되면서 상황이 바뀌어 린하이펑 선생이 마무리를 잘했고, 나는 별다른 기회를 잡아보지도 못한 채 패배하고 말았다. 나중에 다케미야 선생이 나에게 복기를 하실 때, 나는 다케미야 선생에게 린하이펑 선생과의 경기를 내가 아닌 선생이 두었더라면 더 좋았을걸 하고 말했는데, 선생은 그저 웃으실 뿐이었다. 그는 그 해 후지쯔배에서 우승했다.

시합 전에 잉창치 선생이 참가 기사 전원에게 접을 수 있는 바둑용 탁자를 주었다. 개막식 자리에서 잉창치 선생은 "당신들 중에 누가 내가 가져온 탁자를 사용해 본 적이 있소? 느낌이 어떻습디까?"라고 물었다. 나는 "좋습니다. 옆에 찻잔을 놓을 수도 있고 편리합니다"라고 대답했다. 선생은 "그렇다면 잘됐소"라고 말하며 만족해하셨다. 나는 수준 높은 세계바둑대회를 개최하는 것은 결코 쉬운 일이 아니라고 생각하며 사재를 털어 세계바둑대회를 만든 잉창치 선생을 존경했다. '잉창치바둑기금회'는 매년 10만 달러에 달하는 경비와 바둑 용품을 미국과 유럽의 바둑협회에 제공하며 바둑과 잉창치배의 점수 계산법을 보급하고 있다.

　세계 각지의 바둑 규칙은 원래 똑같지는 않다. 늦게 나온 잉창치 규칙에 대해 반대의 목소리가 높다. 어떤 사람은 잉창치 규칙이 복잡하다고 얘기하기도 하지만 나는 잉창치 규칙에서 한 가지는 인정해야 할 것이 있다고 생각한다. 그것은 엄격성이다. 잉창치 규칙은 승패를 판단하는 기준을 명확히 서면으로 규정하고 있다. 그러나 일본에서는 경우에 따라 승패 기준이 모호해 우칭위안吳淸源 등 선배들에게서 생기는 규칙을 위원회가 판정해야 할 때가 있기도 하다. 이런 점에서 본다면 잉창치 규칙은 일본 규칙에 비해 정리가 잘되어 있고 무슨 문제가 발생하더라도 규칙을 찾아보면 문제를 해결할 수 있다는 장점이 있다. 번거롭고 번거롭지 않고는 또 다른 문제라고 생각한다.

　나는 또한 바둑 보급을 위해 자기 개인 돈을 내놓는 일은 대단한 일이라고 생각한다. 잉창치 선생은 그런 일을 하신 분이다. 세계에 잉창치 선생보다 돈 많은 바둑 애호가들이야 많겠지만 바둑 보급에 그처럼 심혈을 기울이는 분은 선생이 유일할 것이다. 나는 잉창치 선생을 존경한다. 바둑의 세계적인 보급에서 잉창치 선생의 업적은 절대적이라 할 것이다.

1988년 당시, 7집 반을 주는 잉창치 선생의 규칙은 많은 사람들에게 받아들여지기 힘들었다. 대부분의 사람들이 5집 반이면 흑의 승률이 비교적 높다는 것은 인정하고 있었다. 1999년, 한국의 여러 시합에서는 이미 6집 반으로 바뀌었다. 그럼에도 불구하고 사람들은 흑을 잡기를 원했다. 6집 반을 주고도 흑의 승률이 여전히 높다면 7집 반이 보편적으로 인정될 날도 분명 멀지 않다고 생각한다.

또 미국에서 바둑을 지도한 경험으로 보자면 잉창치 규칙에 따라 바둑판 전체를 가득 채워야 하는 숫자바둑은 아이들을 가르치기에 유용했다. 9줄 바둑판과 13줄 바둑판을 이용한 어린이 수업에서 바둑을 끝낼 때 승패를 가리는 두 가지 방법이 있는데, 그 중 하나가 집 수를 세는 것이다. 이는 아이들에게 쉽지 않아서 아이들은 돌과 집을 합해서 계산에 넣으려면 한차례 설명을 한 후에야 알아들었다. 나중에 우리는 한쪽 혹은 양쪽의 돌 다를 전부 채워 넣는 방법으로 결국 돌이 얼마나 되는지 계산하는 법을 알려줬고, 그제야 아이들은 계산해 낼 수 있었다.

1992년 미국에 있을 때의 일이다. 어느 날 기쁜 소식이 하나 날아왔다. 곧 열리는 제2회 잉창치배 세계바둑대회 시합자 명단에 내가 들어 있다는 것이다. 지난 1회 대회에서 8위 안에 든 사람이 이번 대회에서 시드 선수가 되기 때문에 내가 명단에 들어갈 수 있었다고 한다. 더욱 기뻤던 것은 나이웨이도 함께 참가 요청을 받았다는 건데, 자나 깨나 손꼽아왔던 프로 대회의 참가, 그리고 우리 두 사람의 상봉에 대한 기대는 마음을 설레게 했다. 그러나 나이웨이는 얼마 후 우리가 정말 잉창치배에 참가할 수 있을지 모르겠다며 걱정을 했다. '잉창치바둑기금회'와 '중국바둑협회' 사이에 우리의 참가 자격 문제로 서로 의견의 일치를 보지 못해 지금 담판 중이라는 소식을 들었다는 것이다. 나이웨이는 걱정에 시달렸지만, 나는 개의치 않고 있는 대로 바둑 책을 모아서 밤낮으로 기보를 연구하며 감각을 되찾으려고 노력했다.

충분한 체력으로 시합에 참가하기 위해 나는 다시 달리기를 시작했다. 달리면서 나는 '잉창치배에서 좋은 성적을 내야 해'라고 생각했다. 그런 생각을 하면 발걸음도 가벼워졌다. 그 사이에 계속해서 각종 소식이 전해져왔는데, 좋은 소식 나쁜 소식 할 것 없이 여러 번 반복되자 나는 생각하면 할수록 머리만 복잡해질 뿐이라고 결론지었다. 갔다가 그냥 지고 올 수는 없었으므로 좋은 성적을 내기 위해 필사의 노력을 하기로 마음먹었다.

어느 날 '잉창치바둑기금회'의 선쥔산 선생이 샌프란시스코에 왔다. 그는 "지금 중국바둑협회가 당신이 대회에 참가하는 것을 반대하는데 당신의 의견을 알고 싶소"라고 했다. 내게 무슨 의견이 있겠는가? 유일한 의견은 가서 바둑을 두고 싶다는 것과 시합에 참가하고 싶다는 것뿐이었다. 얼마 지나지 않아 잉밍하오 선생도 미국으로 우리를 찾아왔다. 잉밍하오 선생은 "준비 다 되었나? 빨리 비자를 신청해라. 우리는 네가 가지 못할까 봐 걱정이야." 나는 비자 일은 이미 다 잘되었기 때문에 문제가 없다고 잉밍하오 선생을 안심시켰다.

잉창치배는 계속 미뤄지다 1992년 7월 마침내 도쿄에서 열리기로 결정됐다. 나는 잉창치 선생이 나와 나이웨이의 대회 참가를 고집하는 바람에 중국바둑협회가 대회 참가를 포기했다는 것을 알게 됐다. 대회에 참가하는 것은 선수의 권리이자 의무인데 왜 그렇게 완고하게 굴어야 하는지 정말 이해가 가지 않았다. 몇 년이 흐른 후 나는 당사자들의 설명을 들었다. 허커창 선생은 「중일 슈퍼대항전의 내막」이라는 글에서 '한 가지 역사적 사실에 대한 바로잡음'이라는 제목으로 이 일에 대해 상세하게 설명하기도 했다.

"우리는 두 가지 안건으로 잉창치배 주최측과 의견을 절충하지 못하고 있었다. 하나는 원래 베이징에서 열리기로 된 시합이 갑자기 상하이로 바뀐 것이고, 다른 하나는 해외에 있는 장주주와 루이나이웨이를 대회에 참가시키느냐 마느냐의 문제였다. 중국 기원에서는 대회가 베이징에서 열리지 않게 된 일에 불만이 컸던 반면, 네웨이핑 등 바둑기사들은 장주주와 루이나이웨이를 대회에 참가시키는 문제에 대해 더욱 민감했다.……잉창치 선생은 비용 면에서 베이징보다 부담이 훨씬 적게 들어 상하이로 바꾼 것이라 해고, 제1회 대회는 이미 베이징에서 열렸으니 이번에는 장소를 좀 바꾸어 보는 것이 어떻겠냐고 했다. 그리고 우리는 장주주에 대해, 국가대표 선수 신분으로 미국으로 건너간 뒤에 돌아올 기간이 지나도 돌아오지 않아 중국 대표로 참가시킬 수는 없다고 하였는데, 잉창치 선생은 그런 사정을 왜 이제야 얘기하느냐면서 이미 장주주와 루이나이웨이에게 대회에 참가 허락을 했다고 했다."

주최측과 중국바둑협회와의 협상이 결렬되어 결국 제2회 잉창치배 세계바둑대회는 중국이 아닌 일본의 도쿄에서 열렸다. 나는 미리 가서 연구할 시간을 좀 가지려고 일본에 일찍 가고 싶었지만 내가 받은 것은 단기 비자였다. 그러나 어찌 되었든 2년 동안 서로 떨어져 있던 나이웨이와 결국 만나게 되었다.

나이웨이가 공항으로 마중 나오겠다고 하여 나는 공항에서의 감격스런 재회 장면을 상상했다. 그러나 입국장에는 나이웨이의 그림자도 보이지 않았다. 눈이 나쁜 나이웨이가 어딘가에 멍청하게 서있을 거라고 단정짓고 내가 찾아보기로 했다. 한참을 둘러보니 나이웨이가 대형 브라운관 앞에서 꼼짝 않고 서 있는 모습이 눈에 들어왔다. 브라운관에는 출구로 나오는 여행객들의 모습이 비춰지고 있었다. 이런 친구를 보았나, 그녀는 다른 사람만 보고 정작 나는 놓치고 만 것이다. 그것도 눈이라고?!

두 주뿐인 비자 유효 기간 안에 난 시합도 치르고 결혼 수속도 밟아야 했다. 결혼 수속은 보통 며칠씩 걸리는데 중국 대사관 직원들의 양해로 다행히 그 자리에서 처리할 수 있었다.

결혼식과 신혼여행 등에 관해서 나는 일찍이 많은 상상을 하고 있었다. 그런데 결혼이라는 인생 대사가 이렇게 후닥닥 처리되자 나이웨이는 서운해했고 나도 섭섭하게 느껴졌다. 파티를 열어 친구들과 함께할 생각도 했지만 시간이 너무 빡빡했고 더구나 시합을 앞두고 있어 그럴 만한 여유를 갖지 못했다.

니우리리牛力力 등 몇 명의 친구들은 우리의 행복을 진심으로 빌어주었다. 나는 그들의 연구회로 가서 왕리칭 등과 바둑을 두었다. 비록 대회에 임박해서 하는 연습이었지만 연습을 하지 않는 것보다는 나았다. 더구나 그 자리는 친구들의 우정으로 만들어진 자리였다. 니우리리는 요리 솜씨를 한껏 발휘했다. 어떤 요리는 레스토랑 요리보다 훨씬 더 근사하고 맛있어 보여 차마 손을 댈 수 없을 지경이었다. 훗날 아내가 달그락거리며 만든 요리를 맛있게 먹을 수 있는 날을 떠올리자니 살며시 웃음이 나는 것을 금할 수 없었다.

잉창치배 경기에서 나는 양재호 9단을 뽑았다. 내가 흑을 잡고 우변에서 적극적인 작전을 펼치며 시작하자마자 그의 돌을 먹어 치웠다. 전체적인 상황에서도 흑이 압도적으로 우세하다고 판단했다. 그러나 나는 상황을 제대로 장악하질 못했다. 몇 차례 공격이 바뀌면서 나는 자꾸 복잡한 상황으로 들어갔고, 복잡하면 할수록 더욱 제어가 되지 않아 결국 지고 말았다. 나는 상심했다. 난 지난 대회 8위라 2차전에서 막바로 올라왔기 때문에 이번 판에서 이기면 다시 8위 안에 들어 나이웨이와 만날 수 있었는데, 정말 애석하게 됐다. 나는 나이웨이가 이창호를 꺾기 어려울 것이라고 생각했지만 뜻밖에도 그녀는 실력을 잘 발휘하여 이창호와의 한판에서 아무도 예상하지 못한 승리를 끌어냈다.

잉창치배가 끝난 뒤에도 나는 미국에 계속 남아 바둑을 가르쳐야 한다. 나이웨이의 얼굴 한 번 보기도 쉽지 않은데, 이렇게 만나고도 함께 있을 수 없는 현실이 야속했다. 나는 미국 영주권을 신청하고 나서 나이웨이를 미국으로 불러야겠다고 결심했다.

미국으로 돌아와 영주권을 기다리며 나는 기보를 열심히 연구하기 시작했다. 언젠가 있을지 모를 프로 시합을 위해 열심히 준비해야 한다고 생각했기 때문이다. 특히 내가 계속해서 우세를 지키고 있다가 막판에 지고 만 양재호와의 시합을 생각하면 마음이 편치 않았다.

미국에 온 지 몇 년이 지나자 미국 바둑계의 사람들이 거의 나를 알게 되었다. 나는 미국 전역을 여행하며 미국 각 지역의 클럽에 가서 바둑을 두며 교류하고 싶었다. 나에게는 마크 사라본이라는 친한 친구가 한 명 있었는데, 1993년 그가 샌프란시스코로 와서 나에게 바둑을 배울 때 나는 그에게 내 생각을 내비쳤다. 그러자 그는 "언제 시간이 있는데? 말만 해. 언제든지 너와 동행해 줄게" 했다. 하루는 마크 사라본에게 "요새 시간 있는데, 어때, 우리 오늘 떠날까?"라고 제의했다. 그때 나는 시간이 좀 있긴 했지만 그날로 바로 떠나자는 뜻은 아니었다. 그저 농담 반 진담 반으로 제안한 것뿐이었다. 그날 자동차를 수리하고 있던 마크는 자동차 수리가 끝나자 그날로 나를 데리고 미국 여행길에 올랐다.

얼마쯤 가자 날이 어두워졌다. 마크는 "자동차는 주로 내가 몰게. 그러다가 너무 피곤해지면 네게 운전을 맡기지" 했다. 다음날 새벽 4시, 마크는 견딜 수 없었는지 핸들을 나에게 넘겨주었다. 미국 사람들은 함부로 다른 사람에게 핸들을 넘기지 않는 성향이 있어서 그는 핸들을 넘기기 전에 한 마디 했다. 자기 차의 보통 속도가 8, 90마일이라며 절대 80마일을 넘어서는 안 된다는 것이다. 나는 시간도 없는데 자기는 8, 90마일로 달렸으면서 나는 왜 안 된다는 건지 불만스러웠다. 게다가 그의 자동차에는 레이더가 있어서 경찰의 위치도 미리 알 수 있었다.

새벽녘, 고속도로에는 자동차가 적었고 달리다 보니 기분이 좋아졌다. 나는 점점 속도를 내다가 110마일까지 속도를 올렸다. 조그만 돌 하나에도 사고가 날 수 있는 속도였다. 문득 잠에서 깨어난 마크가 불같이 화를 냈다. "너는 9단이라면서 내 말을 알아듣지 못하니?" 나는 "8, 90마일을 넘으면 안 된다고 했지 백 마일을 넘으면 안 된다고 하지는 않았잖아"라며 위기를 넘기려고 했다. 그는 화가 나서 말도 안 나오는지 고개를 돌리고는 다시 잠에 빠져들었다. 그 후 우리 둘은 만나기만 하면 8, 90마일은 안 되고 넘으려면 백 마일은 넘어야 한다며 그때 일에 대해 농담을 주고받곤 했다. 그는 친구들에게 나를 소개하면서 이 사람이 바로 백 마일의 그 사람이라고 말했다. 그 5박 6일의 여행 동안 우리는 8천여 킬로를 달렸고 네 차례 바둑 지도를 했다.

가는 곳마다 지역 클럽과 연락을 취해 바둑을 두었다. 내내 운전을 한 터라 피곤했으므로 바둑을 둘 때는 몽롱했지만 수준이 낮은 지역 기사들과의 시합이라 그다지 힘들지 않고 이길 수 있었다.

한번은 새벽 5시에 한 클럽에 도착했는데 정말로 새벽 5시에 약속을 정하고 7시까지 바둑을 두었다. 미국인의 체력은 정말 굉장했다. 마크는 쉬지 않고 운전을 했으면서도 나보다 정신이 더 멀쩡했다.

시카고에서 나는 중국인 바둑 친구를 한 사람 만났는데 그는 나에게 지도비를 주면서 그의 한국인 친구와 바둑을 두어달라고 부탁했다. 그러면서 한 가지 부탁을 더 하는 것이었다. "인정사정을 봐주지 말고 두어주십시오." 나는 그 한국 친구에게 3점을 주고도 가볍게 두 판을 모두 이겼다. 나는 이해가 되지 않아 그 중국 친구에게 물었다. "왜 한국인을 위해 돈을 쓰려고 하지요?" 그가 대답했다. "내가 한국 사람에게 중국에도 강한 기사가 있다고 계속 이야기했지만 절대 믿지 않는 겁니다. 오늘 당신 때문에 내가 숨을 좀 돌리게 됐습니다. 이건 한국 사람을 위한 것이 아니라 우리 중국 사람을 위해 체면을 세운 것이거든요. 한국 사람들 인정하고 싶지 않아도 인정할 수밖에 없었을 겁니다."

시카고에서 나는 예전에 중국 기사였던 황리핑을 만났는데 우리는 이전 국가대표팀에 있을 때의 이야기를 나누며 향수에 젖었다. 정말 세상일이란 아무도 알 수가 없다. 거기서 우리는 또 양징을 만났는데 내가 마크에게 "양징의 수준도 상당히 높아. 어렸을 때 우리는 거의 비슷했어"라고 말하니 마크는 내가 또 농담을 하는 줄 알고 "어렸을 때는 나도 너랑 거의 비슷했어"라고 했다. 자신만만하게 양징과 시합을 벌인 마크는 양징에게 참패당했다. 그는 이해하지 못하겠다는 듯 "어떻게 미국에 이렇게 수준 높은 중국 기사가 많은 거지?"라고 했다.

이렇게 한편으론 구경을 하고 한편으론 바둑을 두면서 나는 미국 각지의 바둑 현황에 대해 대략적으로 이해할 수 있었으며 더불어 나 자신을 위한 광고 효과도 보았다. 모두에게 "중국의 9단 기사 장주주가 왔다"는 것을 알린 것이다. 그 여행에서 나는 참으로 얻은 것이 많았다.

미국에서 처음으로
프로 대회를 만들다

　1991년부터 '잉창치바둑기금회'는 미국바둑협회에 찬조를 하기 시작했다. 이 찬조금은 경비와 기자재를 모두 합해 10만 달러에 달했는데, 잉창치배 아마추어 대회를 보급하고 개최하는 데 썼다. 이런 상황에서 우리는 미국아마추어바둑협회(간략하게 'AGA'라고 부른다)와 함께 프로와 아마추어가 협력하여 사람들의 관심을 끌 수 있는 활동을 벌일 만한 것이 없을까 상의했다. 프로 바둑협회 단독으로 활동을 벌인다면 미국 각지에 떨어져 살고 있는 많지 않은 바둑기사들이 한데 모이는 데만도 경비가 크게 들 것이었다.

　바둑기사인 나는 미국에서 정기적으로 보수를 받을 곳이 없었으며 수입은 기본적으로 바둑 보급 활동 중에 얻은 지도비가 고작이었다. 1992년 이후 나는 인터넷에서 바둑을 두기 시작했다. 당시에는 여건상 한계가 있어서 맨 처음 시작은 두 대의 컴퓨터가 서로 접속해서 바둑을 두었고, 많아야 몇 대 정도가 접속할 수 있었다. 인터넷이 널리 보급되자 미국에서 IGS 같은 바둑 사이트가 생겼는데, 이것은 흑백으로 디자인도 세련되지 못했고 좌표에 따라 두어야 했다. 컴퓨터 기술의 신속한 발전에 따라 바둑 프로그램은 갈수록 보기 좋아졌으며 갈수록 개선되었다. 컴퓨터상에 나의 학생들도 많아졌다.

그걸 보며 나는 프로 기사들의 예선전도 인터넷을 이용해 진행할 수 있다는 생각을 했다. 인터넷상에서 시합을 벌이면 우리는 더 많은 프로 시합을 만들 수 있고, 미국 바둑의 발전을 촉진할 수 있으며, 또한 경비를 많이 줄일 수 있을 것이라 생각했다. 뉴욕으로 가서 당시 미국바둑협회의 부대표인 린전다오林振道 선생과 한차례 상의를 거쳐 미국 프로 바둑대회의 구체적인 일정을 이야기했다. 바둑 시합은 인터넷을 통해 예선을 진행하고, 결선은 전미 바둑대회에서 한다는 것이었다. 이렇게 1995년 제1회 북미(허샤오런은 캐나다에서 왔기 때문이다) 프로 바둑대회를 열었다.

1996년 미국 바둑 총회에서 우리는 정식으로 미국의 첫 번째 프로 바둑협회를 창립했는데, 회장으로는 차민수 선생, 대표에는 바둑 애호가인 한 변호사가 되었다. 나는 심부름을 하거나 모두에게 연락을 하는 등 사무적인 일을 했다. 처음 시작했을 때 우리는 차민수 선생, 나, 나이웨이, 양이룬, 마크 레이먼, 제임스 캐빈, 제니스 김과 몇 명의 중국에서 온 기사 등 모두 열한 명이었다. 이때는 이미 영주권을 받아 일본에 있던 나이웨이를 데리고 돌아와 미국에서 함께 지내고 있을 때였다. 인원도 많지 않고 전체적인 수준도 그렇게 높은 것은 아니었으나 우리 모두에게는 하나의 공통된 목표가 있었다. 바로 미국에서 바둑을 보급하고 바둑을 발전시키는 일을 하자는 것이었다. 우리는 프로 시합을 만들어서 미국의 바둑 활동이 보다 정규화, 프로화되기를 바랐다. 미국아마추어바둑협회의 책임자들은 마침내 자신들의 프로 바둑협회를 가지게 되었다며 기뻐했다.

그 당시 모두들 자신감에 넘쳐 만약 세계 바둑에 4강이 있다면 미국바둑협회도 그 중 한자리를 차지해야 한다고 말했다. 한중일 세 나라가 바둑 강국으로 팽팽하게 세력을 형성하고 있으니 그들과 비교할 수는 없지만 타이베이바둑협회와는 견주어보고 싶었다. 타이베이바둑협회의 성립 시기가 우리보다 먼저이고 인원 수도 우리보다 많았지만 그들과 한번 실력을 겨뤄볼 수 있다고 생각했다.

타이베이바둑협회도 흔쾌히 우리와의 시합에 동의했다. 우리는 두 차례 순환 시합을 가졌는데, 경비에 관해서는 타이베이에서 일부를 내고 우리도 일부분을 내기로 했다. 타이베이 쪽에서는 비교적 순조롭게 경비를 마련할 수 있었지만 우리는 좀 어렵다는 생각이 들었다. 차민수 선생이 "경비는 모두 각자 나누어 구해 보고 정말로 안 될 때는 내가 부담하겠다"고 했다. 우리는 만약 우리가 이긴다면 타이베이에서 낸 돈까지 받을 수 있으니까 회장 차민수 선생의 돈을 쓰지 않아도 될 거라며 그의 호의를 일단은 받아들였다. 결국 시합에서 우리가 이겼다.

인터넷을 통해 진행된 우리와 타이베이의 시합은 반응이 썩 좋았다. 많은 바둑 애호가들의 관심을 불러일으키며 먼 유럽의 기사들에게도 참가 신청을 받았다. 북미프로바둑챔피언십은 줄곧 이러한 형식으로 진행되었고 시합 과정을 인터넷상에 띄우기도 했다.

1996년, 한국에서는 LG배 세계기왕전이 열렸다. 미국프로바둑협회는 프로 대회에서 줄곧 우승을 차지하는 등 미국에서의 성적이 비교적 뛰어난 나를 미국 대표로 참가시키기로 결정했다. 한동안 세계 대회에 참가하지 않았던 나는 내심 자신이 없었다. 잘해야겠다고 생각하고 있었지만 어떻게 해야 할지 감이 잡히지 않았다.

1차전에서 나는 유시훈을 뽑았다. 포석이 시작된 지 얼마 되지 않아 뭔가 순조롭게 풀리지 않으며 수가 전혀 없다는 느낌이 들었다. 정오가 되자 나는 식욕이 없고 속이 더부룩해 식사를 하지 않고 누워서 쉬었다. 대회에 따라왔던 나이웨이가 내 등을 두드려주자 스르르 잠이 들었다. 나이웨이가 나를 깨웠을 때 속이 좀 편해진 것 같았다. 나는 속으로 유시훈에게도 빈틈은 있을 거라 생각하며 완만한 포석을 두면서 기회를 기다려야겠다고 마음먹었다. 어쨌든 시간을 끌며 포석을 더 오래 유지한 다음 기회를 보아 행동해야겠다고 생각했다.

오후 시합이 시작되었다. 나는 내가 교착 상태에 빠진 것은 아니라는 확신을 갖고 나에게 가장 좋은 저항 방법을 찾았다. 게다가 나는 아직 승률에 여유가 있었고, 상대방은 성공에 급급한 상황이었다. 그래서 그는 오랜 공격에도 성과가 없었을 뿐 아니라 도리어 잠재력마저 잃고 말았다. 큰끝내기 단계가 되어 우리 둘은 모두 초읽기에 들어갔다. 종반의 미세한 상황에서 내가 몇 개의 큰끝내기를 차지하자 나의 우세가 분명해졌다. 결국 나는 4집 반으로 승리를 거두었다.

일본에서 좋은 성적으로 타이틀을 딴 적이 있는 유시훈을 이길 수 있어서 나는 기뻤다. 아마도 그가 부주의한 틈을 비집고 이긴 것이었겠지만 바둑은 분명 내가 이겼다. 이제 다시 바둑을 둘 수 있겠다는 자신감이 생겼다. 비록 오랫동안 수준 높은 세계 대회에 참가하지 못했었지만 앞으로의 가능성은 있어 보였다.

2차전에서 나는 오랜 친구인 천린신陳臨新과 만났다. 국가대표팀에 있었던 마지막 몇 년 동안 우리는 룸메이트였다. 그의 물건은 항상 질서정연하게 정리되어 있었고 나는 엉망진창이었다. 그 판에서 나는 국면이 혼란스러운 중 천린신이 약해진 틈에 기회를 잡았다. 천린신을 이기고 나자 나는 8위 안에 진입하게 되었다. 8위 안에는 한국인이 5명, 일본의 고바야시 사토루, 중국의 마샤오춘과 미국 대표인 내가 들어 있었다. 마샤오춘은 농담으로 이번에는 중국, 일본, 미국이 연합해서 한국이라는 높은 산을 넘어야겠다고 했다.

나는 유창혁의 기보를 많이 찾아와 연구하고 시간을 쪼개 작전을 짰다. 유창혁의 기보를 보며 나는 기보를 얼마나 많이 보느냐가 중요한 것이 아니라 시합에서 실력 발휘를 얼마나 잘할 수 있느냐에 달렸다는 생각이 들었다.

나보다 수준이 높은 유창혁과의 대국에서 포석이 좋지 못했다. 중반에 나에게 기회가 왔었지만 한 번에 그를 무너뜨릴 수 있을 정도는 아니어서 천천히 해결하면서 가야 했는데, 내가 잘 처리하지 못하자 곧 유창혁의 흑이 우세를 드러냈다.

유창혁에게 지자 나는 심리적으로 큰 타격을 받았다. 수준 높은 기사들과의 실력 차이가 갈수록 벌어지고 있는 걸 느끼며 계속 이렇게 가다간 큰일이라는 생각을 했다.

브라운 선생

샌프란시스코 클럽에 있을 때 시종 나를 지지해 주었던 사람은 클럽의 회장 어니스티 브라운 선생이었다. 그가 어느 날 직접 나서서 나에게 클럽으로 와서 바둑을 가르쳐달라고 부탁했다. 브라운 선생은 심리학 박사로, 오랫동안 비행청소년의 교육 사업에 종사하면서 동시에 바둑 애호가로서 바둑 보급 사업에 힘을 쏟고 있었다. 브라운 선생과 샌프란시스코 정부는 관계가 좋았다. 쓰촨성 대표단이 미국을 방문한 것도 바로 그가 연락하고 추진시킨 일이었다.

샌프란시스코는 중국의 상하이와 자매결연한 도시이다. 1998년 9월 말 샌프란시스코 시장이 상하이를 방문했을 때 우리는 교류 항목에 바둑 방면의 교류를 늘리도록 건의하며 그에 따른 도움을 주었다. 시장은 중국의 상하이나 일본의 오사카 같은 자매 도시의 시장들 모두가 바둑에 조예가 깊다는 것을 알고 급하게 나와 나이웨이에게 바둑에 관한 기본 지식을 가르쳐달라고 했다. 우리는 샌프란시스코 시 정부 관리에게 바둑을 소개하면서 대중 매체의 관심을 불러일으켜 미국에서의 바둑의 지명도를 넓히는 효과를 얻었다. 이후 중국 내 바둑계 인사들을 바둑 지도차 미국으로 초청하는 일도 편리해졌다. 일이 있을 때마다 협회에서 방문 초청장을 보내주었을 뿐 아니라 가끔씩 시장의 초청장까지 첨부할 수 있었다.

나와 브라운 선생은 오랫동안 함께 어린 학생에게 바둑을 보급하는 일에서 서로 협력했다. 아이들은 모두 어린이 마음을 이해하는 유머 있는 브라운 선생의 수업을 좋아했다. 우리는 또한 함께 세계청소년바둑대회를 성공적으로 개최했는데, 중국의 저우허양周鶴洋과 한국의 이세돌 등도 이 대회에 참가했다.

브라운 선생은 물심양면으로 나를 도와주었고 우리는 서로 유쾌하게 협조해 나갔다. 미국에서는 몇 사람이 밥을 먹으러 가면 모두 AA제, 즉 각자 부담하는 것이 보편적이다. 그러나 나와 브라운 선생은 중국 사람처럼 편한 대로 돈 있는 사람이 식사비를 냈다. 그해 나이웨이의 부모님이 미국을 방문했을 때 그들은 덩치 큰 흑인과 사귀는 것이 재미있다며 브라운 선생과 친하게 지냈고, 그는 항상 우리가 밥 먹을 때를 '딱 맞춰' 오곤 했다. 브라운 선생은 중국 문화에 관심이 많아서 일찍이 미국 프로 바둑 대표단으로 중국을 방문하기도 했다.

미국 바둑팀을 이끌고 중국을 방문하다

　미국에서 바둑 활동을 하고 있을 때 미국 친구들은 나에게 중국의 바둑 상황에 대해 자주 묻곤 했다. 그들은 주로 일본 바둑의 영향을 받아서 중국의 바둑 상황에 대해서는 잘 알지 못했기 때문이다. 알고 싶은 것이 너무 많았으므로, 사람들은 바둑 대표단을 조직해서 중국 여행도 할 겸 바둑의 고향에 가보는 것도 괜찮겠다는 의견을 제시했다. 바둑단을 조직해서 중국에 가려면 여행비, 비자 등 신경 써야 할 점이 한둘이 아니었으므로 생각은 있었으나 매번 실행에 옮기지를 못했다. 난 미국 영주권을 받은 후에 일본에 건너가 나이웨이와 지내다가 미국으로 다시 왔었다. 나이웨이와 함께 미국에 온 후 우리는 미국 바둑 대표단을 데리고 중국을 방문하는 문제를 심각하게 의논하기 시작했다. 비록 어려움이 많기는 하지만 한

번 해보는 것도 의미가 있을 듯했으며, 미국 사람들에게 중국의 바둑 상황에 대한 올바른 이해를 도와줄 필요가 있다고 생각했다.

1998년 초, 우리는 14명으로 구성된 미국 아마추어 바둑 대표단을 조직했다. 떠나기 직전 샌프란시스코의 중국계 신문기자가 취재를 나왔다. 그러자 미국인 바둑 친구들은 기뻐했다. 평생 신문에 한 번 나올까 말까 한데 아직 출국도 하기 전에 벌써 기자가 취재를 하러 오다니 정말 대단한 일이라고 흥분했다.

대표단의 첫 번째 방문지는 베이징이었다. 우리가 베이징에서 중국 기원을 방문했을 때는 마침 명인전 예선이 열리고 있었다. 명인전까지 볼 수 있게 된 대표단은 너무 좋아했다. 나는 그들에게 시합장을 다닐 때는 주의해야 하며 기사들의 시합에 방해를 주어서는 안 된다고 일러주었다. 그러자 그들은 어떻게 해야 시합에 방해를 주지 않느냐며 진지하게 여러 가지 세부적인 것까지 물어왔다. 어떤 친구는 오전 내내 네 판을 기록하느라 바빴다. 시간이 없어 제대로 기록할 수 없으면 동그라미를 그려 표시하기도 했다. 어떤 사람은 흥분해서 '명인들'과 사진을 찍을 수 없겠느냐고 물었다. 대회에 참가한 기사들도 순간 그렇게 많은 '진짜' 외국인을 보자 놀랐으며, 금발 머리에 파란 눈을 가진 사람들이 바둑을 둘 줄 안다는 사실이 믿기지 않은 듯했다. 더구나 그들이 중국 기사의 상황에 대해 잘 알고 있다는 것에 더 놀랐다.

천주더 선생이 미국 대표단에게 바둑을 가르치고 있을 때 중앙TV의 기자가 취재를 나왔다. 그러자 대표단은 기뻐서 어쩔 줄 몰라 했다. 중국의 대표적인 언론사인 중앙TV가 취재까지 하러 나왔으니 얼마나 흥분되었겠는가. 기원에서 대표단에게 바둑을 좋아하는 사회 명사와의 바둑을 주선해 주자 그들은 흥분해서 얼굴에 홍조를 띠었다.

상하이에서도 대표단은 따뜻한 접대를 받았다. 특히 자딩嘉定의 친절과 우호는 대표단 친구들에게 지워지지 않을 인상을 남겼다. 나와 나이웨이에게 자딩은 고향 집과 같았다. 우리는 자딩과 저우 스화周時華 선생에게 깊은 감동을 받았다.

그 활동으로 많은 미국 기사들이 중국 바둑의 융성함을 알게 되었으며, 미국으로 돌아온 후 흥미진진하게 토론하며 각자 중국 바둑에 대한 느낌을 발표했다. 이번 활동이 좋은 결실을 맺자 우리는 앞으로 매년 한 번씩 열어야겠다는 생각을 갖게 되었다. 1999년 우리가 한국으로 온 후 이 활동은 안타깝게 중단될 수밖에 없었다. 그러나 나중에 기회가 있다면 다시 할 생각이다. 이런 활동은 중국 바둑을 미국에 널리 알릴 수 있는 의미 있는 일이기 때문이다.

루이나이웨이와 가정을 꾸려가다

미국으로 옮겨온 후 나는 계속 샌프란시스코에서 바둑 보급하는 일에 전념했다. 성인반 바둑 지도 외에 어린이반도 개설했다. 바둑 보급은 아이들로 하여금 어려서부터 바둑을 이해하고 사랑하게 하는 일로 시작해야 한다. 아이들을 가르치기 시작하면 학부형들까지 바둑을 배우게 할 수 있는 좋은 계기가 된다. 그 밖에 현실적이고 중요한 문제는 바둑 지도가 내 생활에 중요한 부분이 되었으므로 학생들이 많으면 많을수록 좋다는 것이었다.

나이웨이와 함께 일본에서 막 돌아온 나는 그렇게 바둑 수업이 많은 건 아니었어도 나이웨이와 일을 분담하기로 했다. 그녀는 집에서 집안일을 하며 바둑을 두거나 그 밖의 은행 갈 일이나 수표 처리 같은 일을 했다. 다행히 이번에 미국에 오니 안정된 느낌이 들면

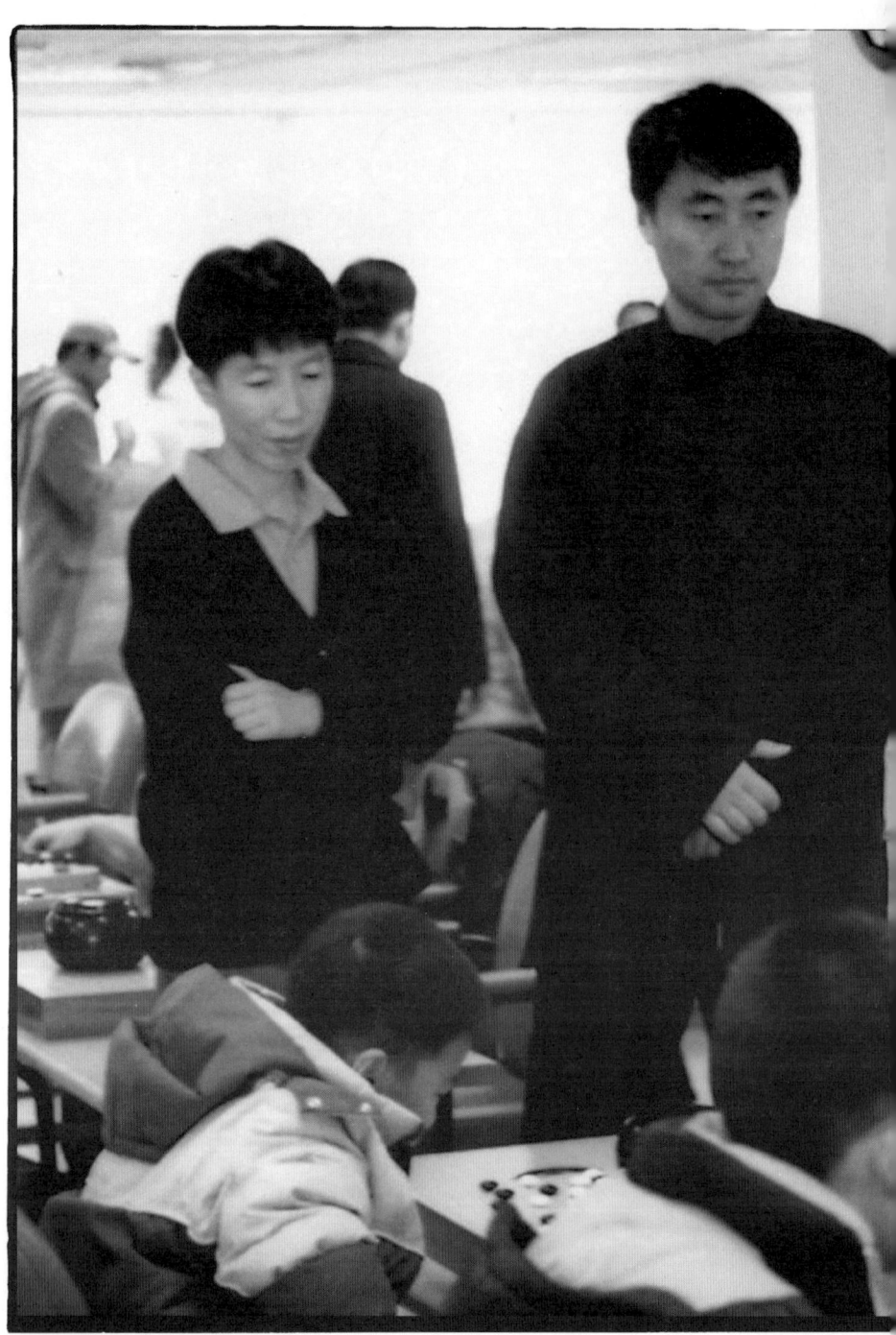

바둑 두는 아이들을 보면 순간적으로 옛 생각에 빠진다.

서 여기가 우리 둘이서 가정을 이루며 살 곳이라는 생각이 들었다. 비록 은행 대출로 산 집이었지만 어쨌든 우리가 산 집이 분명했다. 다른 사람 집에 사는 것은 결코 안정적이지 못했다. 집은 샌프란시스코의 실리콘밸리에 위치하고 있었는데, 우선 환경이 좋고 바둑을 좋아하는 사람이 비교적 많이 살고 있는 곳이었다.

그렇게 바쁜 와중에도 시간이 나면 책을 보며 바둑을 연구했다. 그러나 마음이 불안해 반나절을 봐도 무엇을 봤는지 머리에 조금도 들어오지 않았다. 이렇게 하다가 포기하게 되는 것은 아닐까 걱정되기도 했다. 지금 생각해 보면 반나절씩 책을 보았던 것은 좋은 훈련이었다. 만약 그때 아무것도 보지 않았더라면 완전히 끝이었을 것이다. 한동안 내가 책을 거의 보지 않자 나이웨이가 독촉을 했다. 우리는 이렇게 서로를 격려하고 서로의 주의를 환기시키면서 기력이 바닥까지 미끄러지지 않게 붙들어주었다. 기력은 당연히 많이 하락했지만, 그러나 방치해 두었더라면 아마 더욱 낭패가 되었을 것이다.

그 당시 생각으로는 한국에 가서 바둑을 두는 것이 별로 실현될 수 없을 거 같아 우리는 미국에서 장기적으로 생활할 계획을 세웠다. 기왕 다른 일에 흥미가 없다면 바둑 보급 쪽 일을 키워야 했다. 그래서 어린아이에게 바둑을 가르치기 시작했다. 전에 나는 샌프란시스코 부근의 오클랜드와 버클리에서 어린아이들을 가르친 적이 있었다. 그곳은 대부분 서민 지역으로 흑인 어린이들이 많았다. 교사와 학부형들은 아이들이 하는 일 없이 빈둥거리는 것을 막고 마약에 빠져드는 걸 방지하기 위해서 될 수 있는 한 아이들에게 문화

수업을 권장했는데 바둑이 그 중 한 가지였다. 그러나 오랜 기간 그 지역에서 바둑을 지도했지만 바둑 두는 아이는 여전히 별로 늘지 않았다.

샌프란시스코의 실리콘벨리에서 우리는 먼저 아이들의 시합을 열었다. 아이들은 누구나 이기고 지는 경기를 좋아하기 때문에 시합은 그들의 적극성을 자극할 수 있었다. 전에 매년 초에는 성인들의 주주배 바둑 시합이 있었는데 그때 이미 연속으로 8회나 열리고 있었다. 제1회 어린이 시합은 40명이 되지 않았다. 우리는 어린이 아마추어 학교의 수많은 교사들과 학부형들을 찾아가 참관을 유도했고 반응 또한 좋았다. 특히 중국인들은 아이들이 조상의 문화와 접촉하기를 원했다. 우리는 또 중국어 교실과 바둑 교실을 공동으로 주관하며 어린이 바둑 교육에 대한 초보적인 일을 시작했다.

나이웨이는 아이들이 내 말을 듣지 않을까 봐 걱정했지만 나는 아이들을 휘어잡을 수 있다고 자신했다. 나는 바둑을 가르친 경험이 상대적으로 좀 많았고 게다가 키가 큰 사람을 무서워하는 아이들에게 내 모습은 충분히 위압감을 줄 수 있었다. 아이들이 너무 소란스러울 때면 나는 바둑판과 돌을 가리키기도 했는데 아이들은 눈치를 보다가 착하게 앉았다. 다행히 학부형들이 비교적 협조적이어서 어린이 바둑 교실은 순조롭게 진행되었다.

안타까운 것은 매주 한 차례 있는 바둑 시간 외에는 6일 동안 관리하고 감독할 수 없다는 것과 숙제를 많이 내주는 것도 마땅하지 않다는 것이었다. 우리는 고민 끝에 바둑 수업을 듣는 아이에게 반드시 바둑 도구를 준비하게 했다. 집에 바둑 도구가 있으면 아이들은 사람을 찾아서 함께 바둑을 둘 수 있으며 친구도 사귈 수 있고, 그 밖에 부모와 함께 둘 수도 있는 등 몇 가지 점에서 계속 바둑에 관심을 갖게 하는 좋은 방법일 것 같았다. 미국에서는 아이들의 취미 학습에 부모들도 참여할 것을 권장한다. 취미 활동을 하는 동안 부모와 아이들 사이에 감정 교류를 증진시킬 수 있기 때문이다. 이 방법은 곧 효과가 나타나 학생들이 바둑을 배우자 그들의 부모들도 역시 바둑을 배웠다. 만약 부모가 조금 할 줄 아는 사람이라면 아이들을 가르칠 수 있기 때문에 효과는 더욱 좋았다.

우리는 반년에 한 번 어린이 시합을 열었다. 처음에는 30명을 조금 넘었던 것이 두 번째는 88명이 되었으며, 세 번째 대회에는 120명, 2000년 초 시합은 140명에 이르렀다. 나중에 우리가 한국으로 가게 되면서 우리들은 아이들과 학부형들에게 찾아가 인사를 했다. "정말 미안하게 됐습니다. 나와 아내 모두 시합을 너무 하고 싶습니다. 한국으로 가서 바둑을 둘 수 있게 되는 것은 쉽게 찾아오는 기회가 아니기 때문에 어쩔 수 없게 되었습니다. 여러분에게 미안하게 생각할 따름입니다." 실력이 나날이 늘어가고 기력 역시 발전하고 있는 아이들을 보고 있자니 우리는 헤어지기 섭섭했다. 어떻게 할까 걱정하다가 전에 성인반 학생이었던 사람에게 대신 수업해 줄 것을 부탁했다. 수업을 대신한 몇몇 교사의 교육 방법이 좋아서 학생들은 갈수록 많아졌다.

1999년 4월 우리가 한국으로 온 다음 1년 동안 나는 대여섯 차례 미국을 방문할 기회가 있었다. 그럴 때마다 매번 아이들과 학부형들이 "선생님 언제 돌아오실 수 있으세요? 언제 수준 높은 선생님이 와서 지도를 하실 수 있죠?" 하고 물었다. 나는 우리 형 장밍주를 떠올렸다. 그는 미국의 바둑 교육에 대해 비교적 이해가 깊었고 수준도 높은 편이었다. 내가 미국에서 학생들을 소집하여 훈련을 실시하고 있을 때 형 장밍주가 두 차례 미국으로 건너와 반년씩 머물면서 나를 도와준 적이 있었다. 그는 프로 7단이었다. 나중에 청두 사람인 형수와 결혼하여 청두의 추롱 기예 출판사에서 일을 했었지만, 우리가 한국에 온 후에 미국 학생들이 걱정되어 형에게 부탁하자 힘든 수속을 마치고 2000년 7월에 미국으로 건너갔다.

내가 가르쳤던 학생들 가운데 데니슨이라는 아이는 지금까지도 바둑 공부를 계속하고 있고, 미국 내의 시합에서 계속 두각을 나타내고 있다. 더구나 미국을 대표하여 세계청소년바둑대회에 참가할 기회를 얻었다는 얘기를 들으니 나는 더없이 기뻤다. 비록 그의 수준이 아직 중국에서 가르친 같은 또래의 어린이와 비교할 정도는 아니라 해도 바둑을 사랑하는 그 모습에 보람을 느낀다.

우리는 장리라는 한국계 어린이를 가르친 적도 있었다. 그의 성적은 미국 청소년 가운데 가장 뛰어났고 프로 기사가 될 만한 잠재력을 충분히 가지고 있었다. 나중에 그는 마크 레이먼의 문하에서 사사받았으며 한동안 일본에서 바둑을 배우기도 했다. 여러 가지 이유로 중도에 바둑을 그만두고 공부를 택했는데 참으로 안타까운 일이다.

우리는 한국에서 바둑을 두게 된 기회를 소중하게 생각한다. 그래서 바둑 지도 일을 될 수 있는 한 하지 않으려고 한다. 그러나 전미 바둑대회와 주주배 같은 활동 등 미국에서의 활동에는 여전히 가능한 한 참가하려고 한다. 주주배는 이미 8회나 연속해서 열렸는데, 전미 바둑대회를 빼놓고는 미국에서 규모가 가장 큰 대회로, 백여 명 가까이 참가하며 이제 성인 부문에서 청소년 부문으로까지 확대 발전했다. 1회, 2회는 내가 바둑을 지도해서 번 수입의 일부분을 상금으로 기부했다. 비록 많지는 않았지만 바둑 친구들 모두가 나를 지지했다. 3회 때부터 미국 '잉창치바둑기금회'에서 상금을 찬조하기 시작하면서 주주배의 수준도 올라갔다. 2000년 대회에는 2백여 명이 참가했는데 전미 바둑대회의 규모와 같았다. 우리는 한 회 한 회 계속해 나가며 미국에서 더 많은 사람들에게 바둑을 보급하자고 결심했다.

어린이 대회를 준비하는 과정에서 나를 특별히 감동시킨 몇 가지 사건이 있다. 아이들의 부모는 대부분이 중국 대륙에서 건너온 사람들로, 그들은 많건 적건 당시 중일 슈퍼대항전에 관해 알고 있었다. 그들은 나와 나이웨이의 이름을 알고 있어서 만나면 우리에게 반갑게 인사했다.

우리는 한계가 있는 경비로 아이들에게 더 많은 상품을 주려고 애썼으며, 플랜 카드 작성, 성적 관리 등을 가능하면 나와 나이웨이가 직접 하면서 사람을 고용할 돈을 절약했다. 그러나 일이 너무 많아 다 할 수 없어 공식 행사를 자주 지연시키곤 했다. 그래서 우리는 학부형들 중에서 자원봉사자를 모집하는 방법을 생각해 냈다. 시합 때마다 10명이 넘는 자원봉사자를 모집하는데, 만약 시합이 8개조로 나뉘면 8명의 자원봉사자가 아이들의 입장, 선정하기, 대국 후의 점수, 바둑 정리 등을 책임지고 또 어떤 학부형은 성적을 컴퓨터에 기입하고 결과를 붙이는 일을 했다. 대부분이 성공적으로 일을 했으며, 평소 직장 일로 바빴지만 아이들을 위해서는 기꺼이 시간을 내어 자원봉사를 했다. 그들은 인내심이 있었고 또 친절했다. 만약 학부형들의 적극적인 도움 없이 우리 둘의 힘에만 의지했더라면 어린이 대회는 치르지 못했을 것이며, 적어도 많은 돈을 쓸 수밖에 없었을 것이다.

샌프란시스코의 실리콘벨리에는 역사가 오래된 바둑클럽이 하나 있는데 루이더 오거스틴이라는 본토박이 미국인이 1년 동안 책임자로 있었다. 그는 컴퓨터 엔지니어로 중국 문화와 바둑을 좋아하였으며 중국어를 좀 할 줄 알았다. 우리가 매 차례 대회를 준비할 때마다 그는 없어서는 안 되는 인물이었다. 그가 컴퓨터상의 도표를 책임졌기 때문이다. 그 몇 년 동안 그는 줄곧 우리를 위해 자원봉사를 했다. 한번은 그에게 바둑 프로그램 하나를 부탁했는데 그는 "만약 돈을 벌기 위한 일이라면 내 수고비는 굉장히 비싸. 너희 바둑협회가 이런 비용을 부담할 수는 없을 거야. 그러나 너희를 위해 무료로 봉사해 줄게"라고 했다. 루이더 오거스틴이 우리를 많이 도와주었으므로 우리 모두 그를 '미국의 레이펑(인민을 위해 봉사하길 즐겼던 중국의 영웅—편주)' 이라고 불렀다.

아이들을 가르치다 보면 재미있는 일이 자주 생긴다. 아이들의 집을 방문하여 그룹 수업을 할 때면 그들은 활기에 넘쳤다. 상대를 정해 줄 때면 그들의 말은 묘해진다. 만약 내가 자기보다 강한 상대를 배정하면 "선생님, 안 돼요, 얘는 너무 어려워요"라고 하고 만약 좀 약한 상대를 배정하면 "선생님, 안 돼요, 얘는 너무 쉬워요"라고 했다. 모두 다 중국어를 잘하지 못하기 때문이다. 아이들은 활달하고 귀여우며 사고 방식 또한 어른과 달라서 언제 어떤 문제를 묻더라도 다 함께 손을 든다. 중국에서는 모두 부족한 점을 지적하는 것에 익숙하지만 미국에서는 이와는 반대로 학생의 좋은 점을 말해주는 것이 중요하다. 어디가 나쁘다고 지적하면 자존심 상해했다. 한번은 아이들에게 "앞으로 나와 돌을 놓아볼 사람?" 하자 순식간에 모두 손을 번쩍 들었다. 한 아이가 검은 돌을 전혀 관계없는 곳에 두었다. 그 아이는 바둑을 전혀 모르는 채 그저 호기심만 갖고 그렇게 두는 것 같았다. 그러나 나는 그에게 잘못 놓았다고 할 수 없어서 먼저 똑똑하고 용감하다고 칭찬한 후 "검은 돌을 여기에 둔 것은 흰 돌을 죽이기 위해서니 아니면 다른 목적이 있어서니?"라고 물었다. 그는 "나는 여기에 두는 것이 좋다고 생각해요." 이런 대답을 듣고도 나는 그를 계속 격려하며 "여기다 두어도 좋겠지만 가장 잘 놓았다고는 볼 수 없어." 그러다 누군가 맞는 대답을 하면 나는 당연히 긍정했다. 그렇게 되면 잘못 대답했던 아이가 다시 손을 들어 "선생님 내 대답이 잘못된 건가요?"라고 묻는다. 나는 "네 답도 좋지만 저 애의 답이 더 좋단다"라고 대답해 주었다. 그러면 그 아이는 만족하는 것 같았고 모두 편안하게 받아들였다.

다음 생에도 바둑을 두고 싶다

　미국에서의 바쁜 생활 속에서도 마음 한구석에 자리잡은 한 가지 근심거리는 사라지지 않았다. 나는 나의 프로 기사 생활이 4, 50살까지는 지속할 수 있을 것이라 생각했었다. 그런데 30살도 안 된 나이에 이렇게 끝나게 될 줄은 상상도 못했던 것이다. 바둑을 보급하는 일도 의미가 있겠지만, 어려서 바둑을 시작해 바둑을 위해서만 노력해 온 오랜 세월과 죽는 날까지 바둑기사로 살기를 희망했던 지난날을 생각하면 가슴이 답답해 왔다.

　미국에 있는 몇 년 동안 바둑 지도에서는 큰 성과를 올렸다고 할 수 있다. 그러나 나와 나이웨이 모두 바둑 두는 것을 좋아하기 때문에 아무리 기쁜 일이 많이 생겨도 남모르는 안타까움과 서운함을 가질 수밖에 없었다. 지구촌 반대편에서 바둑 열기로 들썩거리는 것을 보면서 관전만 할 수 있고 바둑을 둘 수는 없는 현실에 몹시 괴로웠다.

한동안 나이웨이의 심리 상태가 불안정했으므로 우리는 기분 전환도 할 겸 상영중인 「타이타닉」을 보러 갔다. 영화를 보고 나서 우리는 바로 집으로 돌아와 쉬었다. 잠자리에 들었던 나이웨이가 갑자기 엉엉 울며 잠꼬대를 했다. "큰일났어, 배가 곧 침몰하려고 해!" 나는 잠이 덜 깬 상태로 나이웨이를 위로했다. "괜찮아, 배가 침몰해도 우리는 구출될 수 있을 거야." 그러자 나이웨이가 소리쳤다. "그래서 당신을 부르는 거야. 빨리 와서 바둑을 둬야 해." 나는 배가 침몰하는 것과 바둑이 무슨 관계가 있다는 건지 알 수 없었다. 그녀는 계속 소리쳤다. "빨리 와서 바둑을 두어요, 배가 침몰하더라도 다음 생에 다시 기사로 태어날 수 있게." 잠결에 소리치다가 나이웨이는 잠에서 깨어났다. 그녀는 방금 전 잠결에 했던 말을 생각해 내었고, 우리는 가슴이 저며오는 슬픔을 같이 느껴야 했다. 나는 그녀가 나보다 더 바둑을 좋아하나 보다 생각했다. 꿈속이지만 '타이타닉 호'가 침몰하여 목숨이 경각에 달려 있는데도 나이웨이는 바둑 둘 생각을 하고 있었던 것이다.

우리는 항상 일확천금을 꿈꾼다. 어느 날 생각지도 않은 복권에 당첨되어 생활비 걱정 없이 바둑만 둘 수 있다면 얼마나 좋을까 그려본다. 돈이 많으면 중국과 일본, 그리고 한국의 기원 부근에 각각 집을 사서 하루 종일 기원에 살면서 다른 나라 시합을 관전하러 여행을 다닐 수도 있을 것이다. 아무리 생각해 보고, 이리저리 얘기를 나눠봐도 우리가 제일 하고 싶은 일은 역시 바둑이었다. 안정적으로 바둑을 둘 수 있어야만 비로소 바둑 보급을 위해 온 힘을 기울여

아이들에게 바둑을 가르친다든지 하는 그 다음 생활을 생각해 볼
수 있는 것이다.

(차민수) 선생과 도박

미국에 온 후 사느라 바빴으므로 나는 바둑을 갈고 닦을 시간이 거의 없었다. 1991년 나는 미국을 방문한 쓰촨의 기사를 수행하다가 라스베이거스의 아마추어 바둑 경기에서 시합을 갖기로 했다. 그것은 미국에 있는 한국의 바둑기사 차민수 4단과의 시범경기였다. 오랫동안 바둑을 두지 않아 처음에는 좀 걱정을 했다. 내가 잘 둘 수 있을지 의문이었고, 지게 되면 망신이었기 때문이다. 그러나 그 판에서 나는 정신없이 공격해 들어가 마구 부수어 차민수 선생을 눌렀다. 그날 차민수 선생은 양복을 입고 구두를 신어 신사의 위엄이 있었으며, 나는 그저 티셔츠를 입은 가벼운 옷차림이었다. 우리 두 사람이 함께 바둑을 두는 모습은 전혀 어울리지 않았다. 오랫동안 프로 선수와의 바둑 시합을 하지 않았으므로 나는 차민수 선생과 바둑 둘 기회가 더 많이 있기를 바랐으며, 그도 이를 흔쾌히 받아들였다. 시간이 많지 않아 우리는 더 많은 대화를 나눌 수 없었지만 나는 많은 사람이 그를 '도박 왕'이라고 부른다는 것을 알게되었다. 난 그가 도박의 도시 라스베이거스에서 도박을 할 것이라고 생각했지만, 그는 로스앤젤레스에 살고 있었다.

1991년 연말, 한국의 바둑기사들이 미국을 방문했다. 그 가운데 원래 중국 기사였던 우쑹성 선생이 있었다. 나는 우 선생을 꼭 만나고 싶었고 또 그의 바둑이 보고 싶어 급히 로스앤젤레스로 갔다.

그때 마침 바둑 해설을 하고 있던 차민수 선생과 다시 만나게 되었다. 차민수 선생이 나에게 한국의 서능욱 9단과 바둑을 두지 않겠느냐고 물어왔고, 나는 흔쾌히 응했다. 나와 서능욱의 대결은 많은 사람들의 주의를 끌었다. 시작하자마자 나는 전에 연구한 적이 있는 '외목정석'을 사용하여 서능욱을 포위하며 상황을 유리하게 가져갔다. 그러나 중반 이후 기술과 힘이 좋은 서능욱이 쫓아오기 시작하는 바람에 초읽기에 돌입했다. 나는 가까스로 살아 있긴 했지만 아무 위력이 없다는 것을 느끼며 그에게 줄곧 쫓기다가 반 집 차로 지고 말았다. 바둑에 지자 나의 기력이 현저하게 떨어지고 있음을 절감했다. 시합 때에 문제가 생길 줄 감지하면서도 어쩐지 힘을 쓸 수가 없었다. 내리막길에 있는 내 바둑을 이대로 버려둘 것인가? 나는 절망했고 또 망연자실했다.

다음날 내가 한 아마추어 기사를 지도하는 중에 차민수 선생과 그의 부인이 왔다. 나와 다시 바둑 시합을 하러 온 것이다. 우리는 로스앤젤레스의 바둑서클에서 바둑을 두었다. 서클 안이 조금 소란스러웠다. 서클 내 사람들은 즐거움과 소일거리를 위해 거기에서 바둑을 두고 있었다. 프로 기사 둘이서 바둑을 두고 있다고 해서 조용해 줄 리 없었다. 그 순간 중국에서의 바둑 환경을 그리워하지 않을 수 없었다. 나와 차민수 선생은 연속해서 몇 판을 두었다. 우리는 모두 전투바둑을 좋아하여 맥(사활이나 수습을 위한 과정에서 결정적인 변화의 실마리가 되는 자리—편주), 급소 같은 수가 자주 나왔으며 승패에 관계없이 재미있었던 기억만 난다.

식사를 하면서 차민수 선생은 나에게 "미국에서 바둑을 두기란 쉽지 않네. 그래도 계속해서 바둑을 두어야지. 내가 샌프란시스코에 갈 기회가 많지 않을 테니 자네가 로스앤젤레스에 오게 되면 반드시 나에게 연락하는 것을 잊지 말게. 우리 집에 묵으면서 같이 바둑이나 두세"라고 말했다. 나는 차민수 선생한테 '도박 왕' 이라는 닉네임이 따라다닌다는 걸 알고 있어서 그에게 도박을 배우는 것이 어렵냐고 물었다. 차민수 선생은 내 마음을 읽기라도 한 듯 나에게 그런 일에는 발을 디디지 말라고 했다. "사람들이 말하는 것처럼 내가 처음부터 부자가 된 건 아냐. 사실 이 길은 힘들어. 결코 사람들이 생각하는 것처럼 그렇게 간단한 일이 아니야. 몸만 망치기가 쉽지."

헤어지면서 차민수 선생은 나에게 편지봉투 하나를 건넸다. "뭘 주려고 하는 것이 아니라 조그만 성의로 생각하게. 자네가 미국에서 바둑 연구를 잘하길 바라는 마음뿐이야. 자네가 미국에 왔는데 내가 뭐 도와준 것도 없고, 이 5백 달러는 그저 내 마음이니까 제발 사양하지 말게." 차민수 선생의 호의는 감사했지만 나는 미안해서 그 5백 달러를 받을 수 없었다. 차민수 선생은 "이번 한 번뿐인데 뭘 그러나. 우리 집사람의 성의라고 생각하게. 자네가 또다시 로스앤젤레스로 바둑을 두러 올 수 있기를 바라네"라고 했다.

이후에 나는 학생이 없으면 로스앤젤레스에 가서 차민수 선생과 바둑을 두었다. 차민수 선생은 바둑을 둘 수 있는 조용한 독방이 있는 한국바둑서클에 가서 바둑 두는 것을 좋아했다. 우리가 한번 바둑을 두기 시작하면 밤늦게까지 두는 것이 보통이었다. 한번은 3일 내내 꼼짝 않고 바둑만 둔 적도 있었다.

차민수 선생이 도박장에 한번 가보지 않겠냐고 물어 나는 그를 따라갔다. 차민수 선생이 포커를 칠 때 나는 옆에서 구경했는데 규칙을 몰라서 그저 이기고 지는 것만 지켜봤다. 시작하자마자 그가 1만 달러를 잃어 나는 깜짝 놀랐다. 네 시간을 하고 난 후에야 그는 결국 6천 달러를 땄다. 나는 속으로 '정말 돈 벌기 쉽네. 나중에 나도 기회가 있으면 한번 해봐야지'라고 생각했다. 돌아오는 길에 차민수 선생은 나에게 "내가 결국 돈을 따긴 했지만 처음 시작하자마자 돈을 잃었잖아. 도박에서는 돈 잃기가 쉽지. 특히 처음 시작한 사람은 대부분 잃기 일쑤지. 지금은 그래도 내가 이쪽 방면에서 초일류 도박사가 되었지만 오늘이 있기까지 수없이 공부하고 연구했네. 이제야 비로소 좀 돈을 벌 수 있게 된 거야. 그러니 자네는 가능한 한 이 일에 뛰어들지 않는 것이 좋겠네"라고 했다. 나는 차민수 선생이 이미 내 마음을 꿰뚫어보고 있음을 알았다. 내가 그에게 도박은 어떻게 하는 것이냐고 물었을 때 그는 대답하려 하지 않았다. 그는 그저 "자네와 나이웨이가 함께 바둑 두는 것을 보고 싶네"라고만 했다.

학생 가운데 컴퓨터 엔지니어인 마크라는 친구가 한번은 나에게 한가할 때 뭐 하냐고 물었다. 나는 "전에는 소설책을 즐겨 보았는데 지금은 거의 보지 않아"라고 하자 그는 웃으며 "그럼 왜 포커를 하지 않죠? 시간이 있으니 같이 포커나 쳐요" 했다. 나는 차민수 선생이 나에게 했던 말을 마크에게 해주었다. 그러자 그는 "차민수 씨가 포커를 잘하는 것은 바둑을 할 줄 알기 때문이에요. 그 사람에게는 보통 사람에게는 없는 소질이 있는데 그 소질은 선생님에게도 있어요"라고 했다. 내 마음이 좀 흔들리는 것을 보자 마크는 "우선 선생님에게 포커 치는 것을 가르쳐줄 테니 배우고 나서 스스로 알아서 결정하세요"라고 했다.

마크가 나에게 가르쳐준 것은 캘리포니아에서 유행하는 도박 방법이었다. 나는 그에게 포커를 배운 다음 그를 따라 포커 도박판에 갔다. 그후 나는 포커 도박에 점점 깊이 빠져들었다.

다음번에 차민수 선생을 만났을 때 나는 포커에 대한 얘기를 꺼냈으나 그는 별로 좋아하지 않았다. "이왕에 시작했으니 몇 가지 주의해야 할 것을 일러주지. 첫째, 포커를 너무 오래 쳐서는 안 돼. 건강을 금방 해치게 되거든. 둘째, 승패에 너무 집착하지 말고 졌으면 바로 일어나서 나가야 해." 그후 기회를 봐서 차민수 선생에게 한 수 가르쳐달라고 해 고수의 가르침을 받게 되자 자신감이 더욱 커졌다.

샌프란시스코에 돌아와 나는 매번 판돈을 3달러에서 6달러로 올리고 다시 20달러로 올렸다. 그 정도 판돈이면 한 판에 1~2백 달러의 돈이 오갔다. 맨 처음 도박을 시작해서 어떤 때는 성적이 좋았고 어떤 때는 비참하게 지기도 했다. 한번은 연속 이틀 동안 도박을 했는데 내리 지는 바람에 눈에 핏발이 올랐다. 그 순간, 어디로 가야 할지 모를 때 가장 좋은 방법은 정지하는 것이라는 바둑판의 경험을 떠올렸다. 차민수 선생이 나에게 도박은 쉽게 몸을 망가뜨린다고 한 말이 피부에 와 닿았다. 지고 나서도 졌다고 인정하지 않고 버티면 운이 좋아질 거라고 생각하기 때문에 몸이 상할 때까지 하기 마련인 것이다.

차민수 선생은 또 나에게 "많은 사람들이 도박은 운이라고 생각하지만 사실 도박은 확률 게임이야. 운으로 도박을 하는 사람도 성공할 때가 있지만 결국은 실패하는 경우가 더 많지. 언제나 운으로 도박을 하려고 한다면 전체적인 실력과 수준이 향상될 리가 없어"라고 말했다. 차민수 선생의 지적에 따라 나는 실력이 금방 늘어서 한동안은 3~4개월 동안 거의 1만 달러를 따며 도박도 수입이 좋은 직업이라고 생각하게 됐다. 내가 도박에 막 흥이 올랐을 때 잉창치배가 나를 다시 바둑으로 잡아당겼다. 나는 아무래도 바둑이야말로 내 진짜 직업이라는 생각을 하며 열심히 바둑을 해야겠다고 결정했다.

내가 도박을 시작했다는 것을 알고 차민수 선생의 부인이 차민수 선생에게 제때 나를 저지하지 않고 오히려 부추겼다고 책망했다. 그러자 차민수 선생은 "어차피 이미 도박을 시작했는데 눈앞에서 지는 걸 보고만 있을 수 없잖아? 이치를 설명해 주면서도 주주가 자주 가지 않기만을 바랐지. 나 같은 고수도 질 때가 있는데, 스스로 컨트롤할 줄 알아야지"라고 했다.

차민수 선생은 또 의미심장한 말을 했다. "바둑은 좋은 직업이야. 자네가 활동할 수 없더라도 다른 사람을 가르칠 수는 있잖은가. 만약 자네가 도박을 하러 가서 한동안 1만 달러를 따고, 다음에 2만 달러를 따고, 다음 10만 달러를 따는 날이 오면 자네는 도박만으로는 행복을 느끼지 못하는 한계에 도달하게 될 거야. 나는 자네와 달라. 난 프로 도박사야. 도박이 나의 직업인 셈이지. 그러나 자네는 프로 기사가 될 잠재력이 있어. 특히 나이웨이가 일본에서 그렇게 노력하고 있으니 얼마 가지 않아 자네와 나이웨이는 함께 바둑을 하게 될 거야."

나는 차민수 선생에게 진심으로 감사한다. 내가 고민에 빠져 방황하고 있을 때 그는 언제나 큰형님처럼 진심으로 나를 격려하고 도와주었다. 나중에 우리는 모두 그를 '차 형님'이라고 불렀다. 한동안 내가 도박에 빠져 있을 때 그는 여전히 나에게 관심을 가지고 실수를 적게 하고 돈을 많이 잃지 않게 하려고 도와주었다.

언젠가 차 선생이 샌프란시스코에 올 기회가 있었는데 그는 특별히 나를 찾아와 주었다. 그는 "주주, 영주권을 따면 바로 나에게 알려주게. 반드시 자네를 데리고 한국에 가보고 싶으니까. 요 몇 년 동안 한국 바둑은 빠르게 발전하고 있네." 그래서 1993년 10월 영주권을 따자 나는 곧 그에게 전화를 걸었다. 그러나 공교롭게도 차 선생은 한국으로 막 떠나고 없었다. 나는 그의 부인에게 그를 번거롭게 하고 싶지 않다고 했다. 그러나 멀리 한국에 있던 차 선생이 내가 영주권을 얻었다는 얘기를 듣자마자 즉각 나에게 전화해서 중요한 문제로 상의할 일이 있으니 당장 한국으로 오라고 했다.

한국에 가자 차 선생은 나를 한국 기원으로 데리고 가 참관시켜 주었다. 그는 "언젠가 자네도 한국에 바둑하러 올 수 있으니 기력을 유지시켜야 하네"라고 했다. 그날 그는 나와 김일환 7단(이미 9단이 되었음)의 바둑을 주선했는데 내가 이겼다. 차 선생은 기뻐하며 "주주, 자네 아무래도 프로 기사 자질이 있어. 특히 나이웨이는 더 그렇지. 자네들 바둑을 포기해서는 안 돼. 더욱이나 황당하게 도박하러 다녀서는 안 돼지. 기다려봐. 내가 기원에다가 자네들이 한국에 와서 바둑을 둘 수 있도록 힘써보겠네" 했다. 차 선생은 그 약속을 지키기 위해 그후 많은 시간과 노력, 돈을 아끼지 않았다.

그럭저럭 4년의 시간을 기다려 우리는 마침내 대다수 한국 기사들의 양해와 찬성을 얻었다. 나를 받아들이는 문제를 투표에 붙이자 한국 기사 대부분은 찬성표를 던졌다. 1999년 4월, 우리는 마침내 한국 기원에 왔고 다시 프로 기사의 삶을 시작했다. 우리가 한국에 온 후 한국 기사들에게 감사의 마음을 표하자 그들은 모두 "당신들이 고마워해야 할 사람은 차민수 씨요. 그는 기회가 있을 때마다 당신들의 일을 이야기하며 우리 모두를 독촉했거든요." 우리는 진심으로 차 선생에게 감사하고 한국 기원에 감사하며 한국 기사들에게 감사한다.

1995년 후지쯔배 8강전이 한국 경주에서 열렸을 때 일이다. 차 선생은 경주에 와서 중국 기사들을 응원했다. 당시 시합에는 장원등과 화쒜밍이 참가했고 인솔자는 니엔웨이쓰 선생이었다. 모두들 차 선생이 친절한데다 중국 선수의 선전을 진심으로 기뻐하는 것을 보고 그가 중국에 특별한 애정을 가지고 있다고 했다. 사실 중국 기사가 한국에 시합하러 왔을 때 차 선생은 모두를 초청해 함께 식사할 것을 약속하곤 했다. 그는 "다른 일은 도와주지 못하더라도 모두에게 식사 대접은 할 수 있습니다. 모두들 힘내십시오"라며 분위기를 띄웠다.

그때 니엔 선생은 중국 바둑계의 상황을 이야기하면서 대회가 많지 않아 기사들이 단련할 기회도 적고 수입도 나아지지 않는다고 걱정을 하였다. 뜻밖에 차 선생은 그 말을 단단히 기억해 둔 듯하다. 나중에 나와 나이웨이가 한국에 시합을 보러 가자, 그는 나에게 중국에서 대회를 한번 열고 싶다는 의견을 내비쳤다. 원칙으로는 중국의 프로 기사면 모두 참가할 수 있게 하고, 상금으로는 현재 중국에서 비교적 높을 것이라고 했다. 그는 그렇게 해서 더 많은 바둑시합의 기회를 주어 기사의 수입을 향상시키고 좀더 많은 연습을 유도할 수 있는 두 가지 효과를 볼 수 있을 것이라 기대했다. 그는 나에게 자세한 내용에 대해서는 더 관심을 가지고 생각을 좀 해보라면서 시합은 반드시 열겠다고 확신했다.

나는 곧 차 선생의 생각을 천주더 선생에게 알렸다. 천 선생은 "정말 좋은 일이다!"라며 반가워했다. 중국바둑협회에서도 적극적으로 협조하여 곧 시합 규칙과 기타 세부 사항에 관한 일을 연구하고 준비했다. 서서히 시합의 기본적인 골격이 세워졌다. 대회 이름은 원래 '민수배'라고 정할 생각이었으나 차 선생이 동의하지 않아 결국 '우정배'라고 정했다. 모두의 노력하에 제1회 우정배 바둑대회가 순조롭게 열렸다.

한 한국 기업은 중국 내에서 우정배가 끼친 영향을 보고 제2회부터는 인수할 의사가 있다고 제의해 오기도 했으나 나중에는 여러 가지 원인으로 회사 사정이 좋지 않아져 결국 물러나고 말았다. 그 소식을 듣고 나는 걱정했다. 그러나 차 선생은 "중국측에 이야기할 필요 없어. 제2회 대회도 내가 열 테니까. 규모는 제1회보다 크면 컸지 작지는 않을 거야. 자네는 심부름이나 잘 해." 이렇게 해서 제2회 우정배는 계속해서 열리게 되었다. 조훈현 선생 같은 유명한 기사가 중국에 오는 비용도 모두 차 선생이 부담했다.

사실 중국 바둑계에 대한 차 선생의 우호적인 감정은 결코 요 몇 년 사이에 생긴 것이 아니다. 일찍이 1988년부터 그는 중국 기사와 교류를 가지기 시작했다. 그 해 녜웨이핑, 류샤오광과 조훈현이 친선경기를 가졌는데 그때 벌써 차 선생은 스폰서 중의 한 사람이었다. 차 선생은 천성이 손님을 좋아하고 중국 기사에게 특별히 관심을 가지고 보살폈으므로 중국 기사들은 그에게 좋은 인상을 가지고 있었으며 모두 그를 존경했다. 그는 또 차오다위안과 장원둥을 미국으로 초청하기도 했다.

내가 미국에서 주주배를 열 때 경비가 부족하여 프로 기사의 지도비를 마련 못하는 걸 알고는 차 선생은 주주배에서 무료 봉사로 바둑을 두었고 바둑 해설까지 자청했다.

어느 해 차 선생과 몇몇 한국의 기사가 중국에 여행을 갔다. 그때 중국 기원에서는 마침 왕위전이 열리고 있었는데, 결선이 임박한 중요한 시기에 스폰서가 철회를 했다. 스폰서가 없으면 상금이 나올 곳이 없으므로 결선 역시 치러질 수가 없었다. 차 선생은 그 소식을 듣고 자기가 가진 돈을 모두 중국 기원에 기부했다. 그 덕에

존경하는 조훈현 선생의 대국은 지켜보는 나를 언제나 긴장시킨다.

그 한 회의 왕위전은 순조롭게 폐막되었다.

정말 난처한 일은 차 선생이 중국 바둑을 위해 좋은 일을 많이 하면서도 그 어떤 보상이나 요구, 또한 매스컴에 광고조차 하지 못하게 한다는 것이다. 그는 "시합이 순조롭게 진행되는 것을 보니 기쁘네. 나는 진심으로 중국 기사가 좋은 성적을 얻을 수 있기를 바라네"라고만 했다.

내가 한국에 머물러 있는 동안에도 차 선생은 시간만 나면 한국 기사들에게 나와 나이웨이를 소개시켜 주면서 "지금 모두들 상황을 잘 알지 못해서 그렇지, 사실 한국 기사들은 모두 우호적이야. 자네들을 이해하기만 하면 한국 바둑계가 자네들을 받아들이는 건 시간 문제야. 자네가 해야 할 일은 기다리는 것뿐이야. 그렇다고 멍청히 있으면 안 되지. 그동안 바둑 연습을 잘해 둬야만 해. 한국으로 와서 모두에게 자네들의 실력을 보여줘야지. 결코 실망시켜서는 안 되네"라고 우리를 격려해 주었다.

그 기간 동안 차 선생의 어머니께서 건강이 나빠져 그는 한국에 오래 머물러 있으면서 집안의 사업을 돌보았다. 차 선생은 한국에 있는 동안 우리를 한국으로 불러오기 위해 더욱 열심히 발벗고 나섰다. 차 선생이 우리를 위해 한 모든 것에 대한 감격스런 마음은 말로 다 표현할 수가 없다.

3

첫 한국 방문

1993년 10월, 나는 미국 영주권을 얻었다. 한번은 차 선생이 나에게 "영주권을 따면 바로 연락해. 자네를 데리고 한국에 가서 바둑을 둘 수 있을지 없을지 한번 알아봐야겠어. 지금 고수들과 바둑을 두지 않으면 자네 바둑은 끝이야. 일본에서는 나이웨이에게 바둑 둘 기회를 주지 않았잖아. 자네가 가봤자 달라지는 건 없을 거야."

나는 한국에 가본 적이 없었지만 한국 바둑이 상승 단계에 있으며, 조훈현, 유창혁, 이창호, 서봉수 등 모두 뛰어난 기사들을 배출했다는 것은 잘 알고 있었다. 차 선생이 말했다. "한국의 우수한 기사들은 자네가 알고 있는 이들이 전부가 아니야. 우수한 기사들 층이 점차 두터워지고 있어. 무시할 수 없는 일이지." 나는 프로 대회에 참가할 수 있기를 간절히 바라지만 한국 기원이 우리를 받아들여줄지는 의문이었다. 그러나 차 선생은 언제나 "문제없어, 언젠가는 받아들일 거야. 자네만 한국에 가고 싶어하면 되는 거야"라며 자신감에 차 있었다.

차 선생이 한 말을 떠올리며 나는 영주권을 받자마자 그에게 전화를 걸었다. 그러나 공교롭게도 차 선생은 하루 전날 이미 한국으로 가고 없다고 했다. 전화를 받은 차 선생 부인이 내 소식을 전해주었고 소식을 들은 차 선생은 나보다 더 서둘렀다. "주주, 자네 지금 당장 한국으로 와."

한국에 도착해서 받은 첫인상은 이상하게 춥다는 거였다. 중국보다 춥고, 일본보다 춥고, 미국보다 추웠다. 꽤 늦은 시간에 한국에 도착했고 배에서는 꼬르륵 소리가 났다. 차 선생이 나에게 무얼 먹고 싶으냐고 물어 나는 값도 싸고 입에도 맞는 국수나 한 그릇 먹자고 했다. 차 선생은 먹는 것을 중요시 여겨 나와 함께 식사할 때면 언제나 근사한 요리를 시키곤 했었다. 그런 차 선생에게 내가 국수 주문을 하자 좀 황당한 표정을 짓더니 이내 내 뜻에 따랐다. 길가에서 밥을 먹으면서 나는 도처에 내걸린 기원이라고 씌어진 간판을 보게 되었고 한국은 바둑이 굉장히 발전했나 보다, 거리마다 기원이 즐비하네, 라고 생각하게 되었다.

난 한국 기원에서 연감을 보며 기사들의 이름을 하나씩 맞춰보고 있었다. 그때 유창혁을 비롯한 기사들이 바둑을 가르치러 간다고 했다. 나도 그들을 따라 나섰다. 그곳에 도착해서야 나는 비로소 한국 바둑의 기초가 얼마나 탄탄한지 느낄 수 있었다. 바둑을 가르치는 장소에는 천 명이나 되는 사람들이 바둑을 두고 있었는데, 그

장면은 가히 장관을 이루고 있었다. 20여 명의 프로 기사들이 그들을 상대로 바둑을 두고 있는 모습을 보고 있는 것만으로도 머리가 어지러웠다. 차 선생은 만나는 사람마다 나를 소개시켜 줬다. 그러면서 장주주가 한국에 와야만 한다고, 그래야 한국 바둑이 더 발전하며 장주주와 나이웨이에게도 다시금 바둑 인생을 찾아줄 수 있다고 강조했다. 사람들은 마땅히 그래야 한다면 우리를 동정했다.

그 며칠 동안 나는 한국의 프로 기사들과 오랫동안 두지 않았던 속기를 두었다. 한국 기사들은 만 원씩 걸고 내기 바둑을 두기도 했다. 나는 내기 바둑을 두면서 기력이 많이 떨어졌음을 느꼈고, 전혀 감각을 찾지 못할 때마저 있었다.

한번은 차 선생이 담배 연기가 자욱한 클럽으로 나를 데리고 간 적이 있었다. 담배를 피우지 않는 나로서는 안의 공기가 견디기 힘들었다. 나는 아마추어 기사들은 환경에 그다지 신경을 쓰지 않나 보다고 생각했다. 그런데 우리를 등지고 앉아 담배를 피우며 바둑을 두고 있던 사람이 고개를 돌리는 순간 나는 깜짝 놀랐다. 알고 보니 서봉수 선생이었다.

서봉수 선생은 나를 부르더니 어떤 사람 하나와 대국해 보라고 했다. 상대가 된 아마추어 강자는 탁 하고 5만 원을 꺼내놓았다. 나와 내기 바둑을 두자는 뜻이었다. 서봉수 선생은 "이건 다른 도박과는 달라. 선을 양보하는 대신 자네가 이기면 이 지도비를 가져가는 것이고, 지면 당연히 가져갈 수 없어"라고 했다. 내기 바둑은 중국 국가대표팀에서는 절대 금지였다.

내가 흥미롭게 내기 바둑에 임하고 있는 옆에서 서봉수 선생은 계속해서 무어라 말하여 사람들을 웃게 만들었다. 중국의 프로 기사들은 자기 바둑이 나쁘게 물들까 걱정해서 바둑 지도를 나갈 때를 제외하고는 아마추어 기사들과 바둑을 두려 하지 않는다. 그러나 서봉수 선생은 아마추어 기사들과 바둑을 두고 한담하는 것을 조금도 개의치 않았다. 그렇다고 세계 챔피언이 되는 데 나쁜 영향을 받은 것은 하나도 없어 보였다. 이를 통해 나는 중국과 한국의 전혀 다른 바둑 분위기를 느낄 수 있었다. 서봉수 선생과 조훈현 선생은 모두 성품이 온화하여 한국 바둑계 사람들과 좋은 관계를 유지하고 있었고, 바둑 팬들은 그들을 영웅이나 우상으로뿐 아니라 친구처럼 생각하고 있었다.

한국을 다녀온 일은 얻은 것이 많았다. 한국을 떠나며 나는 나이웨이에게 "한국에는 바둑 인구가 많고 바둑계 인사들도 우호적이야. 한국에서 바둑을 둘 날이 꼭 올 것 같아. 앞으로 우리가 다시 프로 기사의 대열에 낄 수 있으리라고 믿어"라고 했다.

1993년 말 한국을 다녀온 후, 우리는 한국 프로 기사들과 가깝게 지내게 되었다. 1994년 일본에서 열린 후지쯔배에 참가했을 때는 한국 기사들과 함께 시합을 관전하고 한담을 나누며 식사를 하기도 했다. 차 선생은 "한국에 가서 바둑을 두고 싶다면 말만으로는 안 돼. 공식적인 서면으로 신청해야지"라고 했다. 그 말을 듣고 우리는 한국 기원에 정식으로 신청서를 보내기로 했다. 당시 한국 기원의 사무국장이 일본에 있어서 우리는 차 선생에게 편지를 전달해 달라고 부탁했다.

차 선생은 금방이라도 일이 성사될 것처럼, 지금부터 한국에 간다고 생각하고 준비해 놓고 있으라며 수시로 한국에 가보라고 했다. 그러나 한국 기사들이 우리의 상황을 이해하는 데는 많은 시간이 필요했다. 게다가 한국 기사들 역시 나름대로의 의문점을 가지고 있어서 나와 나이웨이가 한국에 가는 일은 그렇게 쉽게 결정나지 않았다. 그 밖에도 한국 기사들이 한데 모여 회의를 여는 기회 자체가 많지 않아 1년 또 1년을 끌었다.

한국을 떠나며 그 길로 일본으로 가서 얼마간을 보낼 생각을 했다. 그러나 비자를 얻기 어려워 미국에 돌아가는 길에 임시통과 비자(72시간짜리)만 받고 일본을 들러 나이웨이를 만났다. 일본에 도착한 12월 6일은 마침 나이웨이가 우칭위안 선생을 스승으로 모시는 행사를 가진 날이었다. 붉은색 정장을 입은 나이웨이의 환한 얼굴이 상기되어 있었다. 다음날 다시 우리는 우칭위안 선생을 방문했다. 우 선생은 우리를 축복하며 말씀하셨다. "서두를 것 없어. 너희들은 곧 함께 살 수 있을 거야. 지금은 건강만 조심하면 돼. 언젠가 꼭 다시 바둑을 두게 될 거야." 우리는 선생이 우리를 축복해 주시는 말씀에 감격하면서도 거기에는 반신반의했다. 그동안 너무나 많은 실망과 좌절을 겪은 우리로서는 미래를 낙관만 할 수는 없었다. 지금 이렇게 선생의 예언대로 다시 프로 바둑기사가 되어 생각하면 우 선생의 선견지명은 탁월한 것이다.

미국으로 돌아온 후 나는 신변의 일들을 정리하고 12월 31일 일본으로 가는 장기 비자를 얻어 3년여 동안 일본에서 지냈고 1996년 미국에 다시 돌아와 활동하다가 1999년 4월에야 드디어 한국에 오게 되었다.

 선생

한국 바둑계에서는 조훈현 선생이 한국의 바둑 발전에 큰 발자취를 남겼다고 생각한다. 특히 제1회 잉창치배에서 영광스럽게 우승한 후 그는 한국 바둑을 절정기에 올려놓았다. 조훈현 선생은 바둑에 천재적인 재능이 있을 뿐 아니라 인품 역시 뛰어나 한국 바둑계에서 대단한 명성을 누리고 있었다.

한국에 있을 때 이창호가 그의 스승 조훈현과 벌이는 도전전에 참관할 수 있었다. 대략 그때부터 시작해서 이창호는 전면적으로 스승을 앞지르기 시작했다. 마지막 판 5번기에서 백을 쥔 이창호가 반 집 차로 승리를 거두었다. 조훈현 선생은 자신의 학생 이창호를 두고, 이창호는 부단히 노력하는 기사이며 갈수록 뛰어난 실력을 발휘할 것이라고 높이 평가했다.

차 선생이 조훈현 선생에게 장주주와 루이나이웨이가 한국에 와서 바둑을 하고 싶어한다는 말을 털어놓자 그는 금방 나를 향해 말했다. "그거 잘됐네! 그러나 마음의 준비를 단단히 해야 하네. 한국에서 좋은 성적을 내기란 쉽지가 않거든. 이미 유명해진 기사만 뛰어난 게 아니라 무명의 젊은 기사들도 실력이 아주 뛰어나."

나중에 보니 과연 한국 바둑계엔 패기에 넘쳐 자신의 재주를 맘껏 드러내는 젊은 세대 기사들이 많았다. 전체적인 기풍은 이창호의 영향을 받아 승부욕이 뛰어났고, 나이에 걸맞지 않는 냉정함을 가지고 있었으며, 근성도 있어 기회를 기다리고 있다가 일단 틈이 생기면 치명적인 일격을 가할 준비를 하고 있는 것 같았다. 그들보다 나이가 많은 선배 기사들은 용감하게 강공強攻을 하지만 쉽게 틈새가 생기기도 했다.

슈코 선생에게서 처음 그의 이름을 들을 때부터 나는 조훈현 선생을 존경했다. 당시 슈코 선생은 나에게 "지금 세계 바둑에서 누가 가장 강하다고 생각하느냐?"고 물으셨는데 나는 일본의 초일류 기사들의 이름만 언급했다. 그러나 슈코 선생은 바둑에 천재적인 재능을 가지고 있는 한국의 조훈현이 바둑계의 우두머리가 될 것이라고 했다. 당시 우리는 정치적인 이유로 한국을 남조선이라 불렀고 한국 상황에 대해서는 잘 몰랐다.

차 선생과 조훈현 선생은 함께 군복무하던 시절 점심 시간을 이용해 속기를 둘 정도로 막역한 친구 사이였다고 한다. 이후로 나는 조훈현 선생과 비교적 가까워질 수 있었고, 늘 같이 밥먹고 함께 움직였다. 어느 날 오전 나와 차 선생은 조훈현 선생이 바둑 경기하는 것을 보러 갔다. 시합 전까지 시간 여유가 있었으므로 우리 세 사람은 지하 카페로 내려갔다. 커피를 마시다가 차 선생이 갑자기 나를 향해 영어로 말했다. "주주, 자네에게 오늘 한국에 있는 내 여자친구를 소개하지." 나는 속으로 사람이 이렇게 많은데 어떻게 여자친구를 소개할 수 있는 거지? 하며 이상하게 생각했다. 차 선생은 몸을 돌려 단정하게 생긴 여자를 가리켰고 나는 급히 인사를 했다. 차 선생이 여자친구라고 소개한 사람은 알고 보니 조훈현 선생의 부인이었다. 이런 장난까지 치는 걸로 봐서 차 선생과 조훈현 선생이 형제같이 친하다는 것을 알 수 있었다.

미국에서 차 선생 부부는 마치 친형님 내외처럼 우리에게 관심을 가져주었는데, 우리도 그들을 친척처럼 생각했으며 감사하는 마음 외에 존경하는 마음도 가지게 되었다. 한번은 조훈현 선생 얘기를 꺼냈는데, 차 선생 부인이 "내가 제일 존경하는 분은 조훈현 선생이 아니라 그 부인이에요. 부인은 정말 대단한 여자예요. 사람을 고용하지도 않고 집안 살림을 얼마나 잘하시는지 몰라요" 했다. 조훈현 선생 댁은 몇 대가 함께 사는 대가족인데 이창호도 선생 댁에 살면서 바둑을 배웠다고 한다. 부인과 대화를 나누고 싶었지만 안타깝게도 언어 문제로 이야기를 나눌 수 없었다.

2000년 LG배에서 나이웨이가 에어컨 바람이 너무 세서 좀 추워한 적이 있었다. 우리가 영어로 종업원에게 말을 걸었을 때 부인은 이미 내 뜻을 눈치채고는 한국어로 종업원에게 에어컨을 좀 줄여달라고 말하였다. 그러고 나서 내게 양복을 벗으라고 하더니 사람을 통해 나이웨이에게 건네주게 했다. 조 선생 부인은 사람을 보살필 줄 아는 따뜻한 마음을 가지고 있다는 것을 느꼈다.

조훈현 선생은 어린 나이에 바둑을 배운 뒤 일본으로 건너가 스승에게 사사받고 세고시瀨越 선생의 문하에 들어갔다고 했다. 나는 조훈현 선생에게 언제부터 바둑을 배웠냐고 물어본 적이 있는데, 선생은 4살부터 배우기 시작했고 9살에 입단했다고 했다. 내 기억으로는 그런 기록을 가진 사람이 없었기 때문에 나는 깜짝 놀랐다. 1968년, 조훈현 선생의 나이 15살 전후에 이미 정식 시합에서 오다케大竹英雄와 린하이펑林海峰 선생을 이겼는데, 그때는 바야흐로 '죽림시대竹林時代'였다.

군복무를 위해 조훈현 선생은 일본에서 한국으로 돌아왔다. 이후로 한국 기단의 독보적인 존재가 되어 줄곧 서봉수 선생과 우승의 자리를 다투었는데 조훈현 선생이 3분의 2의 승률을 가지고 있었다. 세계 대회는 각국 기사들에게 실력을 마음껏 발휘할 무대가 된다. 조훈현 선생은 제1회 잉창치배 우승을 차지하면서 많은 고수들 앞에서 자신의 실력을 증명했으며, 또 민족의 영웅으로 인정받으면서 한국 바둑에 새로운 지표를 제시했다. 그때부터 재계의 찬조가 많아지고, 기사에 대한 대우도 크게 향상되었다. 그후 한국 바둑은 한동안 세계 바둑계에서 우세한 지위를 차지하고 있다.

조훈현 선생을 앙모한 지 이미 오래된 나에게 그의 우호적이고 솔직한 모습은 더욱 깊은 인상을 남겼다. 나이웨이는 우칭위안 선생에게 사사받았고, 또 조훈현 선생과 우칭위안 선생은 동문수학한 관계여서 우리는 만나자마자 바로 친해졌다. 한번은 조훈현 선생에게 "선생님은 우 선생님과 동문수학했다는데 함께 있을 때 어떻게 바둑을 배웠습니까?" 하고 물었다. 조 선생은 "동문수학했다고 하지만 사실 우리는 나이 차가 많이 났어. 내가 일본에 갔을 때 그들은 모두 대선배였어. 따져보면 우 선생은 나의 스승 연배였지. 나는 우 선생과 바둑을 세 번 둔 적이 있는데 그때 일은 모두 내 마음속에 새겨두고 있지."

나와 나이웨이는 기회가 있을 때마다 한국에 바둑을 보러 갔는데 조훈현 선생은 그때마다 나이웨이에게 복기를 시켰다. 어떤 사람이 선생에게 "왜 항상 나이웨이의 바둑만 봐주고 복기를 시키세요?"라고 물었다. 그러자 선생은 "나와 동문이기 때문이지"라고 대답했다.

서로에게 익숙해 있어서 우리는 겉치레 말은 생략했다. 밥을 먹을 때도 그가 고개 돌려 "가자"라고 한 마디 하면 우리도 사양하지 않고 따라갔다. 조 선생은 걸음이 빨라서 '조 제비'라는 별명이 붙을 정도였다. 그가 앞에서 큰 걸음으로 휙 하고 걸어가면 우리는 뒤에서 거의 뛰다시피 따라갔다. 한번은 '다, 다, 다' 하는 발자국 소리를 듣고 무슨 급한 일이 있나 보다 생각하며 살펴봤더니, 웬걸, 조 선생은 방으로 돌진하더니 곧장 소파로 달려가 낮잠을 주무셨다. 나와 나이웨이는 서로 얼굴을 쳐다보며 "조 선생님은 낮잠을 주무시는 것도 저렇게 급하시군" 하며 웃었다.

조 선생은 식당에서 다른 기사들을 만나게 되면 그들의 식사비까지 자신이 계산하곤 했다. 다른 사람을 생각하는 따뜻한 마음과 씀씀이가 시원시원하다는 걸 한눈에 알 수 있었다.

한번은 조 선생과 차 선생이 대화하는 도중 바둑계에서 어느 동문이 가장 강한가 하는 얘기가 나왔다. 조 선생이 "우칭위안 선생

이 제일 대단하다"고 했다. 나도 한 마디 했다. "우 선생님도 대단
하시지만 그의 제자가 반드시 대단한 것은 아니지요." 조 선생이
나에게 "남자 중에서는 린하이펑이 대단하잖소? 여자 중에는 나이
웨이가 대단하고"라고 반박했다. 나는 차 선생에게 "조 선생님의
제자가 더 세지요. 스승도 물리쳤잖아요" 했다. 그러자 모두들 웃
었다. 조 선생 부인은 우리의 말을 알아듣지 못하고 있다가 조 선생
이 통역해 주자 "이창호는 정말 괜찮은 사람이지"라고 덧붙였다.

　그들 사제지간에 대해 밖에서 어떤 소문이 있는지 모르겠지만
내가 본 바에 의하면 이창호는 조훈현 선생을 깍듯이 존중한다. 언
젠가 동양증권배가 베이징 쿤룬 호텔에서 열렸다. 조훈현 선생은
마샤오춘과 준결승에서 만났는데 결국 마샤오춘이 2 : 1로 조훈현
선생을 물리쳤다. 바둑을 지고 나면 그는 항상 오랜 연구 끝에 그
원인을 찾아내어 도대체 어디가 잘못된 것인지를 따졌다. 그날도
바둑에서 지자 조훈현 선생은 오랫동안 복기를 했다. 그때 이창호
가 그의 몇 걸음 떨어진 뒤에서 공손하게 지켜보고 있었다. 당시 이
창호는 2:0으로 조치훈을 물리친 전적을 가지고 있었다. 조 선생이
한 곳을 가리키며 나에게 어떠냐고 물었는데 나는 이창호를 가리켰
다. 조 선생이 이창호에게 가까이 오라고 손짓하자 이창호는 그때
서야 앞으로 다가가 기가 막힌 자리에 몇 개 돌을 놓았다.

　조훈현 선생과 이창호는 대회장에서는 적수지만 대회 밖에서는
사제지간이다. 나는 조훈현 선생 부부와 이창호가 함께 다정하게
식사하는 모습을 여러 번 보았다.

　나와 나이웨이를 한국의 직업 기사로 초청하는 일을 조 선생은

적극 지지해 주었다. 그는 우리의 일에 관련하여 글을 통해 견해를 밝히기도 했다. "만약 한국의 기사가 장주주, 루이나이웨이가 너무 강한 것을 걱정할 정도라면 우리는 그들에게 배울 것이 있을 것이다. 만약 장주주와 루이나이웨이의 실력이 너무 약하다면 두려워할 것이 무엇이겠는가." 나는 한국 바둑계에 영향력이 큰 조 선생이 계셨기에 우리가 한국에 오는 일이 쉽게 성사될 수 있었다고 생각한다.

1995년 제1회 보해배에서는 나이웨이와 펑윈豊芸이 우승을 다투었다. 두 번째 판에는 당시 행사 관련 인사들과 몇몇 역대 기사 외에 바둑을 보러 오는 고수가 많지 않았다. 아마도 여자 기사에 대한 관심이 크지 않은 데다가 두 중국 기사들끼리 우승을 다투고 있었기 때문이었을 것이다. 오후에 조훈현 선생이 갑자기 연구실에 나타났다. 그가 이렇게 방문하자 보해배에 적지 않은 힘이 실렸다. 기자들은 그를 둘러쌌고 주최측에서도 기뻐하며 환한 표정으로 고맙다는 인사를 거듭했다.

나는 가슴에 이리의 두상이 그려진 티셔츠를 즐겨 입었는데 그 이리는 아주 고독해 보였다. 조 선생이 제1회 잉창치배의 우승을 차지했을 때 한 보도에서 "조훈현의 얼굴은 흡사 이리와 같다"고 했었다. 좀 건방질 것 같기는 했지만 화를 내지는 않을 거라 생각하며 나는 그 일을 들춰냈다. 그러자 조 선생은 하하 웃으며 자조적인 어투로 말했다. "전에는 이리와 같았지. 지금은 나이가 들어서 누구나 먹어치울 수 있는 달콤한 간식 같다는 생각이 드네." 우리 모두 조 선생의 표정이 많이 온화해졌다고 생각한다. 게다가 성성한

백발을 보면서 우리들은 그것은 그가 제자들과 치열한 접전을 겪어서 그리 된 것이라고 했다.

조 선생은 농담을 좋아한다. 바둑 시합을 마치고 집에 가면 사모님이 항상 상냥하게 "오늘 바둑은 어땠어요?"라고 묻는다. 그러면 조 선생은 항상 졌다고 대답한다. 사실 그 당시 조 선생은 한창 전성기여서 끊임없이 이기고 있었는데 제대로 가르쳐주지 않으니 승패가 궁금하신 사모님이 매번 전화를 걸어 알아보거나 아니면 신문을 통해 알게 됐다.

2000년 후지쯔배 대회 기간에 성적에 대해 이야기한 적이 한 번 있었는데 조 선생은 "나는 안 되겠어. 내 컴퓨터 회사 일도 많고, 요즘은 지기만 하니 말이야"라고 자신없어했다. 나이웨이가 그 말을 듣고서 눈을 똑바로 뜨고 조 선생을 쳐다봤다. 스승이 어떻게 바둑을 포기할 수 있느냐는 뜻이었다. 제자 신분인 나이웨이의 무례한 행동에도 조 선생은 오히려 이 깊은 뜻을 알아채고 조금 있다가 "내년에는 꼭 노력하겠네"라고 의사 표현을 했다. 이것이 스승이 제자에게 하는 말이란 말인가!

내년에 노력해 보겠다고 했지만 조 선생은 얼마 되지 않아 후지쯔배에서 우승을 차지했다. 그러자 조 선생은 "젊었을 때 우승을 많이 해보았지만 이번처럼 기뻤던 적은 없었어. 나이 들면 우승 기회가 갈수록 적어지니까 더 기쁘네"라고 했다. 우리는 조 선생이 계속 더 좋은 성적을 얻기를 진심으로 바란다.

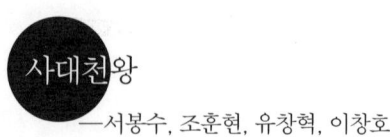

사대천왕

—서봉수, 조훈현, 유창혁, 이창호

　막 한국에 왔을 때 우리는 우리의 수준이 한국 기사들에 한참 못 미친다고 생각했다. 그래서 처음부터 다시 시작해야겠다는 각오를 다지며 더 많은 시간을 바둑에 할애하기 위해 기원에서 5분 거리에 있는 집을 얻었다.

　한국 기원에서 우리는 욕심껏 관전을 하고 바둑을 두면서 잃어버린 시간을 단번에 보충하며 실력을 쌓으려 했기 때문에 특히 서봉수, 조훈현, 유창혁, 이창호로 이루어진 사대천왕四大天王에 주의를 기울였다.

　나이 관계로 조훈현 선생과 서봉수 선생은 시합이 없는 날은 거의 기원에 나오지 않았다. 서봉수 선생의 바둑은 우리가 보기에 좀 독특했다. 새로운 기보가 생기면 그는 얼른 한번 쭉 두어보았고 다른 사람이 기보를 볼 때는 그 옆으로 가서 들여다보기도 했다. 더울 때는 모두들 부채로 부채질을 하는데, 서봉수 선생은 아무렇게나 기보 몇 장을 들고 부치거나 어떤 때는 신문지를 사용하기도 했다. 그는 사소한 것에 구애받지 않는 것 같았다. 서봉수 선생은 언제나 싱글벙글했지만 함부로 자기의 의견을 말하지는 않았다.

한번은 재미있는 바둑을 보고 나서 모두들 서 선생의 고견을 듣고 싶어했다. 그러나 어렵기도 해서 감히 입을 열지 못했다. 그런데 중국 기사 황옌黃焰이 대담하게 "서 선생님" 하고 그에게 손짓했다. 서 선생은 황옌이 예의에 어긋났다고 생각하지 않는 듯 아무렇지도 않은 표정으로 건너왔다. 바둑을 두면서 서 선생에게 가르침을 청하면, 대부분의 경우 선생은 바로 대답하지 않고 "너는 어떻게 생각하는데?"라고 되묻는다. 설령 내 대답이 하찮더라도 선생은 그저 "그래, 자네는 그렇게 생각하는군"이라고 친절하게 말한다. 선생은 7년 연속 타이틀이 없는 상황에서 1999년 단번에 LG정유배의 우승을 차지하며 우리 모두를 깜짝 놀라게도 했다. 결승 다섯 번의 경기는 유창혁과 벌였는데 서 선생이 두 판을 이기고 이어지는 두 판을 진 상태에서 마지막 결승 판을 흔들림 없이 마무리했다. 서봉수 선생이 승리하자 한국 바둑계의 큰 뉴스거리가 되었다.

조훈현 선생은 시간이 날 때면 우리와 바둑을 두자고 했다. 그런 경우 선생은 솔직하게 "아니야, 자네 이렇게 하면 안 돼." "자네 이렇게 둬서 어떻게 이기겠나?" "이런 바둑은 볼 필요도 없어. 중요한 건 어째서 이렇게 큰 악수를 두게 되었는가 하는 거야"라고 했다.

막 한국에 갔을 때는 아직 미혼이었던 유창혁이 바둑 두러 자주 기원에 오는 것을 볼 수 있었다. 우리는 그에게 가르침을 청하고 싶었지만 바둑 둘 때 그는 다른 사람이 방해하는 것을 싫어하는 듯한 오만한 인상을 풍겼다. 나중에 우리는 우리 느낌이 틀렸음을 알게 되었다. 우리가 그의 동작 하나를 잘못 이해한 때문이었다. 근시인 유창혁은 바둑을 둘 때 만약 옆에서 누군가 지나가면 멍한 눈으로 힐끗 한번 쳐다보는데, 다른 사람이 느끼기에는 그가 싫어하는 것처럼 보였던 것이었다. 눈이 나쁜 나이웨이는 그 심정을 잘 이해하고 있었다. 나중에 유창혁의 여러 행동을 통해 유창혁이 사람을 멀리하거나 오만한 사람이 아니라는 것을 알게 되었다.

유창혁은 바둑을 둘 때 항상 탄식을 하곤 했는데, 그것은 바둑 때문이 아니라 단지 피곤해서 내는 소리였다. 하루는 그가 몹시 피곤한지 우리 탁자 옆으로 와서 우리가 바둑 두는 것을 보았다. 우리는 기회를 틈타 가르침을 청했는데 그는 사양하지 않고 우리와 바둑을 두기 시작했다. 그는 솔직하게 상대의 잘못이 어디에 있는지를 직접 알려주는 것을 좋아했다. 변화도를 연구할 때 만약 누군가 흑을 두는데 그가 보기에 좀 이상하다 싶으면, 그는 바둑판에 눈을 고정시키고 당연히 백이 둘 차례일 때도 계속해서 흑을 쥐고서는 "이렇게 놓을 수밖에 없어요?"라고 묻는다. 대부분의 경우 그의 수준에 못 미치기 때문에 우리는 여전히 무슨 뜻인지 알지 못하고 그저 그의 그 수가 합리적이라고 생각하고는 "그게 좋겠네요"라고만 말할 뿐이었다. 유창혁은 계속해서 또 "이렇게 두어야만 내가 이렇게 놓고, 또 이렇게 해야만……"라고 하다가 그후로는 더 이상 물어보지 않고 혼자 말한다. 마지막에 그는 "안 되겠죠?"라고 하면서 변화도를 거두어버린다.

이창호는 조금 달라서 만약 내가 흑을 쥐고 그가 백을 쥐었을 때, 내가 흑을 잘 두지 못해도 그는 곧바로 나에게 알리지 않고 한 보를 양보해 주면서 흑의 행보가 왜 좋지 않은지 보게 했다. 그래도 눈치 채지 못하면 계속해서 두게 하면서 응하다가 내가 알게 되면 그때서야 멈춘다.

유창혁이 다른 기사들과 바둑을 둘 때는 거의 비슷한 모습이지만 유일하게 이창호 앞에서는 태도가 달랐다. 그들은 하나는 불이고, 하나는 물이다. 이창호와 바둑을 둘 때 유창혁은 수가 많을 뿐 아니라 말도 많다. 어떤 때는 과묵한 이창호를 놀리며 "네가 이렇게 둘 줄 알았지. 나는 네가 실리를 좋아하는 걸 알기 때문에 일부러 너에게 실리를 준 거야……." 유창혁과 이창호 사이에는 거리감이 없다. 유창혁과 이창호가 바둑을 두면 모두 둘러싸고 구경을 했다. 모두들 유창혁의 말을 들으며 내내 즐거워하지만 이창호는 그 순간에도 별말 하지 않는다. 그저 따라서 웃기만 하고 계속해서 그와 바둑을 둔다. 그렇게 그들은 모두에게 행복하고 즐거운 한 폭의 그림을 연출하는 것이다. 주위 사람들에게까지 적지 않은 가르침을 주는 두 고수의 지혜 충돌을 가리켜 어느 한국 기자는 "유창혁과 이창호가 맞대결하며 벌이는 연구가 전체 한국 기단의 기력 향상과 발전을 가져왔다"고 쓰기도 했다.

머리를 너무 많이 쓰기 때문에 우리는 머리를 식히려고 테니스를 쳤다. 테니스장에서도 유창혁은 이창호와 테니스를 하게 되면 돈을 걸었다. 이창호는 테니스를 할 때 수비가 좋아서 실수가 거의 없다. 유창혁은 강 스매시를 좋아해서 공이 오는 것을 보면 스매시하려고 한다. 그러나 그의 멋진 스매시는 대부분 성공하지 못하거나 장외로 날아가든지 그물을 넘지 못하고 만다. 그래서 유창혁의 공은 보기에는 멋지지만 내기에서는 지는 경우가 많았다. 적극적인 성격인 유창혁이 한국 바둑계에 적지 않은 생동감을 가져온 것이 사실이다.

우리는 이창호의 뛰어난 기력을 존경하며 또 고상한 인품과 기풍을 존경한다. 한번은 이런 일이 있었다. 꽤 연세가 있는 이강일이라는 4단의 기사가 있는데, 그분은 바둑을 둘 때면 항상 지팡이를 쥐고 한다. 이 선생은 바둑을 좋아해서 매 대회의 예선에 거의 참석하였다. 어느 예선 경기에서 그가 백을 잡았는데 상대는 한국에서 유행하고 있는 '미니 중국식(한쪽 귀의 소목을 중심으로 제3선상에 일렬로 걸치고 벌려서 소목에 걸쳐올 상대방 돌의 활동 공간을 좁게 하는 포석—편주)'을 두었다. 그 판에 대해 의문이 생긴 이 선생은 한 젊은 기사를 붙들고 물어보았다. 그 기사는 포석을 이해하지 못하고 있어 잘 못하겠다며 도망가버렸다. 이 선생은 할 수 없이 다른 기사를 찾았는데 다른 기사도 제대로 얘기하지 않고 아부만 했다. "아, 그렇게 생각하시는군요. 그럼 백도 나쁘지 않네요." 풀리지 않는 문제가 있으면 철저하게 따져야 직성이 풀리는 이 선생은 안심이 되지 않았다. 그때 마침 이창호가 들어와서 이 선생은 다시 이창호에게 자신의 의문을 이야기했다. 나는 그 기회를 빌려 이창호의 견해를 듣고 싶었다. 그러면서 이창호도 아무렇게나 대처하지나 않을까 조바심이 났다. 그런데 이창호는 그 특유의 남자아이 같은 가볍고 가는 목소리로 "백은 안 됩니다"라고 말했다. 귀가 어두운 이 선생은 큰 소리로 다시 물었다. "뭐라고 그랬어?" 그러자 이창호는 큰 목소리로 "백은 안 됩니다"라고 말하더니 아예 바둑을 두어가며 설명하기 시작했다. 주위에서 바둑을 보고 있던 우리의 의문도 하나씩 풀렸다. 경우에 따라 그에게도 익숙하지 않은 수가 나오면 "여기는 저도 잘 생각해 보지 않았어요. 저도 한 수 배웠네요"라고 솔직하게 털어놓았다. 이 선생은 이창호의 설명에 흡족해했고 우리도 그의 덕을 보게 되었다. 가장 나를 감동시킨 것은 바둑 해설을 할 때의 이창호의 솔직하고 진솔한 자세였다.

1999년 춘란배 결승전이 조훈현, 이창호 사제지간에 벌어졌다. 결과는 이창호가 졌다. 그때가 그 해 국제 대회에서 이창호가 조훈현에게 진 유일한 한 번이었다. 어떤 중국 기자는 이창호가 고의로 스승에게 양보한 것이라고 했지만 서봉수 선생은 한국 기사 가운데 그렇게 생각하는 사람은 하나도 없다고 했다. 바둑의 내용을 살펴봐도 조훈현이 확실히 이창호보다 훌륭하게 잘 됐다. 만약 이창호가 양보를 했다면 그것은 쓸데없는 것이다.

당시는 조훈현 선생이 한국 타이틀을 모두 틀어쥐고 있었지만 그후 왕성한 상승세를 타고 있는 이창호가 조훈현의 타이틀을 전부 빼앗아 가서 그를 무관왕으로 만들었다. 많은 사람들이 스승에게 너무 잔인한 게 아니냐고 했지만 이창호는 조훈현 선생을 시합에서는 적이고 시합 밖에서는 스승으로 대했다.

사대천왕의 생활 습관도 각기 개성이 분명했다. 한번은 우리가 사대천왕과 밖으로 바둑 활동을 보러 갔다. 이창호는 양복 주머니에 신문을 넣어 가지고 다니다가 사람이 많은 곳에 가면 곧 꺼내 들고 보았다. 숙소로 가는 버스 안에서도 그는 계속 신문을 보고 있었

유창혁, 뛰어난 기력과 개성을 가진 기사다.

다. 나는 이창호의 독해 능력에 문제가 있는 건 아닌가 의심했다. 어떻게 신문 한 장을 가지고 저토록 오래 본단 말인가. 오히려 세심한 나이웨이가 그 이유를 알아냈다. 이창호는 내성적이라서 다른 사람과 인사하는 것을 힘들어한다고 했다. 그래서 그가 신문을 꺼내 볼 때면 사람들은 그를 방해하지 않으려고 했고, 그 역시 이를 편안하게 여겼다. 이에 반해 유창혁은 오히려 정반대 성격으로 말하는 것을 좋아해 모든 사람들과 잘 어울렸다.

뛰어난 기력과 각기 다른 개성을 가진 네 명의 기사가 있어 한국 바둑이 세계 기단에서 앞서게 된 것이다.

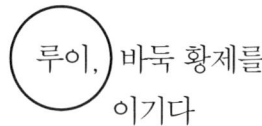

루이, 바둑 황제를 이기다

한국에서 우리는 중국 중앙TV 제4채널을 볼 수 있는데 나는 그 채널의 「실화실설實話實說」(평범한 일반 사람들이 출연하는 토크쇼 —편주), 「오환야화五環夜話」(체육인들이 주로 출연하는 토크쇼. 이 때 오환이란 오륜기에 그려진 5개의 고리를 말함—편주) 같은 프로 그램을 좋아했다. 나이웨이가 이창호를 이기자 많은 기자들이 나이 웨이에게 인터뷰를 요청했다. 중국 기자의 방문에 우리는 거절하지 않고 대답할 수 있는 한 성의껏 인터뷰에 응했다.

하루는 중국에서 걸려온 전화를 한 통 받았다. 상대방은 궈웨이 郭蔵라고 자기를 소개하며 가까운 시일 안에 시간이 있으면 중국에 와서 프로그램을 하나 할 수 없겠느냐고 물었다. 우리는 조국의 관 심에 감사했지만 우리가 한국에 바둑을 두러 오기까지 쉽지 않았고 이전에 너무 많은 것을 잃었던 사실을 상기하면서 그냥 한국에서 최선을 다해 노력하며 살기로 했다. 그래서 간단한 인터뷰는 응하 겠지만 출장을 가서 하는 프로그램은 거절하기로 다짐했다.

내가 거절하려고 하자 상대방은 자신이 「오환야화」를 제작하는 사람이라고 마지막 카드를 빼어들었다. 그 말을 듣고 나는 기뻐서 "왜 진작에 얘기하지 않았습니까? 나와 나이웨이가 얼마나 「오환 야화」를 즐겨 보는데요"라며 반색을 했다. 이제 남은 문제는 시간 을 정하는 일이었다. 우리는 중국에 시합하러 갈 기회를 빌려 「오 환야화」의 인터뷰에 응하겠다고 했다. 그리곤 시간 내는 문제를 결 정했는데 시합 일정에 정 맞추기 곤란하면 특별히 한 번 들어가기 로 했다. 그러자 궈웨이는 우리의 여행 경비와 관련이 있으므로 방 송국 대표에게 물어봐야 한다고 했다.

이 일이 있고 얼마 지나지 않아 2000년 1월 17일 국수전에서 나 이웨이와 조훈현 선생의 도전 시합이 열렸다. 그날 나는 보통 때처럼 나이웨이와 동행하지 않고 신화사(중국의 대표적인 통신사—편주) 기자 리바오둥李保東과 함께 일찍 도착했다. 기원에 들어가자 1층 복 도에 기자들이 가득 서서 나이웨이를 기다리고 있었다. 보통 때 같 았으면 기자들은 4층 연구실에서 기다렸을 것이다. 잠시 후 나이웨 이가 나타나 대국실을 향해 들어가자 기자들이 그 뒤에 바짝 붙어 서 따라가며 쉬지 않고 플래시를 터뜨렸다. 리바오둥이 나에게 물 었다. "매 대회마다 이래?" 나는 "그렇지 않아"라고 대답했다.

시합 전, 전에 없이 기자들이 나이웨이를 인터뷰하기 시작했다. 어떤 기자가 나이웨이를 향해 "긴장됩니까?" 하고 물었다. 나이웨이는 "좀 긴장됩니다. 그러나 바둑 때문이 아니라 이렇게 많은 사람에 둘러싸여 있어서 그런 겁니다"라고 했다.

그 대국에서 조 선생은 흑을 쥐고 자신의 방식에 따라 두어갔는데, 경기는 혼전이었다. 정오가 거의 다 되었을 무렵의 상황은 한마디로 말하기 어려웠다. 보기에는 흑이 계속 백을 공격하고 있는 것 같았지만 백은 쉽게 죽지 않았고, 백이 도망가면서 지나치게 밀어붙인 흑이 많은 허점을 드러내고 있었다. 조 선생은 허점을 처리하는 과정에서 최고의 기량을 보였으며 나이웨이의 몇몇 뒤처진 수를 놓치지 않았다. 나이웨이는 졌지만 바둑 전체로 볼 때 조 선생이 초강수로 바둑을 정리하지 않았다면 나이웨이에게도 기회가 많았다.

복기가 끝나 모두 돌아가고 나와 나이웨이만 남아서 나머지 대국을 정리하고 있었다. 그때 복도에서 황급한 발걸음 소리가 들렸다. 나는 조 선생의 발걸음 소리라는 것을 알 수 있었다. 평소 그는 걸음을 빨리 걷기 때문이다. 그렇지만 무엇 때문에 다시 돌아오는 것일까?

조 선생은 우리 앞에 자리를 잡고 앉아 말했다. "지금 다른 사람은 없고 우리 셋뿐이지." 우리는 조 선생이 우리에게 바둑에 관한 이야기를 꺼내는 줄 알았다. 그런데 조 선생은 "최근에 나와 창호, 서능욱이 한 인터넷 회사를 만들었는데 주로 아마추어 바둑 애호가를 위한 프로그램이야. 자네들이 우리 회사에 들어왔으면 좋겠는데. 어때? 아마추어 기사를 지도하면 보수도 괜찮을 거야." 우리는 좀 놀랐다. 사실 전혀 예상하지 못했던 일인데다가 마음은 아직 바둑에 있었기 때문이다. 조 선생은 "매주 한두 번 회사에 나오기만 하면 되는데 어때?"라고 물었다. 그러나 우리는 그동안 흘려버린 시간이 너무 많아 시간을 최대한 활용해서 바둑을 잘 둘 것만을 생각하고 있었으므로 아마추어 기사를 지도하는 일은 생각해 보지 않았다. 그러나 조 선생의 회사였고 호의에서 우리를 찾아온 것이라는 걸 알았기 때문에 "좋습니다. 그러나 구체적인 일정은 나중에 다시 이야기하도록 하지요. 문제는 나이웨이가 바둑 지도하는 것을 그다지 좋아하지 않습니다만, 그렇지만 우리는 갈 겁니다"라고 대답했다. 조 선생은 "나에게 생각이 다 있어. 인터넷 회사가 세워지면 자네들의 몫도 있어"라고 말을 마치고 그 특유의 걸음걸이로 바람처럼 가버렸다.

일반적으로 한국 기사들은 바둑을 둘 때 바둑만 두고 바둑 이외의 일은 이야기도 꺼내지 않았다. 그런데 조 선생은 우리를 가족처럼 편하게 생각해서 바둑이 끝나면 생각나는 대로 아무 얘기나 꺼내고는 얘기를 마치면 휙 가버렸다.

국수전의 두 번째 대국은 2000년 1월 31일에 예정되어 있었는데 그날은 미국의 주주배와 거의 겹치고 있었다. 본래 주주배는 보통 새해 첫 주말에 열렸는데, 2000년의 주말이 마침 1일과 2일이었다. 그 해 밀레니엄 버그를 두려워하는 미국인들이 비행기를 타지 못해서 우리는 대회를 연기할 수밖에 없었는데, 일주일 후에는 또 럭비리그전이 있어 결국 30일에 시합을 열기로 했던 것이다. 그러나 나이웨이의 시합을 앞두고 있어서 쉽게 결정을 내리지 못하고 있었다. 주주배가 그동안 자원봉사자들의 도움 아래 몇 년 동안 지속된 것을 고려하면 그 대회에도 꼭 참가해야 했다. 주주배의 조직자와 참가자들이 이번에도 내가 대회를 주관해 주길 바라고 있었으므로, 결국 나는 미국으로 가서 30일의 시합을 주관하고 31일 아침에 한국으로 서둘러 돌아오기로 했다.

이 기간 동안 「오환야화」의 귀웨이가 "나이웨이가 이기든지 지든지 프로그램을 만들어야 한다는 것이 우리의 생각이오. 중국에 오는 여행 경비는 중앙TV에서 부담하기로 했소. 남은 문제는 시간을 맞추는 것인데, 아무리 따져봐도 설 명절 뒤에나 가능할 것 같소"라고 했다. 우리가 중국에 가서 프로그램을 하게 되자 사람들은 국수전에서 이기자마자 장주주와 루이나이웨이를 불러왔다며 중앙TV 정말 대단하다고 말했다. 그러나 사실 그 프로그램은 나이웨이가 국수전에 이기기 전에 귀웨이와 약속이 되어 있었다.

1월 31일 조훈현 선생에게 도전하는 나이웨이의 시합이 동아일보에서 열렸다. 나는 우선 조 선생과 그의 부인을 만났다. 조 선생이 중요한 시합에 참가할 때면 사모님은 반드시 운전을 해서 모셔 왔다. 그들 부부의 금실이 좋은 때문이기도 했고, 조 선생이 전혀 운전을 할 줄 몰랐기 때문이기도 했다. 그러나 조 선생은 길눈은 밝았다.

기자들도 적지 아니 왔다. 시합장에 카메라를 가지고 들어갈 수 없으니 기자들은 시합장 입구와 화장실에서 기다렸다. 그들을 보며 한국 기자의 직업 정신을 존경하지 않을 수 없었다. 기사가 시합 중에 화장실에 가면 그들은 화장실까지 따라가 사진을 찍었다. 그런 기자들이 대단하다 싶기도 하고 우습기도 했다. 화장실 가는 것까지 기자들에게 사진을 찍히다니 기사들이 얼마나 불편하겠는가?

시합이 시작되고 얼마 지나지 않아 조 선생 부인이 전화를 들고 나를 불렀다. "빨리, 빨리, 민수 씨가 돌아왔어. 민수 씨는 시합 상황이 궁금해서 오후에 시합을 보러 오겠대." 전에 차 선생의 어머님이 건강하셨을 때 그는 한국에서 열리는 조 선생의 시합은 꼭 보았다. 그러나 어머님의 건강이 나빠진 뒤로는 사업상의 일을 그가 처리해야 해서 맘놓고 시합을 볼 수 없었다.

그 대국은 죽고 죽이는 승부가 모든 한 수 한 수에 달려 있었다. 한 수만 잘못 가면 판을 망칠 수 있었다. 우열을 분간하기 힘든 상황에서 조 선생은 포석 단계에서 제대로 처리하지 않은 곳이 있었다. 오후 중반 무렵 나는 나이웨이가 우세하다고는 생각하지 않았는데, 차 선생이 와서 한번 보더니 "나이웨이(흑)가 우세하네, 백은 제대로 처리하지 않은 게 있어. 그 차이가 크지. 조훈현의 바둑은 내가 잘 아는데 내가 보기에 이렇게 두면 위험해"라고 말했다. 과연 잠시 후부터 상황이 분명해지기 시작하면서 나이웨이에게 유리한 방향으로 발전했다. 차민수 선생은 득의만만해서 말했다. "내 일찌감치 그럴 줄 알았지. 조훈현의 바둑이라면 내가 잘 알지." 결국 나이웨이가 이겼다.

국수전의 결승이 2월 21일에 있었다. 그 전에 또 홍창배 세계여자바둑대회가 있었는데, 결승은 2월 14, 16, 18일에 열렸다. 그 대회의 전 과정이 바둑 전문 유선 TV로 중계방송되었는데 결선에 오른 기사는 나이웨이와 방년 15세의 조혜연이었다. 나이웨이의 국수전 성적이 좋아 시합 전 예측은 대부분 나이웨이가 유리할 것이라고 했다. 그렇더라도 우리는 조혜연을 얕봐서는 안 된다며 서로를 환기시켰다. 그녀는 양훼이, 황쉐밍, 펑윈, 지톈메이 등 많은 일류 여류 기사들을 이겼다. 운도 있었지만 실력이 월등했다. 미리 마음의 준비를 단단히 하고 있었으나 조혜연이 그렇게 강하게 치고 나올 줄은 생각도 못했다.

14일의 첫 번째 시합의 포석 단계에서는 나이웨이가 그런 대로 괜찮았다. 그러나 정오를 지나자 조혜연의 근성이 발휘되기 시작했다. 과감히 공격하거나 버티며 자신의 기력을 맘껏 펼쳤을 뿐 아니라 자신의 실력 이상을 발휘했다. 이렇게 되자 신문 방송에서는 재미가 났다. 나이 어린 조혜연이 한참 기세 등등한 나이웨이를 이겼으니 재미나는 구경거리가 생긴 셈이다. 바둑 팬들의 반응도 뜨거웠다. 이렇게 되자 대회를 만든 기원에서는 축제 분위기였고 방송을 책임진 유선 TV에서도 좋아했다. 스폰서도 기뻐하며 모두들 시합이 성공적으로 치러졌다는 등 폭발적인 반응을 보였다.

두 번째 세 번째 판에서 양쪽의 바둑은 거의 비슷했지만 결국 나이웨이가 기회를 잡아 이겼다.

흥창배의 결승은 나이웨이를 많이 단련시켰다. 심리적으로는 아래로부터 오는 충격이 컸다. 수준 면으로도 조혜연은 강자에게 조금도 뒤지지 않았다. 몇 년 안에 조혜연 같은 기사가 분명 치고 올라올 것이다. 어린 나이에 그들이 그렇게 좋은 성적을 낸 것은 나이웨이의 어린 시절과 비교해 보아도 훨씬 좋은 것이었다.

2월 21일이 되자 국수전에서 마침내 나이웨이는 조훈현 선생과 승부를 가리게 되었다. 그 시합은 커다란 뉴스거리였기 때문에 많은 기자들이 왔다. 그 가운데는 일본의 NHK 바둑 보도 담당 미나가와源川洋夫 선생도 있었고, 한국의 한 일간지의 뛰어난 바둑 기자 이홍렬 씨도 있었다. 오후 3시, 이홍렬 기자는 나에게 지금 중요한 회의가 있어 가봐야 한다면서도 이 대국이 마음에 걸린다고 했다. 이 대국에서 조훈현의 승리가 분명해지면 그는 회의에 갈 것이다. 만약 나이웨이가 조훈현을 이긴다면 그것은 바둑계의 빅 뉴스거리였다. 그는 빅 뉴스를 놓치게 되면 큰 유감으로 남을 거라며 나에게 진지하게 판단을 내려달라고 했다. 그 대국은 한 마디로 혼전이어서 정확하게 판단하기는 힘들었다. 그러나 이러한 혼전 양상의 바둑은 조 선생의 특기이기 때문에 이론상으로 보자면 조 선생이 이길 가능성이 컸다. 그래서 나는 이홍렬 기자에게 절대 안심하고 돌아가도 된다고 했다. 이홍렬 기자도 역시 이렇게 생각했다. 바둑을 취재하느라 여러 해를 보낸 기자들은 한국 바둑계에서의 조훈현 선생의 전투력에 대해서 모두 자신 있었던 것이다.

시합이 거의 끝나가려고 하자 형세는 분명해졌다. 기자들이 하나 둘씩 자리에서 일어나 첫 번째 소식을 취재하러 갔다. 그런데 그때 나이웨이가 미생마(생사가 불확실하여 활동성이 취약한 말—편주)를 잘 처리하면서 백의 곤마(상대에 쫓기거나 둘러싸여 곤욕스런 처지에 처한 말—편주)를 잡아 조훈현 선생을 물리치고 국수전을 결국 승리로 이끌었다.

복기를 할 때 기자들은 인터뷰 원고를 보내려고 한편에 서서 기다렸다. 조 선생에게 실례가 될 듯하여 결국 한국 기원의 원로 윤기현 선생이 기자들에게 대신 인터뷰를 했다. 나이웨이가 기자들의 취재에 먼저 응했고, 조 선생은 여전히 진지하게 복기를 하고 있었다. 9시쯤 저녁을 먹을 때 KBS 뉴스에서는 국수전에 대한 소식을 전해 주고 있었다.

나중에 나를 만나자 이홍렬 기자는 화가 난 듯이 "너, 너!" 하였지만 다음 순간 웃고 말았다. 그는 특종거리 하나를 나 때문에 놓치고 만 것이었다. 이홍렬 기자가 평소 프로 기사들과 바둑을 두고 싶어한다는 것을 잘 알고 있었던 나는 미안함의 표시로 함께 바둑을 두었다. 두 판을 두자 이홍렬 기자는 진 것에 괘념치 않고 만족해하며 돌아갔다.

다음날 우리가 기원 사무실에 가니 모두들 흥분해 있었다.

대통령관저에서 전화가 왔는데 대통령이 나이웨이에게 축전을 보내겠다고 했다는 것이다. 이 소식은 우리를 흥분시키기에 충분했다. 상기된 표정으로 우리는 서로를 바라보았다. 우리는 그때 나이웨이가 한국의 바둑 영웅을 이겼는데도 나이웨이를 진심으로 축하해 주는 한국인들의 여유가 부러웠고, 그들의 따뜻함에 감동을 받았다. 한국의 관련 보도에서는 중국에서 온 기사가 한국의 바둑 황제를 물리쳤다고 대서특필하고 있었다. 우리는 한국인의 넓은 도량을 느낄 수 있었다.

처음에는 그러려니 했는데 중국 친구 하나가 우리에게 "나이웨이가 조훈현을 이기니까 한국 사람들이 슬퍼하거나 불편해하지 않더냐?" 하고 물어와 그제야 주의해서 살펴보게 되었다. 우리는 나이웨이가 이긴 후에 한국 기사들이 오히려 더욱 친절하고 너그럽게 대하고 있다는 것을 발견했다.

한번은 한 연구회에 참가하러 가서 젊은 기사들이 한참 바둑을 두고 있는 것을 보았다. 그 가운데 유재형, 목진석 등은 특히 재능 있는 기사들이었다. 모두 나이웨이와 조훈현 선생의 결승 대국을 두어보고 있었다. 여러 의견들을 들으며 우리는 이 바둑의 승부처에 대해 더욱 분명히 알 수 있었다. 마지막에 유재형이 "나이웨이 누나가 이겼으니 한턱내야 되는 거 아닙니까?"라고 했다. 목진석은 중국어를 잘했으므로 그 말을 우리에게 통역했다. 우리는 "그래, 꼭 한턱내야 할 사람은 바로 너지"라고 했다. 목진석이 우리의 말을 통역하니 유재형이 왜? 라는 표정을 지었고 다른 젊은 기사들도 같은 표정을 지었다. 나는 그에게 "국수전 예선을 처음 시작했을 때 재형이가 나이웨이에게 져주었잖아." 유재형이 멍한 표정을 짓고 있다가 그제야 알겠다는 표정이 되었다. 그 판에서 원래 그에게 기회가 있었지만 그가 졌다고 해버렸던 것이다. 모두 함께 웃고 말았다.

한국의 여론에서는 나이웨이가 한국에 와서 거듭 좋은 성적을 거두자 어떤 팬들이 기원에 전화를 걸어 원망을 표시한다고 보도했다. 그러나 당사자인 기사들은 이에 대해 크게 신경 쓰지 않았다. 오히려 그들은 나이웨이에게 더욱 우호적인 태도를 보였다. 프로 기사로서 최대한 노력을 기울여 가장 높은 경지에 오르는 것은 남자, 여자, 자국인, 타국인을 막론하고 모두 존경할 만한 일이라는 것을 잘 알고 있기 때문이다.

한국 기원의 10년 역사에서 조훈현, 이창호, 유창혁, 서봉수가 줄곧 한국 바둑의 타이틀을 독점하고 있었으며 그들 네 사람은 다른 기사들이 경외하는 최고의 경지였다. 목진석이 말했다. "루이 누나가 아침부터 저녁까지 열심히 노력해서 풍성한 결실을 거두는 것을 보니 우리도 한번 해보자는 마음이 드네요. 특히 여자 기사에 게 커다란 희망과 자신감을 얻게 했습니다."

젊은 기사들이 이렇게 고무된 데에는 원인이 있다고 생각한다. 젊은 기사들에게는 '소소회笑笑會'라는 조직이 있는데, 이는 연구 를 목적으로 하는 조직으로 자체 리그전의 우승자에게는 상금도 주 어졌다. 우리는 그곳에 자주 들러 바둑을 두었다. 나이웨이의 최근 성적으로 가장 좋았던 것은 조 시합 2등이었다. 우리 둘의 승률은 50% 정도로 간신히 이기는 경우도 있었다. 가령 16판을 두면 9판 정도 이겼으므로 대부분의 기사들이 우리를 이길 수 있었다. 한번 은 17명이 시합을 벌였는데 나이웨이가 12등을 하는 바람에 상금 은커녕 다른 사람의 상금을 충당할 벌금까지 내야 했다. 기사들은 이제 나이웨이를 이기는 것이 어려운 일이 아니라고 생각하게 되었 고 나이웨이가 좋은 성적을 낼 수 있다면 자신들도 할 수 있다고 생 각하게 되었다.

유창혁, 양재호와 최규병은 마지막에 함께 '소소회'를 탈퇴했다. 양재호는 "'소소회' 사람들이 너무 어려서 우리가 그 속에 있으면 나이가 너무 들어 보이는 거 있죠" 했다. '소소회'의 젊은 기사들은 정말 귀엽다. 한번은 김승준이 나이웨이와 바둑을 두고 있었는데 반쯤 두었을 때 그는 자기의 상황이 별로 좋지 못한 것을 느꼈다. 그 러자 그는 큰 소리로 '루이 아줌마' 정말 대단하다고 칭찬을 했다. 그러다가 자기의 상황이 좋아지자 나이웨이를 '루이 누나'라고 친근하게 불렀다. 그런 그를 보며 모두들 한바탕 웃을 수밖에 없었다.

또 어떤 보도에서는 "신예들이 자기에게 패한 루이 누나가 이미 유창혁, 이창호, 조훈현 등 존경해 마지않는 최고의 고수를 계속해서 이기는 것을 보고 자연스럽게 '나도 할 수 있구나' 라는 자신감을 얻었다. 또한 조훈현의 실패는 유창혁, 이창호와 서봉수 등 타이틀 보유자들에게 경종을 울리는 교훈을 주었다. 이런 모든 현실은 한국 기원이 당초 루이나이웨이를 받아들이기로 결정할 때는 생각지도 못한 결실이다"라고 말하기도 했다.

국수전 수상식에서 동아일보는 "2000년 국수전은 매우 성공적이었으며, 2001년부터는 국수전 상금을 대대적으로 올리겠다"고 선포했다. 기원과 기사들은 또 한 번 기뻐했다.

우리는 시합이 비교적 적은 3월에 중국에 가서 궈웨이와 프로그램을 하기로 약속을 했으며 동시에 겸사겸사 타이위안 집에 가볼 준비를 했다. 출국 날짜를 정하고 얼마 지나지 않아 기원에서 나이웨이를 찾았다. KBS가 창사 27주년 기념으로 이창호 대 루이나이웨이의 특별 대국을 열어 분위기를 고취하고 싶다는 제의였다. 대국료는 이창호 5백만 원, 나이웨이는 3백만 원이라고 했다. 바둑 시합이 열리는 것이고 또 상대가 이창호이다 보니 나이웨이는 당연히 시합에 참가하기를 원했다. 그러나 시합 날짜가 3월 3일로, 공교롭게도 우리가 출국해서 프로그램을 만들기로 한 날짜와 겹쳤다. 나이웨이는 그 자리에서 표를 무르며 바둑이 중요하니 출국 날짜를 미루자고 했다.

사실 기원 사람들이 나이웨이를 먼저 찾은 것은 절묘한 수를 쓴 것이다. 이창호는 원래 비정식 대회에는 흥미가 없고 좋은 컨디션을 유지하고 싶어했다. 그래서 이창호는 한 마디로 거절했다. 그러자 일을 준비하는 사람들이 나이웨이가 시합에 참가하기 위해 출국 날짜까지 늦추었다고 말했다. 이창호는 그 말을 듣고 나서 망설이다가 한참 만에 승낙했다. 우리는 이창호와 바둑을 두게 되어 흥분했고 이창호와의 속기에서 많은 것을 배울 수 있다고 생각하며 3월 4일로 출국 날짜를 잡았다.

한국 전역에 중계방송해야 하기 때문에 이창호와 나이웨의 속기 시합은 KBS 스튜디오에서 열렸다. 나와 나이웨이는 흥분 속에서 일찌감치 방송국에 도착했는데 조훈현 선생이 우리보다 한 발 앞서 도착해 있었다. 알고 보니 바둑 해설을 하러 온 것이었다. 그 판은 전체적으로 격전의 양상이었다. 초반에서 중반을 넘어가는 과정에서 나이웨이가 비교적 적극적으로 두었고 결국 이창호를 이겼다. 복기하면서 발견했는데 사실상 굉장히 많은 곳에서 이창호가 훨씬 세밀했다. 그러나 그는 이대로 두면 상황이 나빠질 것이라고 생각하며 위험을 무릅쓰는 방법을 택했던 것이다. 다행히 세밀한 곳까지는 이창호처럼 잘 알지 못하는 나이웨이가 자기 상황이 좋지 못하다고 생각하며 더욱 적극적으로 나갔다. 그 바둑에서 두 사람 다 자기의 상황이 별로 좋지 못하다고 생각하고 있었다는 점은 꽤 흥미로운 일이다.

이창호가 백을 쥐고 둔 바둑은 얼마 전에 그의 스승이 나이웨이와 두었던 바둑과 완전히 일치했다. 그러나 그는 중간에 이르러 수를 바꾸기 시작하면서 나이웨이에게 양걸침(귀의 착점에 대하여 두

수로 좌우 양쪽을 걸치는 모양—편주)의 기회를 주지 않았다. 이때 나와 관중들은 모두 재미있어하며 조훈현 선생이 어떻게 해설하는 지 흥미 있게 기다렸다. 조훈현 선생은 얼굴에 가득 웃음을 머금고 는 "이창호가 여기에서 바꾸는군요. 그때 내가 다르게 두었으니 질 수밖에 없었겠네요"라고 했다.

　KBS에서 20여 년간 바둑을 해설한 노영하 9단이 조훈현 선생과 함께 해설을 했다. 노 9단이 "사람들은 현재 조 선생님과 이창호 사 제지간의 성적에 대해 특히 관심을 가지고 있습니다만"이라고 말 을 시작했다. 조훈현 선생은 자신의 처지를 자조적인 농담으로 "보 아하니 나는 이제 끝난 것 같습니다"라고 했다. 노 9단이 다시 "현 재 한국 바둑계에서 모두 알고 있듯이 바둑판의 마녀……"라며 나 이웨이를 두고 '마녀'라고 표현하자 조 선생은 곧바로 그 표현에 제동을 걸었다. "그 이름은 듣기에 좋지도 않고 또 적절하지도 않 다고 생각합니다. 더구나 나이웨이 자신도 별로 좋아하지 않거든 요. 어때요? 설마 우리 나라 말에 더 적절한 표현이 없겠습니까?" 그후로 한국의 신문 잡지에서는 '반상의 철녀', '루이 누나', '루이 큰누나' 같은 이름들이 등장했다.

중국에서의 환대

2000년 3월 4일 우리는 중국 베이징 공항에 도착했다. 누군가 마중 나와 있으리라고는 기대하지 않았는데 통관 수속을 마치고 나니 두 대의 카메라가 기다렸다는 듯이 우리를 비추고 들었다. 한 대는 「중국 바둑 보도」라는 프로그램이었고, 또 한 대는 「동방시공東方時空」의 한 코너인 '동방의 아들'을 위한 것이었다. 뭔가가 잘못되고 있다는 생각이 들었다. 우리는 사전에 궈웨이와 다른 프로그램에서 취재 요청을 하면 일단 거절하기로 하고 먼저 「오환야화」에 인터뷰하기로 약속하고 왔기 때문이다. '동방의 아들' 코너의 담당 기자는 "「오환야화」가 「동방시공」의 상급 기관이 아니니까 그들의 지시에 따를 필요가 없다"며 자기 프로그램의 취재를 우선적으로 하려 했다. 나는 「동방시공」이라는 프로를 본 적도 들은 적도 없던 터라 이 프로가 중국에서 그렇게 유명한지 알지 못했다. 기자가 내미는

명함을 보고서야 그들 모두가 중앙TV 소속이라는 걸 알았고, 그들에게 "그렇다면 잘되었습니다. 모두 같은 방송국 사람이니 「오환야화」 제작팀과 상의해 보세요"라고 말하며 자리를 피했다. 그러나 우리는 그날 베이징 방송국과 「중국 바둑 보도」에 의해 '납치' 되어 인터뷰를 해야만 했다. 인터뷰가 끝나고 우리는 그날 저녁 기차를 타고 타이위안으로 갔다.

3월 5일 우리는 타이위안의 모든 친척들과 함께 식사를 했다. 그 자리에서 누나 장성주江聲久가 자기 반에 학생이 150여 명이나 있다고 말했다. 나는 누나가 산시대학 물리학과에서 학생들을 가르치고 있다고 알았기 때문에, 한 반에 그렇게 많은 학생을 두고 가르치다니 참 답답하다고 생각했다. 그러나 누나가 말한 것은 대학에서의 강의가 아니라 바둑 수업을 두고 한 말이었다. 아마추어 5단인 누나가 바둑 수업을 열었던 것이다. 그녀의 학생이 벌써 150여 명이라고 하니 놀라지 않을 수 없었다. 평소 나는 미국에 있을 때 그 정도의 학생들을 불러모았던 것을 자랑스럽게 생각하고 있었는데, 누나는 그 짧은 기간에 벌써 내가 오랜 기간 노력해서 얻은 만큼의 학생들을 모았던 것이다. 중국과 비교하니 미국의 바둑 환경이 얼마나 좁은지 알 수 있을 거 같았다.

3월 6일 베이징으로 돌아오니 마침 명인전이 벌어지고 있었다. 우리는 시합을 보러 가기로 했다. 시합을 보러 간 김에 우리는 우리에게 관심을 가져준 천주더 선생과 몇몇 지도자를 찾아갔다. 그들은 우리에게 칭찬과 격려의 말을 아끼지 않았다. 그 자리에 있던 한 친구가 '동방의 아들' 이 훌륭한 프로그램이라는 것을 알려주었고,

귀웨이도 그들의 취재에 응해 주어야 한다고 말했다. 시합을 보는 사이 '동방의 아들' 진행자가 나이웨이를 인터뷰했다. 인터뷰가 끝나자 진행자가 나이웨이에게 "방금 전 당신이 장주주의 일을 얘기하는 것을 듣고 감동받았습니다"라고 했다. 그 모습을 지켜보던 기원 사람이 진행자를 보고는 깜짝 놀라며 흥분했다. "아! 알고 보니 바이옌송白岩松이 취재를 하고 있었잖아!" 내가 바이옌송이 누구냐는 표정을 짓자 옆에 있던 사람이 알려주었다. "바이옌송을 모르는 사람이 있다니. 중앙TV에서도 가장 유명한 사람이야, 굉장한 명사지." 인터뷰 전에 그가 그렇게 유명한 사람인지 몰랐으니 다행이지 알았더라면 나이웨이가 더 긴장했을지도 모른다. 사실 나이웨이는 프로그램에 출현하거나 인터뷰를 할 때 항상 아무 이유 없이 긴장하곤 한다. 나중에 한국에서 마침내 CCTV의 프로그램 '동방의 아들'을 보게 되었을 때 바이옌송이 왜 그렇게 유명한지 알 것 같았다. 그가 진행하는 프로그램은 두드러진 개성과 독특한 문제 제기로 많은 사람들을 매료시켰다. 나중에 다시 바이옌송을 만나게 되면 프로그램과 관련해서가 아니라 그냥 편한 친구처럼 이야기하고 싶다.

「오환야화」라는 프로그램을 하기 하루 전 우리는 귀웨이와 함께 식사를 하면서 국외의 상황에 대해 이야기를 나누었다. 식사를 마치고 우리는 "어디 가서 내일의 프로그램을 준비해야 하지 않나요?" 하고 물었다. 그러자 귀웨이는 "벌써 다 준비된 것 아닙니까? 무슨 질문을 할지 미리 알려줄 수는 없습니다. 질문 내용을 사전에 알면 신선감이 떨어지거든요"라고 대답했다. 「오환야화」 프로그램에서 진행자가 묻는 말에 우리는 있는 그대로 대답했다. 우리는 관객들이 우리 내력의 자질구레한 부분까지 우리보다 더 잘 알고 있어서 내심 놀랐으며 바둑 팬들의 세심한 관심과 이해에 감동했다. 프로그램에서는 나이웨이의 개성이 그대로 드러났다. 진행을 하는 사람이 "장주주가 외조를 잘한다"고 하자 나이웨이는 잠깐 고민하더니 갑자기 "그 말에는 완전히 동의할 수 없는데요. 밥은 아직도 제가 하니까요"라고 했다.

우리는 중국의 매스컴과 바둑 팬들이 보여준 관심과 기대에 감사한다. 그들의 깊은 우정을 우리는 가슴 깊이 새겨둘 것이다. 우리가 자주 접속하는 인터넷 사이트에는 나이웨이를 격려하는 문장이 많이 뜬다. 칭찬하는 내용이 대부분인데 그 중 우리를 감동시키는 내용이 있어 특별히 따로 기록해서 집에다 붙여놓았다.

오늘의 성적은 쉽게 얻을 수 있는 것이 아니다. 그렇다고 내일 반드시 얻을 수 있다고 보장할 수도 없다. 강적들이 주위에 포진하고 있으니 살얼음판을 밟듯 긴장 속에서도 평상심을 잃어서는 안 된다. 한때의 성적으로 진취적인 의지를 잃지 말 것이며 세속의 영광에 집착하여 명승부를 놓치지 말 것이다.

아, 이창호

1990년대에 이창호가 명성을 얻어감에 따라 그에 관한 얘기들도 갈수록 많아졌다. 그는 새로이 등장한 젊은 새대 우수한 기사들의 대표였기 때문이다. 1990년대 초 그가 좋은 성적을 내기 시작했을 때 일본 바둑계에서는 그를 두고 지나치게 눈앞의 이익만을 좇아 이길 생각만 하는 현실주의라고 평가했다. 그리고 이렇게 가다가는 기력이 오히려 퇴보할 것이라는 가차 없는 표현도 주저하지 않았다. 비교적 정중한 표현으로, 이창호가 바둑에서 이길 수 있었던 것은 상대의 실수를 기다릴 수 있었기 때문이라고 비꼬는 기사도 있었다. 결국 상대방이 실수하지 않으면 이창호는 대단할 것도 없다는 얘기였다.

이런 평가는 중국 바둑계도 마찬가지였다. 이창호와 일본의 '오다케 미학美學'을 비교하며 평론하기도 하였으며, 또 그와 다케미야의 '우주류(다케미야 9단의 기풍으로 중앙을 두텁게 경영하는 큰 스타일의 바둑—편주)' 같은 일본의 다른 유파와도 비교했다. 그러나 우리는 이창호가 어떤 기풍이든 관계없이 시합에 이길 수 있다면 거기에는 정당한 이치가 존재한다고 생각한다.

다케미야가 뛰어난 건 많은 사람들이 중앙을 경영하고 싶어하면서도 다케미야처럼 잘 두지는 못하는 데 있다. 큰 모양을 만들려 해도 그가 하는 것처럼 중요한 점을 잡을 수 없는 것이다. 그의 시대에 다케미야는 다른 사람보다 월등한 점이 많았으며, 또 다른 사람이 생각지 못했던 것도 많이 알고 있었다. 그러나 그가 가졌던 것과 비교해도 우리는 이창호가 훨씬 더 낫다고 생각한다. 지금도 대부분의 기사들은 감히 큰 모양을 만들지 못하고 있다. 한국에서는 단이 낮은 기사라도 빨리 큰 모양을 파괴하는 요점과 방법을 찾을 수 있기 때문이다. 전체 바둑계에서 어떻게 큰 모양을 대처할 것인가 하는 면에 대해 큰 발전이 있었으므로 이제는 큰 모양을 계속해서 유지하기 어려워졌고, 설령 그렇게 두더라도 큰 대가를 지불해야 했다.

오다케가 유명할 때 그는 좋은 모양과 바둑의 흐름 속에서 아름다운 것을 추구했기 때문에 '오다케 미학'이라는 찬사를 받았었다. 오다케 9단은 자신이 추구하는 바둑을 다음과 같이 설명했다. "맨처음 사람들은 돌과 돌의 호응은 모르고 일반적인 전법만 알았습니다. 그러던 것이 도사꾸道策에서부터는 한 수의 가치를 인식하게 되면서, 돌과 돌의 호응을 연구하여 더 큰 발전을 꾀하게 되었습니다."

'오다케 미학'은 주로 하나의 형상이 어떻게 더 큰 효율을 발휘할 수 있는가, 다른 돌과 어떻게 호응해야 보기 좋은가를 보여주는 것이다. 가령 포석 단계에서 빵 때림(돌 한 점을 사방에서 네 수로 포위해 때려낸 것을 말함—편주)을 하거나, 중앙에서 빵 때림을 하면 30집의 위력이 있다는 것인데, 이 이론은 당시 세계 바둑계에서 비교적 보편적이었고 기력의 향상에도 도움이 컸다. 그러나 지금 우리는 이것이 가장 좋다고 생각하지는 않는다. 특히 1990년대에 와서 그 이론에 틈새와 문제가 드러나기 시작했다. 가령 빵 때림은 포석 단계에서는 위력이 컸지만, 중반 단계에서는 돌과 호응해야 했으므로 구체적인 상황을 보아야만 정할 수 있었다. 더구나 끝내기 단계에 와서는 그 작용이 미미했다.

그런 면에서 우리는 바둑계에 미친 이창호의 업적이 크다고 본다. 매번 대국에서 모든 돌의 효율성을 중시하는 이창호는 모든 돌과 행마, 그리고 모양이 모두 다 가장 큰 효율성을 갖도록 노력한다. 어떤 사람은 이창호가 이제껏 바둑계에서 엉망이라고 생각했던 모양을 두기도 하고 솔직한 모습을 보이는 건 무슨 뜻이냐고 의문을 던지기도 했다. 어떤 사람은 이에 대해 흉한 바둑을 둔다고 평가하기도 했다. 그러나 나는 이창호가 대국 전체에서 어떤 행보에 가장 가치가 있는가를 이해하는 면에서 다른 사람을 훨씬 뛰어넘어섰다고 생각한다.

이제는 모두들 이창호의 바둑을 아무 거부감 없이 받아들인다. 어떤 것이 뛰어난 경계인가? 어떤 것이 효율이 높은가? 당시 상황에서 이창호가 두었던 바둑은 모두들 흉하고 설명하기 어렵다고 여

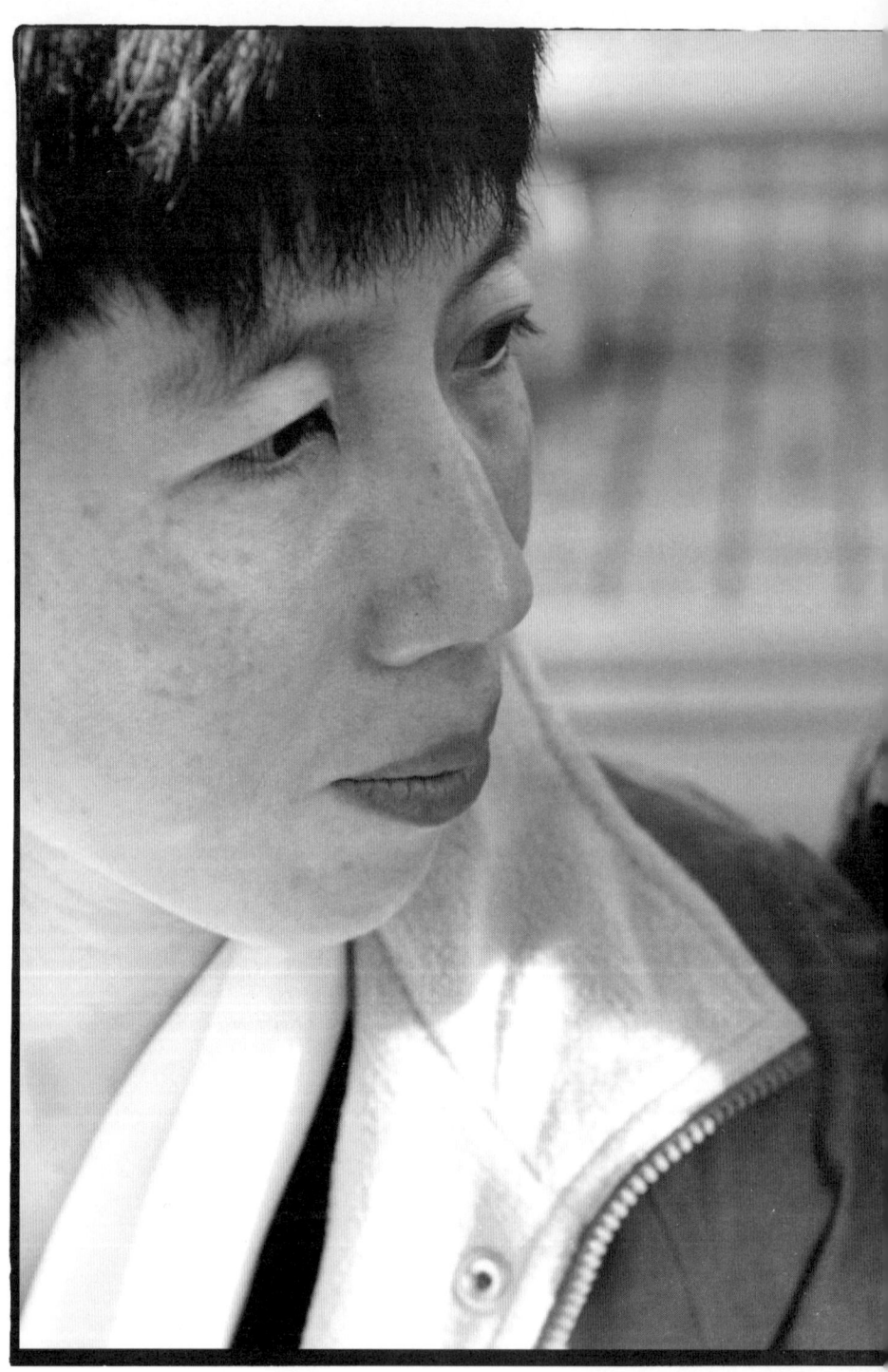

나이웨이와 나와 바둑은 하나다.

겼지만, 사실 가장 효율적이고 가장 아름다운 한 수였던 것이다. 이것이 바둑 미학에 대한 우리의 이해이다.

바둑의 승부와 기력은 통일에 있다. 효율적으로 잘 둔 바둑이라 하더라도 질 수 있기 때문에 단정해서 말하기 어렵다. 바둑은 결국 승부로 판단하는 것이기 때문이다. 우리는 이창호의 경우를 예로 들고 싶다. 이창호는 그의 스승과 여러 번 맞붙어 싸웠는데, 일단 자신이 우세를 장악하면 그 우세가 아무리 미미하더라도 천천히 밀고 나가며 우세를 확보해 가거나 적어도 우세를 유지할 줄 안다. 일단 위험이 있을 때는 때와 형세를 살펴 가능한 한 위험을 피해 가며 끈기 있게 참아 반 집 차의 우세라도 끝까지 유지한다. 그렇기 때문에 반 집 차로 승부가 갈렸다는 말을 들으면 우리는 이창호가 반 집 승을 했다는 것을 어렵지 않게 추측할 수 있다. 오랜 경험상 모두들 이창호를 신임하게 되었다. 이창호가 반 집 차의 우세를 끝까지 지켜나갈 수 있는 것은 그의 수준이 그만큼 높다는 걸 단적으로 나타내는 것이다.

어떤 평론에서는 이창호에 대해 옛 선인들의 바둑을 연구해서 얻은 옛날 포석과 정석을 운용한 것에 불과하다고 썼다. 이 말엔 사실 편파적인 면이 있다. 이창호와 조훈현의 '사제대전師弟大戰'이 가장 치열했던 1, 2년 동안 이창호는 한 해에 백 판 이상을 두어야 했다. 다시 말해 3일 걸러 한 판씩 둔 셈이다. 그때 그는 새로운 수를 수없이 두었다. 물론 이창호의 새로운 수는 옛 정석의 기초 위에서 나온 것이다. 어떤 모양은 보기에는 하찮은 것 같고 실패 가능성도 큰 것 같아 보이지만 이창호는 옛 정석을 재연구하여 용기 있게 시합에 쓸 줄 알았으며 성공적인 결과를 거두었다. 그렇기 때문에 우리는 이창호가 더욱 용감하고 창조적인 기사라고 생각한다. 기존의 정석들이 재발견되어 더 깊이 연구되고 발전되는 데 이창호의 공이 크다. 현대 바둑에서의 이창호의 업적을 찾아보기란 어렵지 않을 것이다.

한국 바둑에는 새로운 기사, 새로운 연구, 새로운 정석이 부단히 생겨나는데 이것은 리더 이창호와 떼어서 생각할 수 없다. 일찍이 이창호가 두각을 나타내며 서봉수 선생을 이기고 조훈현 선생에게 도전하여 그에게서 우승을 빼앗기 시작했을 때 유창혁이라는 또 다른 새로운 별이 출현하며 바둑 애호가들의 깊은 사랑을 받았다. 아마추어 기사 출신인 유창혁은 마르고 약해 보여 서생 같지만 바둑에서는 타의 추종을 불허하는 공격형 기사였다. 그래서 어떤 사람은 이창호가 침묵하는 빙산이라면 유창혁은 한여름의 작열하는 태양이라고 표현하기도 했다.

이창호와 유창혁의 기풍은 첨예하게 대립되는 양상을 띠고 있다. 유창혁은 이창호가 한국 바둑을 한손에 거머쥐고 있던 시기에 한국에서 규모가 가장 크고 상금이 많은 왕위전을 틀어쥔 채 연속 3회나 지켜냈는데, 3회 모두 이창호의 맹렬한 공격을 받고도 꿋꿋하게 버텨내어서 모든 이들의 감탄을 자아냈다.

그들은 같은 문하생으로 나이가 비슷하여 바둑을 연마할 때면 사양하는 법이 없었다. 그들이 격렬하게 싸우던 그 몇 년 동안 유창혁은 아직 미혼이었고 젊었기 때문에 그들은 항상 서로 교류하며 지냈다.

우리는 여러 차례의 세계 대회를 거치면서 한국의 기사들은 시합이 끝나도 곧바로 돌아가지 않고 남아서 승패에 관계없이 함께 연구한다는 것을 알게 되었다. 1999년 일본에서 거행된 LG배 8강 전에서 이창호는 마샤오춘을 반 집 차로 힘겹게 승리했는데, 그는 자신의 포석이 좋지 않았다고 생각했다. 시합이 끝난 후 이창호와 유창혁, 조훈현 선생, 최규병, 나이웨이는 식당 직원들이 청소를 다 끝마칠 때까지 함께 바둑을 연구하며 가려고 하지 않았다. 그때 다른 기사들은 이미 사라지고 없었다.

한국 기사들은 바둑을 둘 때면 바둑에 관한 이야기만 한다. 우리는 예전에 바둑을 두면서 내일 날씨가 어떻다는 둥, 상하이에 또 무엇이 유행이라는 둥 다른 말들을 꺼내곤 했다.

우리가 막 한국에 도착했을 때 우리는 한국의 전문적인 분위기에 익숙지 않아서 아주 형편없는 바둑을 두었다. 우리가 이창호에게 가르침을 청하면 그는 언제나 공손하게 응했다. 때로는 진심 어린 칭찬까지 해주었다. "와, 장 선생님의 행보는 아주 좋은걸요." 이창호는 단이 낮은 기사가 바둑을 둘 때도 기보에 있는 것이기만 하면 금방 알아볼 정도로 사려 깊은 사람이다. 우리가 일본의 기보와 중국의 기보를 연구하고 있자면 그는 "이거 누가 둔 거죠? 내가 어떻게 못 봤지? 저 좀 보여주세요"라고 하기도 한다. 리더가 이렇게 마음을 비우고 배우기를 좋아하니 한국 바둑계의 학습과 연구를 이끌 수 있는 것이다.

나는 또 이창호의 바둑 두는 태도에 대해 말하고 싶다. 나는 이창호가 바둑돌을 소리 나게 내려놓는 것을 본 적이 없다. 원래 '탁'

하고 소리 내며 놓는 것은 일본에서 전해진 것이다. 전에 내가 중국 국가대표팀에서 바둑을 둘 때에 대표나 코치는 항상 우리에게 바둑 둘 때는 기풍이 단정해야 한다고 가르쳤다. 많은 기사들이 바둑돌을 놓을 때 소리를 내는 것이 마치 기력을 잘 나타내는 동작이라고 알고 있다. 요다 노리모토는 바둑돌을 놓을 때 '탁' 소리가 나게 했고, 위기일발의 순간에는 소리를 더 크게 냈다. 그런데 이창호에게 서는 바둑돌을 소리 나게 내려놓는 모습을 볼 수가 없다. 그는 언제나 가볍게 놓고 조용히 둔다. 리더가 이러하니 한국의 젊은 기사들 가운데 소리를 내는 사람은 거의 드물다.

일본 기사가 바둑을 둘 때 종종 부채질하는 모습을 볼 수 있는데 일본 부채는 부채질을 하면 '파, 파, 파' 하는 소리가 났다. 그런데 그 부채 소리는 상대방의 집중력에 영향을 줄 수가 있다. 한국 기사는 바둑을 둘 때 부채질하는 경우가 거의 없다. 한국 기사들은 상대방의 집중력에 방해를 주는 일은 해서는 안 된다고 생각한다.

한국의 고수들은 서로 격의 없이 빈번한 교류를 나누고 있기 때문에 기력도 빨리 발전하는 것 같다. 이 밖에 그들은 사심 없이 배우기를 좋아한다. 이창호는 몇 번이나 저우허양周鶴洋에게 졌지만 컨디션이 좋지 않다거나 몸이 좋지 않아서 졌다고 말한 적이 없다. 그는 자신의 기력에서 원인을 찾았으며 저우허양과의 시합에서 많은 것을 배웠다고 생각했다.

큰 시합이 끝났을 때 어떤 고수들은 다른 데서 패인을 찾는 경우가 많다. 시간이 흐르면 그런 태도가 자신의 발전에 좋지 않은 영향을 준다는 것을 알게 될 것이다. 경험과 교훈을 잘 결론지을 줄 아

는 사람이라야 비로소 큰 발전을 이룰 수 있다. 이창호, 유창혁 같
은 고수에게서는 바둑을 깊이 사랑하는 정신을 읽을 수 있었다.

# 고마운 바둑 친구들

한국에서 기력을 쌓는 동안 조훈현 선생과 이창호, 유창혁의 해설을 들을 수 있어서 정말 행복했다. 연구실에서 그들을 만날 때면 나이웨이는 언제나 "기분이 아무리 나쁘더라도 그들 얼굴만 보면 항상 정신이 번쩍 드는 것 같아"라고 했다.

그러나 그들과 함께 바둑을 둘 수 있는 기회는 그리 많지 않았다. 다행히 이창호는 기원에 올 때마다 바둑을 두어보며 모두와 함께 바둑 얘기를 하는 경우가 많았다. 우리가 막 한국에 도착했을 당시 아직 미혼이었던 유창혁은 자주 기원에 나왔다. 그는 이창호를 자극하여 수를 쓰도록 잡아끌면서 매번 주위 사람들을 웃음바다로 만들어놓았다. 그렇지만 '화려한 공격수' 유창혁은 표정 하나 바뀌지 않았다.

2000년 10월 26일, 그날은 행복한 날이었다. 그날은 삼성화재배

준결승전이 열리는 날이었는데, 12시에 이창호가 테니스 가방을 메고 나타났다. 그는 우선 첫날 진행된 바둑을 좀 보았다. 그와 바둑을 두면 그의 수를 따라잡기가 벅찼다. 우리는 미리 고수를 '끈질기게 따라붙을' 책략을 세웠다. 즉 '수를 빨리 내어 형편없는 바둑이 폭로되는 것을 두려워하지 않고 계속해서 전진하는 것!'이었다. 이렇게 해야 비로소 고수들에게 묘수를 지도받을 수 있다.

그러나 그날도 역시 우리는 이창호의 '공격'을 버티지 못했다. 우리가 계속 끙끙거리고 있을 때 이창호의 친한 친구인 김성룡이 강력한 구원병으로 나타났다. 그는 특강을 주관하고 있어서 신기한 묘수에 대해 주목했다. 그는 접혀진 기보를 한 손에 들고 이창호의 맞은편에 다가와 앉았다. 그들은 먼저 삼성화재배 예선에서 중국 기사 뤄시허羅洗河와 일본의 기사 야마시타 게이고山下敬吾가 둔 한판을 두어보았다.

백을 잡은 뤄시허가 흑을 쥔 야마시타를 상대로 처음엔 5의 5 자리에 둔 뒤 외목을 두다가 귀 쪽으로부터 외목에 둔 수에 붙이는 힘든 한판이었다. 야마시타는 더 잘 두기 위해 호구(일단의 돌이 마치 입을 벌린 듯 삼각 구도를 이룬 모양. 가장 기본이 되는 착수 기법—편주)를 치고 젖혔는데, 결국 손해를 보고 말았다. 뤄시허가 쾌승을 거두었다. 우리는 이 시합을 보았지만 이 모양을 어떻게 판단해야 할지, 정확한 대응법은 무엇인지 잘 알 수가 없었다. 우리는 이창호의 의견이 정말 궁금했다.

이창호가 붙인 수에 대해 분석하기 시작했다. 그는 "이 형상은 귀퉁이에서 움직이면 먹히기 쉬운 수니까 밖에서 가야만 흑 쪽 수의 효율에 문제가 있음을 알 수 있겠는데요"라고 자신의 생각을 얘기했다. 그 말이 끝나자 이창호가 평소 기형에 대해 깊이 연구하고 있다는 것을 아는 김성룡은 돌을 거두며 혼잣말로 "어떤 판이든 네가 안 본 것이 있냐? 모두 봤지? 모두 봤어!"라고 했다.

그들은 계속해서 그다지 유명하지 않은 국내 시합에서 두 기사가 벌였던 대국을 두기 시작했다. 이창호와 함께 모두들 그 판의 기형에 대해 토론했다. 1시가 다 되자 나중에 온 이세돌이 "배고파요, 우선 밥부터 먹어요"라고 떠들었다. 우리도 토론이 거의 끝나갈 때가 되었다고 생각했다. 그런데 이창호는 생각지도 않게 "나의 새로운 수 좀 보실래요?"라고 말했다. 그 대국은 이창호가 백을 쥐고 조한승과 둔 것이었다.

백이 이연성(한쪽 변의 상하 또는 좌우 화점 두 곳에 착점한 포석의 연계 구도—편주)으로 귀를 차지하고 흑이 5수로 한참 유행하는 '미니 중국식' 포석을 사용하려고 귀 쪽에 걸자, 백 6으로 귀걸침에 손을 빼고 흑 소목에 두 칸 높은 걸침을 하였다. 이것은 우칭위안 선생의 21세기 포석에 대한 생각이었다. 흑은 양걸침하여 손을 뺀 백의 귀를 공격했다. 가장 흥미로운 순간이 마침내 시작되었다.

백이 선수를 얻은 후 두 칸 높은 걸침에서 3의 5로 흑 소목 바깥 쪽에 붙였다. 그 자리에 있던 사람들은 그 수를 본 적이 없었다. 모두들 하나가 되어 흑을 쥐고 있는 이창호와 토론을 벌였다. 몇십 개의 변화를 두어보았지만 언제나 사람들은 "나는 흑이 좋아"라고 했다. 이창호가 하는 수 없이 백의 다음 응수도 제시하며 연구를 이어갔다. 이렇게 2시를 넘길 때까지 토론을 하고서야 밥을 먹으러 가기로 했다.

오후 3시에 기원으로 돌아오자 뜻밖에도 조훈현 선생이 삼성화재배의 바둑을 두고 계셨다. 나는 재빨리 맞은편에 앉았다. 내가 좋은 자리를 차지하려고 하는 것이 아니라 조 선생과 바둑을 토론할 때면 나이웨이나 이창호는 감히 좋은 자리에 앉지 못했기 때문이다. 이창호는 습관적으로 한쪽에 서 있었는데 보기에 따라서는 잘못을 저지른 학생이 벌을 서고 있는 모습 같아 보였다. 그러나 이창호의 묘수는 사납고도 무서웠다. 스승과 제자 그 두 사람이 수를 낼때면 서로 수를 꺾고, 사부가 빨리 하라고 재촉하며, 둘 다 묘수가 끊이지 않았지만 그들은 언제나 손짓으로 천천히 몇 차례 치기만할 뿐 말은 그다지 많이 하지 않았다. 그러나 묘수는 신기할 정도로 명중률이 높았다.

3시 40분이 되자 김영삼이 테니스를 치자며 이창호를 재촉해 같이 나갔다. 조 선생과 우리는 6시까지 계속 두었다. 그때 가서야 그는 "이제 가야지. 간단히 밥이라도 같이 먹으러 갈까" 했다. 그 말이 끝나기가 무섭게 그는 그 특유의 나는 듯한 걸음으로 가까운 식당으로 갔다.

우리 집은 어디인가

한국에 온 지 이미 3년이란 시간이 흘렀다. 2000년 5월부터 시작해서 우리는 한국의 경희대학교에서 한국어를 배우러 다닌다. 원래는 매주 세 차례 수업을 받기로 했지만 시합이 비교적 많고 또 시합 전에는 마음이 온통 바둑으로 가 있어 평균 매주 한 차례 수업을 한다. 우리 둘 다 한국어 배우는 속도는 좀 느린 편이다. 아마 나이가 많아서 당초 일본어와 영어를 배울 때보다 더딘 것 같다. 그러고 보니 벌써 우린 불혹의 나이를 넘어섰다. 처음 신기해하며 바둑돌을 잡은 지가 엊그제 같았는데…….

이제 한국으로 와 바둑을 다시 둘 수 있으니 제자리로 돌아온 셈이다. 어찌 보면 그동안 흘려버린 10여 년의 시간은 고향을 잃고 정주할 곳을 찾지 못한 떠돌이 철새의 삶과도 같았다. 우리의 내력을 두고 한국 언론에서는 '바둑 집시' 라고 빗대어 부르기도 하지만,

우리는 지금 이렇게 소중한 보금자리를 찾을 수 있게 되기까지의 긴 여정을 아쉬워하지만은 않는다. 그동안 살았던 모든 곳을 마음의 고향으로 삼을 수 있으며, 알게 된 모든 지인들을 벗으로 새길 수 있기 때문이다.

정말로 나이웨이와 난 고국을 떠나 머나먼 길을 우회해 왔다. 때론 서로 떨어져 지내면서 전화나 편지로 안부나 전하는 것이 고작인 시절도 있었지만, 어려운 순간마다 서로에게 힘이 되어주었고, 지금은 이렇게 바둑 친구로서, 서로를 끌어주는 부부로서 함께 있게 되었다.

국가대표팀에서 나이웨이를 처음 보았을 때의 일이 생각난다. 사실 처음에 나이웨이에게 마음이 끌렸거나 커다란 인상을 받았던 기억은 없다. 그냥 화쒜밍, 양훼이를 이어 상하이에서 바둑을 꽤 잘 두는 여자아이기 왔구나 하며 대수롭지 않게 여긴 게 전부였다. 어쩌면 그 당시 막 상승세를 타고 있어서 다른 여자 기사를 세심하게 살펴보지 않았던 탓도 있었을 것이다.

어느 날엔가 나는 나이웨이에게 한 가지 부탁할 일이 생겼다. 그게 아마도 그녀에게 개인적으로 다가가는 중요한 계기가 되지 않았나 싶다. 대표팀의 왕루난 선생이 매우 유용할 것이라며 내가 만든 '일중바둑술어사전'을 베껴서 동료들에게 나누어주라고 한 적이 있었다. 그러나 난 글씨체가 좋지 않아 적지 않은 고민을 했다. 그때 누군가가 나이웨이를 추천해 주어 그녀에게 사전을 베껴 써달라는 부탁을 했던 것이다. 그 무렵 그녀는 지독한 슬럼프에 빠져 있었다. 아무래도 '싼샤三峽 사건(1987년 중일 바둑대항전에서 여자 기사들은 일본 남자 기사들의 방에 들어가면 안 된다는 규칙이 있었는데 루이나이웨이와 몇몇 여자 기사들이 우연한 상황으로 일본 남자 기사들의 방에 들어가 바둑을 두고 징계를 받은 사건—편주)'의 여파가 컸던 거 같았다. 그래서 어떤 친구는 정신적으로 힘든 그녀에게 부탁하는 것이 좋아 보이지 않는다고도 했지만 나는 꼭 그렇게만 생각할 일은 아니라고 여겼다. 오히려 뭔가 일을 하고 있으면 괴로운 심사도 잠시나마 가라앉지 않을까 싶었던 것이다. 결국 그녀는 내 부탁을 들어주어 사전을 잘 베껴 써주었고, 그 책자는 국가대표팀에서 긴요하게 사용되었다.

'쌴샤 사건'을 전후로 나이웨이와의 사이가 급속도로 가까워졌다. 힘들어하는 그녀에게 건넨 몇 마디 위로가 그녀에게는 큰 감동을 준 듯하다. 그리고 나이웨이에 대한 대표팀의 처분이 너무 가혹해 내가 팀 대표와 다툰 적이 있었는데 그것을 보고 그녀는 무척 고마워했다. 그런 후에 후지쯔배 대회 선발전에서 우리 모두는 탈락했고, 같은 처지로 자주 방에서 바둑을 두면서 친밀한 시간을 가질 수 있었다.

결국 그녀는 그후로 대표팀에서 탈퇴하여 상하이로 돌아갔지만 우리는 가끔씩 시합을 통해 만나기도 했고, 전화나 편지로 연락을 주고받기도 했다. 이어 우리는 더욱 멀리 떨어지는 상황에 처하게 되었다. 그녀는 바둑 친구들이 많은 일본으로, 나는 전에 바둑인 교류차 방문했던 샌프란시스코 바둑클럽의 초청을 받아 미국으로 건너갔던 것이다. 이젠 낯설기만 한 이국땅에서 서로 새로운 삶을 꾸려가야만 했다. 미국으로 떠나기 전에 나와 나이웨이는 타이위안의 고향집에 들러 인사를 드렸다. 그때 정식으로 나이웨이를 부모님께 소개해 주었고, 나는 생활이 안정되는 대로 나이웨이와 함께할 것이라고 결심했다.

미국에서 혼자 사는 동안에도 자주 나이웨이와 연락을 주고받았다. 1년 후에는 나이웨이가 나를 방문하기 위해 여러 차례 미국 비자를 신청했지만 이민 가능성이 높다는 이유로 번번이 거절당했다. 기회의 나라, 자유의 나라로 알았던 미국이 우리 사이를 갈라놓는 커다란 장벽이 된 것만 같았다. 그러다가 1992년 제2회 잉창치배가 도쿄에서 열려 나는 대회 참가차 일본에 갔다가 나이웨이와 재회할 수 있었다. 오래간만의 만남은 너무나 감격스러웠다. 비행장에서 눈이 나쁜 그녀가 나를 제대로 찾지 못해 엉뚱한 곳에서 멍하니 기다렸던 웃지 못할 해프닝도 있었지만, 서로를 알아보자 재회의 감격을 나누었다. 그 기간 일본에서의 일정은 빠듯했다. 시합에도 참가해야 했고, 우리 두 사람의 결혼 수속도 밟아야 했다. 사실 우리는 그렇게 빠르게 처리된 결혼 수속에 조금은 실망을 느꼈던 것 같다. 어딘가 신혼에 대한 설레임을 잃게 하는 부분이 있었다. 일본에서의 짧은 일정을 마치고 난 다시 미국으로 돌아갔고 미국 영주권을 받은 후에 나이웨이를 불러오리라 마음먹었다.

1993년 드디어 미국 영주권을 받은 후에 일본으로 건너가 나이웨이와 함께 지냈다. 이번엔 장기 비자를 받아 저번처럼 급하게 미국으로 돌아가지 않아도 되었지만, 지내다 보니 2년이 훌쩍 넘었다. 1996년 나와 나이웨이는 함께 미국으로 건너가 다시 바둑 보급하는 일을 하였다. 낯선 이국땅에서 척박한 삶을 꾸려가기란 여간 힘들지 않았지만, 나이웨이가 곁에서 힘이 돼주어 견딜 만했다.

미국에서 알게 된 차민수 선생의 도움이 없었다면 우리는 지금도 바둑의 불모지에서 인생의 나머지를 소비했을지도 모른다. 차민수 선생은 우리 두 사람에게는 잊지 못할 은혜를 베풀어준 분이다. 선생의 도움을 받아 우리는 비로소 한국으로 와서 꿈에 그리던 바둑 두는 일을 할 수 있었기 때문이다. 사실 미국에서 바둑 보급하는 일도 보람 있기는 했지만, 우리들의 절실한 소망은 바둑을 두면서 사는 것이었다. 프로 바둑기사가 적은 미국에서는 그 꿈을 실현할 수 없었고, 일본에서도 바둑 활동의 문이 열리지 않았었다.

한국에서 이제 우리는 새로운 자리를 찾았다. 그동안 우리는 많은 나라를 다녔고 또 그곳들에서 비교적 오래 살았다. 여러 나라 친구들을 사귀면서 우리의 전화번호부가 몇 권으로 늘어났다. 여러 해 방랑하는 생활 속에서 우리는 바둑에서 많은 것을 배운 것말고도 여러 나라와 지역의 친구를 사귈 수 있었다. 친구들은 우리 일생의 귀중한 재산이다. 다른 나라에 오래 살면서 그곳의 친구들과도 깊은 우정을 나누었으니 마치 고향을 하나 더 갖는 것과 다름없었다. 우리가 지금 미국으로 돌아가거나, 일본으로 돌아가거나, 한국에 있거나……설령 중국으로 돌아간다 하더라도 우리는 이미 몇 개의 집을 가진 셈이다. 베이징, 상하이, 타이위안……우리가 오랫동안 머물렀던 곳, 그리고 바둑이 있는 곳이라면 어디든지 바로 우리 집이라 할 수 있다.

장과 루이의 삶이 우리에게 말하는 것
─오로지 한 길을 간다

　편집기획자로서 내가 가진 믿음 중의 하나는 편집자는 책 속에서 직접 발언을 해서는 안 된다는 것이다. 편집자가 텍스트에 대해, 혹은 텍스트의 가공 방식인 편집에 대해 직접 말을 한다는 것은 옷을 짓는 이가 바느질한 흔적을 보이는 것처럼 스스로 편집자로서의 능력이 부족하다고 고백하는 것과 같기 때문이다(물론 예외는 있다. 편집자가 엮은이, 혹은 글쓴이의 성격으로 책을 내는 경우는 다르다).

　어떤 책의 출간 과정에 관한 후일담 성격의 글이나 토로들은 언제나 내 관심을 끈다. 책을 둘러싼 담론과 논란이 많아야 출판계가 발전한다고 믿고 있기 때문이다. 그러나 그것은 어디까지나 바로 그 한 권의 책 속에서가 아니라 책을 둘러싼 여러 매체들에서 표현되었을 때 그렇다.

　이런 소신의 배경에는 '책은 그 자체가 생물체여서 편집기획자의 의도를 뛰어넘는다'는 믿음이 깔려 있다. 편집기획자는 당연히 사전에 어떤 컨셉을 갖고 편집 작업을 하지만 독자들은 그런 의도와는 또 다른 차원에서 다양한 방식으로 책과 대화한다. 그러니까 편집자가 책의 출간에 대해 무엇인가 표기한다는 것은 지나친 친절이고, 독자들의 다양한 방식의 개별적인 책 읽기를 방해할 수도 있다는 것이 내 생각이다.

그럼에도 불구하고 나는 『우리 집은 어디인가 1, 2』의 출간 과정에 얽힌 이야기를 이 지면에서 털어놓으려고 한다. 이 책에는 조금 긴 일러두기가 필요하다고 생각했다.

루이나이웨이를 처음 만난 것은 2002년 3월 9일 토요일, 그녀의 집에서였다. '반상의 철녀'라고 불리는 그녀를 매스컴에서 익히 보아왔지만 이처럼 직접 만나게 된 계기는 한 대형서점의 웹진에 실린 그녀의 인터뷰 기사 때문이었다. 내가 잘 아는 시인이 인터뷰어로 나선 그 기사에서 그녀는 소박하면서도 명료한 대답을 하고 있었는데, 가령 이런 식이었다. "중국의 386세대인데, (천안문 사태와 관련지어) 중국을 떠나온 건 정치적인 이유에서였냐?"라는 질문에 "아니오, 오로지 바둑 때문에"라고 바로 답했다(언젠가 한 지면에서 나는 루이나이웨이와 장주주가 천안문 사태 시위에 가담했는데 그 이유로 중국바둑협회 집권층과 불편했을 거라는 추측 기사를 읽은 적이 있다). 또 "바둑에 매달리고 바둑을 공부하는 것이 무슨 의미냐"는 질문에 "바둑과 저는 하나예요. 딴 거 생각 안 합니다. 해본 적 없어요"라고 답했다. 어눌하고 특별할 것 없는(너무 단순한) 이 대답의 진정성이 나는 좋았다. 질문을 보면서 긴장했던 나는 답변을 읽고

살짝 웃음을 지었던 것이다.

그 인터뷰에서는 '중국인'과 '386세대' 그리고 '추방당한 세계적인 바둑인'을 아우르는 말들이 오갔지만 그녀는 처음부터 끝까지 바둑인으로서의 정체성을 잃지 않고 소박한 답변을 계속해 나갔다. 나는 그녀의 인생에 관심이 갔다. 30대 여성이 조국에서 쫓겨나다시피 일본과 미국을 떠돌다 한국에 정착한 점, 또한 2000년에 그 유명한 이창호와 조훈현을 누르고 '외국인' '여성'으로는 처음으로 국수에 오른 점 등등이 흥미 이상의 깊은 관심을 불러일으켰다.

편집기획자들은 저마다 경중의 차이는 있겠지만 모든 세상일이 출판거리는 아닌가 하고 생각하는 직업병을 가진 사람들이다. 나는 바로 그 직업병이 발동하여 루이나이웨이를 그 시인과 함께 만나게 된 것이다. 예상했던 것보다 훨씬 한국말을 잘하는 그녀와 남편 장주주는 우리를 반갑게 맞아주었다. 부부는 우리와 대화를 나누다가도 서툰 표현이라고 스스로 느끼는 대목에서는 서로 빠른 어투의 중국어로 소통하며 더 적절한 한국말을 찾아내곤 했다. 그들 부부가 함께 경희대 국제교육학원에 다니는 학생인지라 서로 한국말 익히기에 도움을 주고받는 파트너였다. 어디 그뿐인가. 그들은 세계적으로 유일한 부부 9단 바둑기사였으니 서로의 바둑에 얼마나 큰 도움을 많이 주고받았을까.

결혼한 지 10년이 되었다는 부부에게는 아이가 없다. 그들에게 "하루 종일 바둑만 두세요?" 하고 어리숙한 질문을 하니, 부부는 "그렇다"고 활력이 넘치는 한 목소리로 대답했다. 참으로 흥미로운 일, 세상에서 가장 재미있는 일이 바로 바둑이란다.

어쨌든 나는 루이나이웨이에게 편집기획자로서의 욕심을 마음껏 표현했다. 루이나이웨이는 한참 동안이나 출간과 관련된 여러 사항들을 묻더니 책 한 권을 꺼내주었다. 중국에서 1년여 전에 출간된 『천애기객天涯棋客』(중국 學林出版社, 2001년 발행)이었다. 루이나이웨이와 장주주가 공동으로 쓴 책이었다. 중국에서도 스타인 그들의 자전적인 기록이었다.

나는 루이나이웨이의 책 출간에 순풍이 부는 것을 느꼈다. 그 책에서 루이나이웨이가 쓴 부분을 간추리고 또 추가로 원고를 청탁하면 책 출간 진행 속도가 빨라질 것 같은 예감이 들었다.

며칠 후 섭외한 중국어권 번역자 전수정 씨와 함께 계약서를 들고 다시 찾아갔다. 계약서에 관한 부분을 상세히 설명해 줄 필요가 있었기 때문이었다. 계약을 마친 후 곧바로 『천애기객』의 번역 작업에 들어갔다. 그리고 놀랍고 새로운 사실을 발견했다. 장주주의 바둑인생이 그것이다.

따라서 애초에 루이나이웨이 한 사람에 맞춰져 있었던 책 출간 계획에 전면적인 수정을 시작했다. 이 부부의 책을 함께 출간하기로 한 것이다. 1종 2권의 책으로 목차를 새로이 구성하였다. 1권은 루이나이웨이가 저자가 되고, 2권은 장주주가 저자가 되는 구성이었다. 우리는 1권을 4부로 나누어 1부는 루이나이웨이의 최근 한국 생활, 2부는 중국에서의 바둑 입문 과정과 선수 생활, 3부는 일본에서의 유학 생활, 4부는 결혼 후 미국 생활과 한국으로 오기까지의 과정을 수록하기로 했다. 한편 2권은 3부로 나누어 1부는 장주주의 중국에서의 바둑 입문 과정과 선수 생활, 2부는 미국에서의 바둑 보급 활동 과정, 3부는 루이나이웨이와 함께한 한국 생활을 수록하기로 하였다.

책을 만드는 동안 장주주, 루이나이웨이는 정성을 다하여 헌신해 주었다. 사진 촬영을 할 때도 서로를 배려하는 아름다운 모습을 보여주었다. "누가 바둑을 더 잘 두시나요?"라는 우문에 그들은 서로를 가리켰다.

이 책을 마무리할 즈음에 빅 뉴스를 접했다. 세계 최초로 부부 기사가 대국하게 되었다는 소식이었다. 2002년 12월 28일에 있었던 〈맥심배〉에 장주주와 루이나이웨이가 맞붙는 대국이 바로 그 세계 최초의 사건인 것이다.

내가 본 그들의 모습은 종교적인 수행자와 같았다. 바둑판 위의 인생은 끝이 없고, 한없이 변주 반복된다. 그들은 오직 바둑 한 가지에만 몰두하고 있었다. 온갖 욕망들에 시달리는 현대인은 감히 범접하기 어려운 경지라고도 생각되었다. 그들은 그 하나를 위해 조국을 떠나 한국에 정착했다. 국경의 의미가 나날이 희미해지는 시대이기는 하나 그들에게 바둑은 그 국경조차 가뿐히 뛰어넘게 만드는 절대적인 그 무엇인 것이다.

그들의 삶은 단순 소박해 보였다. 프로 기사의 수입이 정확히 얼마인지는 모르나 그들은 무척 검소하게 살면서 그들이 추구하는 세계에 깊이 빠져 결코 한눈을 파는 일이 없었다. 그들의 겸손함, 그들의 자신감은 깊은 영혼의 세계에 눈뜬 사람들에게서만 우러나는 것이라는 사실을 알 수 있었다.

이제 그들이 걸어온 길, 중국에서 각자 바둑을 배우고 선수 생활을 하고, 국가대표팀이 있는 베이징에서 서로 만났고 미국과 일본을 떠돌다 마침내 한국에 정착했던 전과정의 이야기가 오롯이 우리 독자와 만난다.

바둑에는 복기復棋가 있다. 자신이 둔 바둑을 다시 두면서 대국 당시의 긴박한 상황을 혼자가 된 시간에 다시 되돌아보는 것이다. 이 책은 루이나이웨이와 장주주, 장주주와 루이나이웨이에게 있어 복기에 해당된다. 그것도 바둑은 물론이고 인생 자체에 대한 복기인 것이다. 바둑과 그들의 삶은 결코 분리될 수 없는 하나이다. 이들의 곡진한 바둑에의 꿈이 없었다면 그들은 이 서울에 자신들의 거처를 결코 마련할 수 없었을 것이다.

이제 이 책을 펴내며 세계적인 바둑기사 부부의 융숭한 삶이 독자들에게도 공명하기를 간절히 바란다.

2002년 세모에 편집자 씀